의매생활
10
미카와 고스트
일러스트 Hiten

“오늘도 덥네.”
“그렇네.”
수긍하면서 옆을 보았다.
눈에 들어온 광경에 허를 찔려,
고동이 빨라졌다.

Erina Kozono
코조노 에리나
Saki Ayase
아야세 사키

Shiori Yomiuri
요미우리 시오리

"액셀러레이터,
밟게 해줄래?"

아르바이트 휴게실 토크

우와~앙! 취직활동으로 지쳤어어~!
젊은 애들은 좋겠다아. 유유자적한 청춘 생활을 보내잖아.

저도 아야세 양도 올해 대학 수험인데요…….

그건 이미 지난 길인걸~. 나는 이미 그 고생을 했으니까,
당~연히 내가 더 괴로운 거야. 엣헴!

그게 무슨 논리예요…….

괴로움 경쟁……이란 의미에서는, 저는 애당초 무대에 못 오를지도 몰라요.

무슨 의미인가요?

수험공부 말이야. 잘 해야겠다는 압박감은 있지만, 괴롭지는 않으니까.
목적에 다가간다는 느낌이 들어서, 오히려 얼른 시험보고 싶어.

와오, 세다.

운동선수! 같은 느낌이라 멋있네요!

역시 아야세 양.

아니, 그렇게 칭찬받을 일은……. 그만해, 쑥스러워.

하지만 그렇게 되면 에리나 양이 제일 부럽네에~.
고등학교 1학년. 가장 수험과 멀어서 마음 편한 포지션.

우우, 너무해요. 저도 이제 막 고등학교 수험을 극복한 참이거든요!

그러고 보니 에리나 양은, 고등학교 어디였지?

아오키 국제고예요. 메구로 너머에 있는 거.

거기구나~. 어쩐지 두발이랑 머리색이 자유롭더라!

교풍이 자유로운 곳이었죠? 매년 문화제가 재밌다는 소문 들었어요.

맞아요, 거기예요. 선배들도 우리 학교면 좋았을 텐데.
피어스에 머리도 염색한다면, 아사무라 선배 엄청 인기 많을걸요.

아니, 그건 됐어…… 그런 걸로 인기가 생길 것 같지도 않고.

…….

그런데 우리 후배들이 다니는 스이세이 고교랑, 어느 쪽이 편차치 높아?

윽.

요미우리 선배, 그만 하죠. 그건 전쟁의 불씨라고요.

의매생활

Days with my Step Sister

10

저자

미카와 고스트

일러스트

Hiten

옮긴이

박경용

Days with my Step Sister

Contents

그저 존재하기만 해도 사랑받는
그런 행복한 인간은 실재하지 않는다.
—왜, 그렇게 생각해?

●프롤로그 아사무라 유우타

고교 생활에서 세 번째이자 마지막 여름 방학이 시작됐나.

나는 알바하는 서점이 있는 시부야 역 방면을 향해 걷고 있었다. 의붓 여동생이며 연인이기도 한 아야세 양과는 비록 손은 잡지 않았지만 이따금 손등이 닿을 거리에 있었다.

시부야 역 앞이 눈앞에 펼쳐진다.

역 위에 펼쳐지는 하늘은 파랗고, 오전인데도 햇살이 강해서 벌써 덥다. 아스팔트의 반사광에도 눈이 아프다.

"아사무라 군?"

아야세 양이 말을 걸어와, 나는 퍼뜩 정신을 차렸다.

깨닫고 보니 스크램블 교차로의 신호가 파란색으로 바뀌고, 아야세 양이 걷기 시작하고 있었다. 나는 급히 그녀를 따라갔다.

다 건넌 곳에 있는 서점 문을 통과했다.

건물 안에 들어오자, 시원한 공기에 휩싸여 숨 막히던 것이 거짓말처럼 누그러졌다. 저절로 한숨이 새어나왔다.

남성용 탈의실에서 유니폼으로 갈아입고 사무실에 들어가자, 오전부터 근무였던 알바생이 점심을 먹고 있었다.

신입, 그러니까, 코조노 에리나 양이다. 요즘은 근무 시간이 안 맞아서 그녀의 얼굴을 본 건 오랜만이었다.

"안녕? 코조노 양."

"아사무라 선배, 안녕하세요!"

"코조노 양도, 혹시 벌써 여름방학이야?"

"네! 아사무라 선배도인가요?"

나는 수긍했다.

"오전부터 일했구나."

"네. 그래서 저는 이제 조금 있으면 퇴근인데요. 선배는 이제부터네요. 아쉬워요. 저도 한 타임 늦게 근무할 걸 그랬어요. 좀 더 배우고 싶은 게 잔뜩 있었는데."

붙임성 있는 미소를 지으면서 코조노 양이 말했다.

"코조노 양은 이제 나한테 배울 거 없다니까. 점장님도 배우는 게 빠르다고 칭찬했어."

"그렇지 않아요."

문이 열리는 소리가 나고 아야세 양이 들어왔다.

"안녕?"

"아……. 아야세 선배, 안녕하세요?"

"응? 아, 저기, 코조노 양, 안녕?"

어라, 하고 생각했다.

아야세 양이 들어온 쪽을 무심코 돌아봤다가 그다음에 급히 시선을 되돌렸으니까 확실하게 알 수는 없지만, 활기찬 코조노 양치고는 약간 사양하는 기색이고 목소리도 작은 것 같았다.

아야세 양도 조금 말을 거는 걸 주저하는 인상이 있다.

"뭔데, 뭐야? 왜 그래?"

그 목소리에 다시 돌아보았다.

문 앞에서 급하게 비켜선 아야세 양 너머에서 가게 유니폼을 입은 여성이 빼꼼 고개를 내밀었다. 손에는 런치박스를 든, 요미우리 선배였다. 선배도 점심 휴식을 가질 모양이다.

"오오~, 우리 요미우리 주니어즈가 모여 있잖아~."

우릴 무슨 스포츠팀처럼 부르기 시작했다.

하지만 분명 우리 셋…… 나랑 아야세 양과 코조노 양은, 다들 이 서점에서 요미우리 선배의 알바 후배(주니어)긴 하다.

"젊고 탱탱한 후배한테 둘러싸여 있으면, 나도 젊어진다니까아~."

요미우리 선배가 런치박스를 테이블에 놓고, 그대로 자연스럽게 티 머신에서 차를 내린 후 자리에 착석했다.

나랑 아야세 양도 일단 앉았다. 업무 시작 시간까지 아직 10분쯤 남았다.

"호오~, 젊은이의 오오라가 눈부셔. 후배가 뿜어내는 빛을 쬐면 건강해진다니까. 이것이 바로 젊음의 묘약. 밥과 곁들이기에 딱 좋은 반찬인걸."

"다음부터 카밀라 선배라고 불러드릴까요?"

"피는 안 빨아먹으니까 안심해! 아, 만약 내가 카밀라라면 아사무라 군은 안심해도 되려나?"

"그런 문제가 아닌 것 같은데요."

카밀라는 여자 흡혈귀지만, 미소녀만 골라서 습격한다. 뭐, 나는 미소녀가 되고 싶은 것도 아니고 미소녀 취급을 못 받는 것에 불만이 있는 것도 아니지만.

환상 문학에는 그다지 관심이 없는 아야세 양과 코조노 양이 나란히 같은 각도로 고개를 갸우뚱했다.

늘 있는 일이지만, 요미우리 선배의 조크는 너무 전문적이라 웃기보다는 고개를 갸웃거릴 확률이 높다. 그런 반면 그런 농담을 이해할 수 있는 사람이 아니라면 그다지 선보이지 않기에(얼버무릴 때는 그렇다 치고), 드문 일이기도 하다.

실제로 쓴웃음이라지만, 웃은 건 나뿐이었다.

"잘은 모르겠지만, 저기, 신세지고 있습니다."

코조노 양이 꾸벅 고개를 숙이니까, 요미우리 선배는 옆에 앉아 있는 후배의 머리를 마구 쓰다듬었다.

"귀엽잖아~! 잘 몰라도 괜찮아. 이 언니가 하나부터 열까지 곁에 딱 달라붙어서 가르쳐줄게~."

"엇, 네."

"작업 멘트가 너무 낡았어요. 요즘 시대에 큰일 날 거라고요."

"그것만으로 작업을 연상하다니. 엉큼하구나, 우리 후배는."

누가 할 소리인데요. 여전히 숨 쉬듯 남을 잘 놀리는 선배다.

선배다움은 받아들이고 있지만, 이런 부분까지 굳이 본받을 것 없겠지.

아야세 양이 사무소에 들어왔을 때 흐른 묘한 긴장감은 어느새 사라져 있었다. 살짝 분위기가 누그러졌다. 요미우리 선배가 의도한 결과인지 아닌지는 모르겠지만.

"뭐, 그런 이야기는 아무래도 좋아. 그보다 우리 후배, 잠깐 안 본 사이에 좀 탔니?"

선배는 엄지와 검지로 작은 돋보기 모양을 만들어, 씨익 미소를 지으며 말했다.

"그렇게 탔어요?"

난 눈치챌 정도로 탔다고 생각 못했다. 거울을 봐도 평소랑 전혀 다를 바 없는 것 같았는데. 요미우리 선배는 나를 빤히 관찰한 다음에, 옆에 있는 아야세 양의 얼굴도 마찬가지로 가만히 보았다.

"쪼~끔뿐이지만. 하지만, 이 명탐정의 눈은 얼버무릴 수 없거든? 자, 자자! 얼른 자백해. 사키 양이랑 비슷하게 탔다면 둘이서 어디 갔댜나."

묘한 방식으로 캐물으시네. 나는 설명하기로 했다.

"우리 학교 야구부의, 코시엔 지구 예선 응원을 하러 갔어요."

"사키 양도? 여전히 사이좋구나."

"그야 같은 반이니까요."

여기서 너무 부정하지 않는 게 중요하다. 밖에서는 더욱 가깝게, 니까. 아야세 양은, 나랑 같이 있을 수 있는 장소에서 남처럼 행세하는 것 탓에 미묘하게 마음의 왜곡이 생겨버렸으니까.

내가 한 말의 의미를 파악했는지 아야세 양이 보충했다.

"같은 반 사람들도 많이 갔어요. 공통되는 친구가 노력한 대회였으니까요."

약간 쑥스러움이 섞여 있어서 아는 사람이 들으면 그야말로 이것저것 캐물을지도 모르는 말투였지만. 다행히 요미우리 선배는 그 이상 파고들진 않았다.

"좋겠다아~. 같은 고등학교 부러워."

그렇게 말한 코조노 양도, 뭔가 속뜻이 있는 것 같지는 않았다.

그런데 요미우리 선배는 코조노 양의 말을 듣고, 기회라는 듯 말을 꺼냈다.

"그렇지~! 부럽지이~!"

"네. 부러워요. 아사무라 선배는 야구 잘 아시나요?"

"잘 아는 건 아냐. 평범하지."

"저는 전혀 몰라요. 같이 가서, 이것저것 배우고 싶어요."

"우리 후배도 사키 양도 설명을 잘 하니까. 배우면서도 느껴지지?"

"저기……. 네."

"그치그치~. 아~, 나도 너희들이랑 같이 고등학교 다니고 싶었어어."

젓가락을 쥐고서, 붕붕 고개를 흔들며 떼를 쓰는 선배. 이래봬도 그녀는 그 명문 츠키노미야 여대에 다니는 인재다. 힐끔거리며 내 쪽으로 시선을 던지며 뭔가 호소하는 행위를 반복하는데—.

나는 한숨을 쉬었다.

아무래도 나는 선배한테 뭔가 부탁 받게 된 모양이다.

"그렇지만, 요미우리 선배는 대학생은 고사하고 곧 사회인이 되잖아요. 이제 와서 고교 생활로 돌아갈 순 없죠."

"그러니까, 남은 시간을 소중하게 쓰고 싶어."

드라마의 여주인공 같은 말씀을 하시는군.

"구체적으로 어떻게 소중하게 쓰고 싶은 건가요?"

"바다 가고 싶다~! 바비큐하고 싶어."

"전 올해 수험생인데요."

"하지만 난 알바도 올해가 마지막인걸? 마지막 여름의 추억이거든?"

"어, 요미우리 선배. 그만두시는 건가요?"

코조노 양이 깜짝 놀란 표정을 짓고, 슬픈 표정을 지었다.

그러고 보니 그녀한테는 이 이야기를 한 적이 없었나. 이만큼 충격을 받는다면, 지난 한 달 반 사이에 요미우리 선배랑 상당히 친해진 모양이다.

확실히, 신세를 진 선배의 마지막 여름에 아무 추억도 없이 지나가는 것도 쓸쓸하긴 한데…….

“굳이 저 아니더라도, 요미우리 선배한테는 알바 동료가 잔뜩 있잖아요?”

이 선배는 가게에서 일하는 학생 알바 중 최장근무자니까.

그걸 지적하자, 괜히 휘청하고 몸을 기울이는 선배. 코조노 양이 「위험해요!」라며 지탱하려 하지만, 그럴 필요는 없다. 그냥 연기니까.

“이럴 수가, 그렇게는 안 봤는데! 아사무라 군이라면 제일 구슬리기 쉬우니까, 살짝 티 내면 OK 해줄 것 같고, 덤으로 남을 잘 챙기니까, 귀찮은 일 전부 해줄 것 같네~ 라든가. 아사무라 군이 있을 때 이야기를 꺼내면 좀 더 편할 거고, 분명히 빠짐없이 다른 주니어즈도 낚을 수 있겠다든가, 그런 생각 전혀 안 했거든!”

“조금이라도 진심을 감추는 노력을 해주세요.”

하아—. 정말이지, 이 선배는.

나는 다시 한숨을 쉬었다.

“자, 리틀한 가든 양의 눈을 봐. 슬픈 눈동자로 호소하고 있잖아. 선배하고 더 잔뜩 놀고 싶다고."

"혹시 폐가 안 된다면, 저는 요미우리 선배나 아사무라 선배랑 놀러 가고 싶어요!"

"오~오~, 사랑스런 녀석이구나~."

또다시 머리를 마구 쓰다듬는다.

그러곤 힐끔힐끔 나를 쳐다본다.

나는 팔짱을 끼고 신음했다. 하긴, 이 선배한테 신세를 진 건 사실이고, 하루 정도는 같이 놀러 가도 벌 받을 일이 없을 거란 생각은 든다.

어떻게 할까 고민하면서, 문득 아야세 양은 어떻게 생각할까 궁금해져 시선을 던졌다.

응? 이 표정은 어떤 감정인 걸까?

요미우리 선배와 코조노 양을 바라보는 아야세 양의 얼굴은, 부러움에 가까운 표정을 짓고 있었다.

그러고 보니 과거에 아야세 양은 워터파크를 좋아하는데 흥미가 없는 척했던 일이 있었다. 그것도 벌써 1년 가까이 전인가. 혹시 바다나 바비큐도 좋아하는 걸까?

가능성은 있군.

"분명히 요미우리 선배한테는 신세를 지고 있지만요."

나는 아야세 양을 힐끔 살피며 시선으로 물었다.

"요미우리 선배한테는 신세를 지고 있으니까, 나도…… 싫지는, 않아."

아야세 양도, 요미우리 선배와 추억 만들기 그 자체가 싫은 건 아닌 것 같다.

무슨 일이든 완급 조절이 필요하고, 숨을 돌리는 것도 중요하다.

무엇보다 체육 대회 때도 느낀 건데, 파고들지 않으면 얻을 수 없는 감동과 경험도 있는 것 같다.

다만, 요미우리 선배가 나더러 「남을 잘 챙긴다」라고 형용해준 부분에 대해서는, 나는 굳이 따지자면 나서기 싫어하고 귀찮아하는 성격이라고 생각한다. 방 안에서 책을 읽는 게 편하고, 남을 잘 챙긴다는 건 터무니없는 오해다.

요미우리 선배 옆에 오도카니 앉아 있는 작은 동물 같은 후배 코조노 양을 보면서, 원조 작은 동물류이며 아야세 양의 친구인 나라사카 마아야 양을 떠올렸다.

남을 잘 챙긴다는 건, 그녀 같은 인물을 가리키는 말이 아닐까?

마루를 위해서 그만큼 뛰어다니며 응원단장을 했었다. 그리고 주변 친구들을 끌어들여서 여름방학인데 구장까지 응원 투어를 짰다. 나라사카 양의 남들 챙기기에는, 기획력과 행동력이 동반된다.

나를 보면, 작년 여름 워터파크를 갔을 때도 그녀의 기획에 편승했을 뿐이지, 내 쪽에서 아야세 양을 권유한 것도 손에 꼽을 정도밖에 없었다.

그렇게 생각하자, 스스로의 귀찮음 타는 성격에 괜히 울적해진다.

그리고 나로서도 요미우리 선배와 — 선배만 그런 게 아니라 — 아야세 양하고도 여름의 추억을 가지고 싶다고 생각하지 않는 건 아니다. 아니, 솔직하게 가지고 싶다고 말하자.

"뭐, 아무래도 여행은 무리지만, 근처에서 바비큐를 하는 정도라면."

요미우리 선배가 나를 향해 휙 고개를 돌렸다.

눈빛이 반짝인다.

"와오~! 우리 후배도 참, 어느새 그렇게 덕을 쌓았니?"

"그렇게 휘저으면, 그만둘 수도 있는데요?"

"농담, 농~담! 야호~! 데이캠프로 바비큐다~!"

"데이캠프…… 당일치기 캠프 말이군요."

요미우리 선배가 생글생글 웃으면서 최근 유행이라며 부추긴다. 정말일까?

"아, 저도! 저도 갈게요! 캠프에서 바비큐 해보고 싶어요!"

코조노 양이 맨 먼저 참가를 표명했다.

"어이쿠. 우리 신입이 팍팍 밀어붙이네."

"선배랑 추억 만들기에요!"

"호~옹. 선배라, 어느 쪽?"

"네?"

"아아니, 아무것도 아니야~. 신경 쓰지 마. 그러나 우리 신입은 정말로 귀여운 리액션을 하는구나. 사랑받는 천재야. 너무 귀여우니까, 그냥 숨만 쉬어도 사랑받아버리는 느낌~."

요미우리 선배가 그 말을 했을 때, 코조노 양이 아주 살짝 표정이 굳어진 것 같았다. 그러나 아주 약간의 표정 변화였고, 그녀는 금방 미소를 되찾고 말했다.

"안 그래요~. 요미우리 선배도 참. 그건 칭찬이 지나쳐요~."

표정이 굳어졌다. 그렇다면, 코조노 양은 「아무것도 안 했는데 사랑받는다」라는 말을 좋아하지 않는 걸까?

다시 말해서, 기분이 상한 거다. 선배 상대니까 금방 표정을 꾸며냈지만.

다만 요미우리 선배도 대화 상대의 감정을 생각 없이 거스르는 사람이 아닌데……. 왜 그런 말을 일부러 했는지, 그것도 신경 쓰인다.

코조노 양이 미소를 유지하며 말했다.

"저는 말이죠. 엄청 사랑받는 노력을 한다니까요."

그 말을 듣고, 요미우리 선배가 또다시 뭔가 납득하여 고개를 끄덕였다.

"뭐, 대강 짐작은 했으니까. 나도 발 벗고 나설까 싶거든."

"그러니까……. 발 벗고 나서준다면, 선배가 기획까지 한다는 건가요?"

"아니, 그건 한다고 말해준 우리 후배한테 전면적으로 맡기고~."

귀엽게 혀를 내밀면서 저런 멘트를 말하는 이 선배는 정말이지…….

떠맡게 된 내가 어깨를 푹 떨어뜨리자, 코조노 양과 아야세 양마저 무심코 진심으로 웃음을 흘렸다.

그래도 말을 꺼낸 본인이니까, 데이캠프가 가능할 법한 장소에 대해서는 선배가 조사해준다고 했다. 그걸 듣고서 세부 사항을 정하면 되겠지.

다음은 다른 알바 동료한테도 참가할 것인지 물어봐야 하지만, 근무를 비워둘 수도 없으니 그렇게까지 대규모 개최는 어려울 것이다. 직원을 몽땅 데리고 갔다간 나중에 점장님한테 혼날 게 틀림없다.

다행히, 최근에는 전보다도 수험공부가 잘 되고 있다. 당일치기 캠프에 참가하는 것 정도라면, 공부를 안 한 시간은 스트레스 발산과 상쇄되는 정도에 그칠 것이다.

"아야세 양은 어쩔 거야?"

아무리 가고 싶은 기색으로 보였다 해도, 수험생을 확정으로 끌어들일 생각은 없다. 친한 사이에도 예의가 있다. 확인은 제대로 해야지.

"아사무라 군도 간다면 좋아."

아야세 양이 답했다.

나는 그걸 듣고서 요미우리 선배한테 확인했다.

"아무래도 밤늦게까지는 어려우니까, 가서 먹고 해산하는 식이 될 텐데. 그래도 괜찮죠?"

"물론이야~."

요미우리 선배의 기쁜 표정을 보고, 나는 어쩔 수 없군 하며 각오를 굳혔다.

알바는 좀 줄이고 있지만, 그만큼 학원에 가는 날을 늘렸다. 그렇게까지 자유로운 시간이 많지는 않다.

고교 생활의 마지막 여름은 바빠질 것 같다.

알바를 마치고 돌아가는 길.

긴 낮도 드디어 끝나고, 어둠의 장막이 내려와 밤이 되었다.

그래도 더위는 아직 이어지고 있으며, 아마 오늘밤도 또 열대야겠지.

공기는 걸쭉하며 무겁게 달라붙고, 손발을 흔들며 걸으면 마치 물속을 걷는 것 같다. 옆에서 걷는 아야세 양도 조금 숨이 막혀 힘들어 보였다.

"괜찮아? 얼른 집에 돌아가서 에어컨 바람 쐬고 싶다."

아야세 양이 수긍했다. 이마를 가볍게 손등으로 닦았다. 땀이 흘러 눈에 들어간 걸까? 한쪽 눈만 가늘게 떴다.

“그건 그렇고, 아사무라 군. 바비큐 기획 맡아도 괜찮아? 합숙은 언제부터였지?”

“8월 2일부터. 아직 일주일 이상 남았으니까 괜찮아.”

나는 다니고 있는 학원에서 주최하는 공부 합숙에 참가할 예정이었다. 잡음이 없는 장소에서 집중하여 수험공부를 할 수 있다. 불과 일주일뿐이지만, 공부 말고는 할 일이 없는 환경에 갈 수 있으니, 여기서 단숨에 라이벌과 차이를 벌리고 싶다.

“그렇구나. 일주일 동안 아사무라 군이랑 못 만나게 되네.”

“뭐, 바비큐는 아무래도 합숙 전에 가고 싶어. 요미우리 선배가 장소를 조사해준다고 하니까— 음?”

스마트폰이 진동하며 메시지 착신을 알렸다. 호랑이도 제 말하면 온다더니, 메시지를 보낸 사람은 요미우리 선배였다. 슬쩍 훑어보니, 당일치기 바비큐하기 좋은 장소를 조사해서 보내준 모양이었다. 여전히 솜씨가 좋은 사람이야.

“요미우리 씨?”

“그래. 후보지를 조사해준 모양이야. 정해지면 예약도 해준대.”

요미우리 선배랑 코조노 양은 우리들보다 이른 근무였으니까, 우리들이 근무에 들어가자 금방 돌아가 버렸다. 그래서 그뒤로 자세한 얘기는 못했다.

캠프라고 하면 몇 개월 전에 예약이 필요한 것이라고 생각해서, 처음엔 예약객들의 취소 시간대를 노리는 것인가 싶었다. 그렇게 생각해 조사해봤더니 장소에 따라선, 직전에 예약해도 접수해주는 곳이 있으며, 데이캠프라면 예약이 필요 없는 장소까지 있었다.

인상과 현실의 갭이 있는 법이구나. 무슨 일이든 단정해선 안 된다고 새삼 생각했다.

공원 안을 지나갈 때 바람이 불었다. 살랑살랑 이파리가 스치는 소리가 들려서 더위를 잊는다. 깊은 숨을 내쉬었다.

깨갱! 하고 짖는 소리에 고개를 돌리자, 공원 안에 강아지를 데리고 산책하는 사람이 있었다.

서로 지나치던 순간 강아지가 우리들 쪽으로 다가오려고 하자, 주인 여성이 급하게 안아 들었다. 미안하다며 고개를 숙이지만, 우리는 나란히 괜찮다며 미소를 지었다. 아야세 양이 귀엽다고 말하자, 그 여성도 눈을 가늘게 뜨며 기분 좋게 웃었다.

다시 한 번 깊이 고개를 숙이고 우리가 멀어진 걸 확인하더니, 산책을 재개했다.

"귀여웠지."

"그러게."

작고 하얀 강아지는 털도 폭신폭신하고, 누가 봐도 귀엽다고 말할 만큼 사랑스럽게 생겼다.

문득, 낮의 대화를 떠올렸다. 요미우리 선배가 말한, 『너무 귀여워, 그냥 숨만 쉬어도 사랑받는다』라는 말.

숨만 쉬어도 사랑받는다, 라.

문득 생각했다.

나는 어떨까?

아버지가 나를 소중히 생각해주는 건 느끼고 있다.

그렇기에 옥신각신할 수도 있는 거다. 아키코 씨나 아야세 양과 처음 만났을 때. 갑자기 재혼 이야기를 꺼내더니 그대로 패밀리 레스토랑에 가서 상식을 벗어난 대면을 하게 됐을 때도, 딱히 불평할 마음이 들지 않았던 건 아버지와 나 사이에 신뢰 관계가 구축되어 있었다는 걸 느꼈기 때문이다.

그렇지만 친어머니에 대해서 생각해보면, 나는 아직도 마음이 싸늘하게 식는 것을 느낀다.

그 사람은, 아버지가 가정을 위해서 일하면 일할수록 마음이 멀어졌다.

때때로 생각한다. 그러면, 대체 아버지가 뭘 어떻게 했어야 그 사람의 애정을 잃지 않았을까?

문득 머리에 떠오른 그 사고가 내 안에서 빙글빙글 돌기 시작했다.

돌이켜보면 나는 이성 친구와 도무지 인연이 없었다. 요미우리 선배는 취미가 맞는 동료지만, 마음에 야한 농담을 기르는 아저씨 같은 사람이니까 그다지 이성이라 의식하지 않는다 치고.

내 교우록이 급격하게 변화한 것은, 아야세 양과 만난 다음부터다.

아야세 양의 친구인 나라사카 양을 비롯해서, 후지나미 양이나 쿠도 준교수, 코조노 양.

여성 지인이 눈에 띄게 늘었다.

……아니지.

신쇼나 요시다 같은 남성 친구도 늘었지.

그렇다면 그때까지 긴 17년간 마루 정도 말고는 자신 있게 친구라고 부를 수 있는 상대가 없었던 내가, 고작 1년 만에 눈에 띌 만큼 친하게 지내는 사람이 늘어났다. 아버지의 재혼을 계기로, 내 주위가 갑자기 떠들썩해진 것 같다.

그렇지만 나 자신은 그 사이 스스로가 남에게 사랑받는 체질로 변했다는 생각은 안 든다.

떠나간 친어머니의 그림자가 내 마음을 차갑게 만든다.

이성에게 사랑받으려면 뭘 어떻게 해야 하는 걸까? 단서가 필요하다.

지금은 아야세 양이 좋아해준다고 믿을 수 있다.

그러나 사람의 마음이란 변하는 법이다.

마음은 바뀐다.

신쇼도 아야세 양을 좋아했을 텐데, 이미 달리 더 좋아하는 사람이 있다.

사랑받는 체질 같은 것이 있다면, 그것이 자신에게 갖추어져 있으면 좋겠다.

코조노 양을 보고 있으면, 분명히 그녀가 그런 타입처럼 보인다. 조금 전 지나친 그 강아지처럼. 그야말로 요미우리 선배가 처음에 말한 것처럼, 가만히 있기만 해도 귀여움 받는 성격으로 보인다.

하지만 동시에 조금 신경 쓰이는 점도 있었다.

『저는 말이죠. 엄청 사랑받는 노력을 한다니까요.』

코조노 양 자신은 그렇게 말했다.

사랑받는 노력, 이라.

나는 자신이 없다. 아직 내 안에는 작은 초등학교 무렵의 내가 남아 있다. 바람을 피운 어머니가 집을 나가자, 집 안이 갑자기 넓고 쓸쓸하게 느껴져 쓸쓸함에 눈물이 솟아나온 것을 기억하고 있다.

힐끔 옆을 걷는 여성을 보았다.

아야세 양도 나와 비슷한 처지였다. 그녀의 경우도 역시 이성인 아버지 쪽이 나가 버렸다. 어머니인 아키코 씨와 사이는 양호하지만, 그녀의 언동에서 남성에 대한 불신감이 다소 엿보인다.

숨만 쉬어도 사랑받는다, 인가.

그걸 믿을 수 있다면, 얼마나 편했을까?

자택이 있는 맨션이 보인다.

"저기 봐. 불이 켜져 있는 걸 보니 타이치 새아버지, 벌써 집에 돌아오셨네."

맨션을 가리키며 아야세 양이 말했다.

—집에 돌아오셨네.

마음속이 따스해진다. 아야세 양이, 아버지와 내가 살고 있던 맨션을 가리키며 「집」이라고 말해준 것이 기뻤다.

"그러면, 아버지가 에어컨을 켜놨을 거야. 이제 좀 시원해지겠네."

"그렇네."

생긋 웃는 아야세 양의 얼굴.

그렇구나—.

나는 그녀에게 좋아한다는 말을 「계속」 듣기 위해서, 어떻게 해야 하는지 모른다.

시부야의 거리에 선 커다란 건물의 수많은 집에는 아직 불이 꺼져 있었다. 저런 집 하나하나에 『가족』이 살고 있다.

가족을 유지하기 위해, 집에 사는 사람들 제각각이 모두 사랑받기 위한 노력을 하고 있는 걸까?

나는 아직 상상하는 것조차 어려웠다.

●7월 25일(일요일) 아사무라 유우타

식탁에 준비된 커피와 토스트가 담긴 그릇.

그것만 집고서 나는 말했다.

"어제, 생각보다 진도가 안 나가서. 알바 가기 전까지 공부하고 싶으니까 가져가서 먹을게."

선배가 보낸 바비큐 후보지를 인터넷으로 조사한 덕분에, 조금 스케줄이 틀어졌다. 이런 때, 아직 7월이라며 방심하기는 싫었다.

태블릿으로 신문을 읽던 아버지가 내 말에 약간 표정을 찌푸렸다.

"그것만 먹어도 되니? 공부를 열심히 하는 건 좋지만, 아침 식사를 든든히 안 먹으면 건강에 안 좋으니까 무리하는 건 안 좋다."

"아아…… 응. 조심할게."

"토스트 한 장이면 돼? 뭔가 더 갖다 줄까?"

아버지 맞은편에서 식사를 하고 있던 아야세 양도 걱정스러운 시선을 보냈다.

"치즈랑 햄도 있잖아. 너무 먹으면 졸릴 테니까, 이걸로 충분해. 설거지는 내가 할 테니까 그냥 남겨둬."

"고마워. 많지는 않으니까 괜찮을 거야. 공부, 열심히 해."

그렇게 말하고 생긋 미소를 지어주니, 의욕도 한층 더 솟아오르는 법이다.

그렇지만, 의욕만으로 늘어진 스케줄이 당겨지진 않는다.

새삼스럽지만 입시의 출제범위는 고교 생활 동안 배운 모든 과목이며, 1학년 수업 내용부터 복습하는 것만 해도 꽤 힘들다. 그리고 막상 시작하자, 이것이 또 까먹은 것투성이다.

그리고 수학이나 물리의 계산 문제 등은, 이해는 하고 있어도 손을 움직여 반복해 연습하고 숙련해두지 않으면 시간 안에 문제를 못 푼다.

공부 합숙에서 집중적으로 연습할 수 있을 테지만, 직전에 바비큐의 예정을 넣어 버렸다. 이젠 걱정하기보다 이틀에 진도를 나가두는 게 현명하겠다.

방으로 돌아가 스마트폰의 전원을 끄고 책상 서랍에 넣었다. 머리맡의 시계에 눈길을 주고, 1시간 동안 집중을 위해 기합을 넣었다.

토스트를 깨물면서 우선 단어장을 넘기며 영단어를 외웠다.

오늘은 어제 외운(외웠을) 영단어를 일본어로 보고 떠올려본다. 메모지 붙여둔 곳을 펼치자 「성과」라고 적혀 있어서 기억을 뒤져본다.

"그러니까, 아웃컴, 이었나? 스펠링은……."

작게 소리를 내면서 단어장을 넘겼다.

응, 맞다. 「성과, 결과」로군. 「결과」는, 「리절트」도 「결과」란 의미 아니었나? 신경 쓰이지만, 단어 하나로 사전을 일일이 뒤지면 무한히 시간이 걸린다. 다음은……「부과한다, 강요한다」로군.

"임포즈. 스펠링은—."

집중하다 보니까 토스트를 다 먹은 걸 눈치 못 챘다. 툭. 책상에 둔 접시에 손톱이 닿아서 「어라?」 하고 시선을 내리자, 벌써 빵 부스러기밖에 안 남았다. 아아, 벌써 다 먹었네. 나는 단어장을 집어넣었다.

다음은 수학 문제집을 풀었다. 완전히 식은 커피를 홀짝홀짝 마시면서, 제한 시간 안에 풀어보고 답 맞추기를 반복. 사인과 코사인이 탄젠트하는 문제가 머릿속에서 빙글빙글 돌고 있다. 문제를 풀면 기쁘고, 시간이 부족하면 분하다. 그러나 답을 보면 전부 해결할 수 있으니까, 그런 의미에서는 수학은 공부하기 편한 분야였다. 아니, 이런 걸 마루한테 말하면 『그건 학교에서 풀 수 있는 문제밖에 안 내니까 그렇지』라고 말하기도 하지만. 실제로 그렇게 말한 적이 있었지.

몇 번째인가 집중이 끊어진 참에 시계를 보자, 점심시간이 가까웠다. 비록 줄였다지만 7월은 휴일을 알바로 꽉 채워놓았다. 이제 슬슬 나갈 준비가 필요했다.

텅 비어 버린 그릇과 컵을 손에 들고 부엌으로 가져가고자 문 앞까지 온 참에 희미한 발소리가 들린 것 같았다.

"……사키?"

대답이 없었다.

문을 열었지만 아무도 없다.

착각인가? 방금 전까지 누군가 있었던 기척이 있었던 것 같은데. 누군가랄까, 아버지라면 사양하지 않고 쿵쿵 문을 두드릴 테니까…… 아마도 아야세 양이었을 텐데.

기분 탓인가 생각하며 싱크대에서 그릇과 컵을 씻었다. 행주로 정성껏 물기를 닦아내고 식기 선반에 넣었다.

시각은 12시 조금 전. 아버지는 아키코 씨가 깨어나면 같이 밖으로 점심 먹으러 간다고 했었다. 행주가 나설 차례는 얼마간 없으니까, 이렇게 널어두면 쓸 때까지는 마르겠지.

그러, 면.

"유우타 오빠, 나 준비 다 됐는데?"

마침 부엌에 들어온 아야세 양이 말을 걸었다.

딱히 평소와 다른 기색은 안 보인다.

"그게, 저기 말야……."

"응?"

"아니…… 아무것도 아냐. 아아, 나도, 이제 나갈 수 있어."

둘이 같이 어제와 마찬가지로 알바하는 서점으로 향했다.

그때는, 문 너머의 기척을 느낀 것이 기분 탓이었을 거라며 완전히 잊고 말았다.

알바하는 서점으로 가는 길.

어제와 같은 길을 어제와 같이 아야세 양과 나란히 걸었다.

태양이 눈부시다. 어제에 이어서 날씨가 좋다. 기온은 아마도 진작에 30℃를 넘었고, 피부를 태우는 햇살은 어쩌면 어제보다 강렬할지도 모르겠다.

"오늘도 덥네."

"그렇네."

수긍하면서 옆을 보았다. 보인 광경에 허를 찔려, 고동이 빨라졌다.

위팔을 올리고 뒷덜미를 핸드타월로 닦는 아야세 양의 목덜미에, 반짝거리는 땀방울이 빛나고 있었다. 후우. 한숨을 쉰다. 더워서 열기를 띤 것이 전해지는 숨결. 사복 차림도 이미 익숙할 텐데, 상의에서 엿보이는 예쁜 쇄골에 이상하게 시선이 빨려 들어간다.

언제나 같은 집에서 살고 있으며, 언제나 아야세 양의 이런 차림을 보고 있을 텐데, 반짝이는 땀이나 숨결, 땀을 닦는다는 사소한 동작을 보기만 해도 심박수가 확실하게 올라가 버린다.

혹시 나는 터무니없이 괘씸한 생각을 해버리고 있는 게

아닐까?

"……네."

"어?"

미안, 못 들었다고 답하자, 아야세 양이 신기하단 표정으로 나를 보았다.

"덥네, 라고 반복한 것뿐인데?"

"아, 응. 그렇구나. 덥네."

이럴 수가 있나. 이 대화의 정보량 제로잖아. 덥다는 말밖에 안 했어.

나는 내심 당황하면서도, 시선을 앞으로 되돌렸다. 이대로 바라보면 더욱 괘씸한 상상을 해버리는 게 아닐까 생각했다.

의식해 버린 만큼, 깨닫고 보니 어제는 손등이 닿을 만큼의 거리에서 걸었는데 오늘은 살짝 거리를 벌리고 있었다.

아야세 양이 힐끔 내 쪽을 보고 뭔가 말하고픈 기색이었다.

거리를 벌렸다고 탓하는 눈길일까?

아니면, 더욱 거리를 벌리라고 배려가 부족하다고 탓하는 걸까?

모르겠다. 그래, 알 수 없는 게 당연하다.

나는 걸음을 멈추고 말했다.

"잠깐만."

흘린 말에 아야세 양도 멈춰 섰다.

"어?"

아야세 양은 갸우뚱하는 표정을 지었다.

"한 가지, 확인하고 싶은데."

"으, 응. 뭔데?"

"오늘, 덥잖아. 아야세 양한테 땀 냄새 풍기는 게 싫어서, 조금 거리를 벌리고 있어. 다른 뜻이 있는 건 아냐."

"어? ……아아."

아야세 양은 우리 둘의 거리를 눈으로 재고, 어쩐지 모르게 한가한 오른손을 훌훌 흔들었다. 그렇구나, 입술만 움직여 말을 자아냈다.

납득했는지 쓴웃음을 짓고 손을 흔들었다.

"괜찮아. 전혀 신경 안 써. 나도 땀 흘렸을 때 그다지 아사무라 군한테 다가가는 건, 그러니까…… 이 계절에는 밖에서 딱 붙어 있으면 너무 덥잖아."

"뭐, 그런 거지만."

"괜찮아. 그래서 —하게 되진 않으니까 안심해."

아무래도 길거리라 작은 소리였다. 이미 역 앞의 큰 길에 도달하고 있었다.

생긋 웃어서, 나는 안도의 한숨을 쉬었다. 이런 작은 것에서도 간격조정을 해야지. 위기를 탈출한 것에 안심해 버렸다.

인파를 빠져나가 횡단보도 앞에 섰다.

일하는 서점 앞에 있는 스크램블 교차로.

시부야 역 앞 명물인 하치공을 저도 모르게 보았다. 동상 뒤에 있는, 철봉을 두 개 평행하게 늘어놓기만 한 파이프 벤치에 밀착해서 앉아 있는 연인이 있었다. 다 드러난 서로의 어깨는 물론 볼까지 달라붙을 기세로, 손까지 잡고서 속삭이듯 대화를 하고 있었다. 녹색이 살짝 퍼져있다지만, 제대로 된 나무그늘이 되어 있는 것도 아니라 피부에는 햇볕이 닿고, 아무리 생각해도 땀투성이일 텐데. 어째서 저렇게까지 달라붙어 있을 수 있는 걸까? 서로 땀이 신경 안 쓰이는 걸까?

그러나 마음속 어디선가 이런 생각도 든다. 아야세 양은 땀을 흘렸을 때는 다가가기 좀 그렇다고 했다. 내가 저 커플을 본 감상은, 아야세 양의 의견에 영향을 받아 일그러진 것일지도 모른다.

간격조정 대화를 했을 때, 땀 같은 거 신경 안 쓰니까 손을 잡아줘, 라고 아야세 양이 만약 말했다면—. 나는 어떤 마음으로 저 커플을 봤을까?

신호가 파란색이 되어 우리는 횡단보도를 건넜다.

"덥네."

몇 번째인가 아야세 양의 말에, 나는 이번에도 「그렇네」라고 답했다.

간격조정을 했을 때는 진심으로 나온 말이 필요하지만.

사람은 자신의 마음속을 스스로 정확하게 파악할 수 있다고 장담 못한다.

땀 냄새가 난다는 말을 듣는 게 싫다는 건 진심이지만. 그렇다고 손을 잡기 싫은 건 아니니까. 팔라완 비치에서는 전력질주로 달린 끝에, 땀투성이 상태였다. 그래도 아야세 양과 꼭 끌어안고 키스까지 했었다.

그때랑 뭐가 어떻게 다른가 따져보면, 지금이 좀 더 냉정한 기분이라는 것뿐이다.

아아, 그렇구나.

그 연인들은, 다시 말해 지금 이 순간이 뜨거운 상태인 걸지도 몰라.

냉방이 되는 건물에 들어왔기 때문인지, 나는 살짝 냉정하게 다시 볼 수 있게 됐다.

우선, 알바를 열심히 해야지.

점장님이 우리 둘에게 휴식하고 와도 된다고 했다.

오후 3시경이다. 요미우리 선배와 코조노 양이 어제랑 마찬가지로 나란히 퇴근해 버린 타이밍이었다.

"계산대가 바빠지지 않을까요?"

"마침 손님도 빠졌으니까. 뭐, 이제 다음 근무인 애들도 왔으니까 이틈에 쉬어 버려."

점장님 말을 듣고 나도 아야세 양도 알겠습니다, 하고

고개를 숙였다.

그리고 둘이서 사무실로 이동하려 했을 때, 돌아갈 준비를 마친 코조노 양이 점장님한테 가더니 「뭐 좀 사서 가도 돼요?」라고 말했다.

조금 점장님이랑 얘기를 하고서, 어쩐지 모르게 그걸 보고 있던 나와 아야세 양 쪽으로 총총 달려와 다가온다. 아아, 정말로 작은 동물 같은 동작이네.

"아사무라 선배, 잠깐 괜찮을까요?"

"어, 나?"

"네. 저기, 잠깐 같이 와주시면 좋겠어요. 가르쳐줬으면 하는 게 있어서요."

반사적으로 아야세 양 쪽에 시선을 돌릴 것 같았다.

그걸 억누르면서, 나는 코조노 양에게 고개를 갸웃거렸다.

"가르쳐줬으면 하는 거?"

물론 알바에 대해서는 아닐 거다. 일에 대한 어드바이스를 바라는 거라면 알바 시간 안에 물어보는 게 좋을 거고, 일이 끝난 이 타이밍에 가르쳐달라고 하는 건 뭘까?

물어보자, 캠프에 가는 거니까 사전에 제대로 된 지식을 얻고 싶다는 것이었다.

"캠프라고 해도, 뭘 준비하면 좋을지 몰라서요."

"어, 그건 데이캠프니까, 그렇게까지 어렵게 생각 안 해도 괜찮아."

"데이캠프?"

아아, 코조노 양은 제대로 이해를 못했었구나. 뭐, 나도 인터넷에서 슬쩍 본 얕은 지식이지만.

"당일치기 캠프 말야. 묵는 것보다 준비도 편해."

"아, 그렇네요. 묵고 오는 거 아니라고 했었죠."

"그렇지."

요미우리 선배가 보낸 자료에 실려 있던 데이캠프의 후보지는 토치기 현에 있었다.

첨부한 URL로 사이트에 가봤더니, 바비큐도 할 수 있는 모양이다.

"그런가요. 하지만, 역시 뭔가 준비는 필요하죠? 그러면 읽어두는 게 좋은 책이나 잡지 같은 걸, 꼭 아사무라 선배가 가르쳐줬으면 해요."

나는 자신의 기억을 뒤져봤다. 초보자에게 필요한 지식이 실려 있는 책이라. 데이캠프라고 해도 캠프니까…….

"아마, 아웃도어 관련 책이나 잡지에 실려있지 않을까? 선반 위치는…… 코조노 양이라면 기억할 것 같은데."

"아, 네. 어딘지 장소는 알아요. 하지만 어떤 책이 초보자한테 추천할만한지 몰라서 선배가 골라주셨으면 해서요……. 그런 거, 잘 알 것 같아서요. 아사무라 선배가 추천하는 거면 신용할 수 있고."

"그렇지는……."

않다고, 거절하려는데, 올려다보며 매달리는 눈동자로 바라본다.

"으음……."

나는 시선을 올려 아야세 양을 보았다.

"아사무라 군. 나도 마침 찾고 있었으니까, 같이 가르쳐 줄 수 있어?"

그렇게 말하면서, 아야세 양은 코조노 양과 반대쪽에 섰다.

아야세 양도…….

어쩔 수 없지.

"뭐, 나중에 자료를 LINE의 그룹에 보내둘 거고, 인터넷 기사나 YouTube 영상 같은 걸 봐도 될 거야."

둘 사이에 끼어서, 어쩐지 모르게 묘한 분위기를 느끼면서 나는 그렇게 운을 띄웠다.

그리고『취미/아웃도어』의 플레이트가 붙어 있는 책장을 목표로 걷기 시작했다.

"저는, 역시 책의 정보가 확실하다고 생각해서요."

방금 내가 한 말에 대한 말이겠지. 코조노 양이 말했다.

요즘은 인터넷의 정보만 보고 마는 사람도 많은 걸 알고 있으니, 설마 코조노 양이 책을 고집할 줄은 몰랐다.

그렇지만 나 자신도, 책에 적혀 있는 문자를 읽는 것이 정보가 머리에 남는 타입이지.

내 왼쪽을 걷고 있는 아야세 양도, 「나는 종이에 적혀 있

어야 읽기 쉬워」라고 말했다. 아야세 양은 나랑 같은 타입이구나.

책장 앞까지 와서, 나는 캠프의 입문서(목차를 쭉 보고, 데이캠프의 항목이 있는 것도 확인했다)나 아웃도어의 잡지를 몇 갠가 골랐다.

같은 책과 잡지를 아야세 양도 집었다.

계산대에 갔더니, 카운터에 요미우리 선배가 가게의 유니폼을 입은 채 있는 걸 깨달았다. 돌아가려는 참에 전표 정리를 떠올렸다고.

코조노 양이 카운터에 둔 책이, 캠프 잡지나 입문서라는 걸 보고 요미우리 선배가 기쁜 표정을 지었다.

"놀이에 진지하게 임하는 그 자세! 고득점. 좋아좋아좋아! 혹시나 이 책은 우리 후배가 골랐니?"

"뭐, 네."

"그렇구나. 응, 우리 후배는 책을 보는 눈이 있으니까. 그치? 에리나 양."

"그렇게 생각해요!"

"그럼그럼. 그러면, 계산해 버리자."

계산을 마치고 책을 건네자, 코조노 양이 꾸벅 인사를 하고 감사합니다. 계산대 너머의 요미우리 선배가 손을 뻗어 머리를 쓰다듬었다.

"아사무라 선배, 감사합니다. 저, 이만 돌아갈게요."

손을 흔들고 코조노 양이 가게를 나섰다.

교대하듯 아야세 양이 계산대 앞에 섰다.

"오? 사키 양도 그거 살 거야?"

"어, 아, 네."

아야세 양이 코조노 양이랑 완전히 같은 책과 잡지를 내밀었다.

"오오, 사키 양도 사주는구나. 흐으음, 같은 거네. 다들 캠프에 열심이라 언니는 기쁘단다."

"아아, 네. 아, 하지만…… 저, 아직 근무 중이었어요."

휴식을 하고 있다지만 일하는 시간이었다. 계산은 나중에 해도 된다는 걸 깨달은 모양이다.

"죄송해요. 나중에 가져오는 게 좋겠죠."

"휴식시간이니까, 그렇게 딱딱하게 생각 안 해도 될 거야. 점장님, 괜찮죠~?"

점장님이 물론이라고 말해주지만, 아야세 양은 기억했다고 말하며 성실하게 책장에 책을 돌려두러 갔다.

아야세 양의 등을 눈으로 배웅하며 요미우리 선배가 말했다.

"코조노 양한테 골라준 책이랑 같은 책 말이지. 이야~, 그렇구나, 그렇구나."

"뭐, 부탁을 받아서요."

"그렇구나, 그렇고말고."

나를 보면서, 빙긋이 미소를 지었다.

"그러면, 나도 이만 이번엔 진짜로 퇴근할 거야."

"아, 전표 정리 끝났네요."

졸업 뒤에 정사원이 되지 않겠느냐고 점장님이 스카우트할 만하다. 나한테는 버거운 서류 작업도 순식간이었다.

"후후. 캠프가 기대된다! 청춘이네!"

의문스런 말을 남기고 요미우리 선배도 돌아갔다.

●7월 25일(일요일) 아야세 사키

거울 앞에서 빗을 움직여 머리칼을 가볍게 정돈하고, 자신을 향해서 좋아하고 고개를 끄덕였다.

아침 식사 준비를 하려고 부엌으로 갔다.

여름 방학 기간의 주말에는 아침에도 느긋하게 준비할 수 있어서 편하다. 타이치 새아버지도 느긋하게 일어나니까.

머리칼을 한데 묶고, 앞치마 끈을 허리 뒤로 묶었다. 그러면.

오늘은 오랜만에 내가 식사를 만들게 됐다. 아사무라 군은 언제나 아침은 가벼운 걸 선호하고, 오늘도 오후부터 알바니까, 깔끔한 메뉴가 좋겠지— 라고 생각한 다음에 떠올랐다.

그러고 보니 어제 자기 전에, 아사무라 군이 『내일은 내 몫의 아침 안 만들어도 돼. 공부를 좀 계속하고 싶어서. 토스트만 먹을 거야』라고 말했다.

그렇지. 아침 안 먹는다고 했어.

그러면—.

식빵(8매입)의 봉지를 식탁 위의, 손에 집기 쉬운 위치에 두었다.

그러기만 하고, 타이치 새아버지랑 내가 먹을 아침 식사를 만들기로 했다.

샐러드를 깊은 그릇에 담고 있는데, 아사무라 군이 깨는 소리가 났다. 세면장에서 그가 씻는 사이에, 준비해둔 빵을 굽고 커피를 타뒀다.

머그컵에 커피를 따르면서, 그릇 위에 덩그러니 놓인 토스트 한 장을 멍하니 보았다.

아무래도 이것만으로는 영양소가 부족하지 않을까…….

그렇지. 뭔가 생각나서 냉장고를 열었다.

얇게 썬 햄과 슬라이스 치즈를 꺼내, 토스트 위에 올렸다. 야채도 있으면 좋겠지만, 한 손으로 먹을 수가 없게 되니까. 아차, 이럴 거였다면 샌드위치라도 만들걸 그랬어.

식탁에서 아침 식사를 하며 생각하는데, 벌써 아사무라 군이 와 버렸다.

어젯밤에 말한 것처럼, 준비된 토스트 그릇과 커피만 들고서 자기 방에 틀어박히려 했다. 어라? 하며 표정을 바꾼 건 햄과 치즈가 올라가 있는 서비스를 눈치챘기 때문일까?

너무 적으니까 타이치 새아버지가 걱정을 해서, 아사무라 군은 순순히 조심한다고 말했다. 걱정해주는 거니까.

"토스트 한 장이면 돼? 뭔가 더 갖다 줄까?"

그렇지만 아사무라 군은 충분하다고 말한 데다가, 설거지 걱정까지 해준다. 평소보다 아사무라 군이 제대로 안 먹는 만큼, 사용하는 그릇도 줄어드니까 편한데 말야. 나는 그렇게 말하고, 방으로 돌아가는 등을 배웅했다.

"공부를 해주는 건 기쁘지만, 몸이 망가지지 않을까 걱정이다."

타이치 새아버지가 조용히 말해서, 나도 수긍했다.

"의욕이 있는 걸 보니 뭔가 하고 싶은 일이라도 찾은 걸까? 사키는 뭔가 들었니?"

그 말에, 나는 난처해졌다.

그러고 보니 아사무라 군이 장래 하고 싶은 일은 뭘까? 물어본 적이 없는 것 같아……. 하지만, 저만큼 열심히 공부를 하고 있으니까 뭔가 되고 싶은 게 있는 걸지도 몰라.

"저도 못 들었어요."

"뭐, 의욕이 있는 건 좋은 일이긴 한데."

그렇게 반복했다.

어쩐지 걱정스러운 건 이유가 있는 걸까?

"뭔가 문제가 있나요?"

"응? 아아 뭐……."

타이치 새아버지가 식후의 차를 마시면서, 조금만 이야기를 해주었다.

아사무라 군의 예전 어머니는 상당히 교육열이 높았다고 한다. 초등학교 수험, 그리고 중학교 수험도 목표로 했다고.

"나는 의무교육을 공립에서 받았으니까, 그렇게까지 욕심은 없었는데 말이지. 그녀는 자기가 그걸로 고생을 했다고 느낀 모양이라.”

“그랬었군요.”

그렇게, 대답을 하긴 했지만, 그런 부분의 심리는 나도 알 수가 없다. 나도 중학교까지는 공립을 다녔으니까. 우리 집에는 사립의 초등, 중학교에 다닐 만큼의 경제력이 없었다.

“그렇지만, 그 무렵의 유우타는 그다지 공부 요령이 좋은 편이 아니었거든. 기대에 응답하려고 노력은 했지만, 결국 전부 떨어져서 그대로 공립에 다니게 됐어.”

공부 요령— 이라는 신기한 말에 나는 고개를 갸웃거렸다.

“유우타 오빠는, 머리가 좋다고 생각하는데요.”

“머리 자체는 나쁘지 않다고 나도 생각해. 뭐, 부모의 시선일지도 모르지만.”

“그렇진 않아요.”

“고마워. 하지만, 초등학교 무렵은 성적도 중간과 아래쪽을 왔다 갔다 했었어.”

그건 나에게 뜻밖인 말이었다.

타이치 새아버지 말에 따르면, 초등학교 수험에 실패한 아사무라 군은 그다음에 완전히 공부를 싫어하게 되어 토라져 있었다고 한다. 그대로는 뭔가 배우는 것 자체를 싫어하게 될 거라고 위기감을 느낀 타이치 새아버지는, 기분전환으로 여기저기 데리고 다녔다고 한다.

동물원이나 박물관이나 도서관이나.

밀어붙이진 않고, 「뭐든지 좋으니까 아사무라가 배우는 것에 고통 이외의 감상을 가져준다면」이라는 마음이었다고 한다.

결과적으로, 그 중 하나— 도서관에 흥미를 가졌다. 보다 자세하게 말하면 소설에 흥미를 가진 모양이다.

책을 놓지 않는 아이로 변한 것이다.

그렇지만, 아사무라 군의 친모는 그것을 그다지 좋게 생각하지 않았다.

"어. 어째서인가요? 책을 읽을 수 있다니 대단하다고 생각하는데요."

나는 요령을 배울 때까지 소설의 독해도 어마어마하게 고생했는데.

초등학교 수험 이후라면, 아직 초등학교 저학년이었을 거다. 그런 무렵부터 그림책이 아니라 평범한 책까지 읽었다면, 충분히 공부를 대신할 수 있을 거라고 생각하는데.

"그녀는, 책을 읽을 시간에 교과서나 읽으라는 사람이었으니까. 유우타가 읽는 것처럼, 컬러풀한 줄무늬의 용이 나오는 책이나, 커다란 양말을 신은 괴력의 여자애 이야기나, 이마에 상처가 있는 마법사 소년의 이야기나, 그런 건 시시하다고 말하면서 그다지 좋은 표정을 안 지었어."

문자를 배우는 건 빨랐지만, 초등학교 때는 성적이 올랐다 내렸다를 반복했다고 한다. 그래서 중학교 수험도 실패해 버렸다.

그 무렵에는 타이치 새아버지와 친모의 마음이 완전히 멀어져 버려서, 이혼에 이르렀다.

그렇지만 얄궂게도, 중학교에 올라간 뒤 독서 습관이 계속된 덕분인지 사고력이 늘어서, 아사무라 군의 성적은 눈에 띄게 올라가기 시작했다.

"자기가 가진 지식이 늘어나고, 그걸 정리해서, 눈앞의 문제에 응용할 수 있게 된 걸까, 라고 나는 생각하는데."

"그게 다시 말해 공부 요령이 좋아졌다는 건가요?"

"그렇게 말하는 게 올바른지 아닌지는 모르겠지만…… 아아, 머리 쓰는 법을 배웠다, 라는 것이 정곡을 꿰뚫은 걸지도 몰라."

"그 말을 들으니 어쩐지 이해가 돼요."

그리고 아사무라 군은 어엿하게 스이세이 고교의 시험도 돌파한 것이다.

"다만, 나는 유우타의 초등학교 수험과 중학교 수험 때를 기억하고 있으니까. 그야말로 식사하는 시간도 아껴가며 공부를 하거나 해서, 자신을 너무 몰아붙였어. 지금 유우타가 조금 그 무렵이랑 겹쳐서 보여버리네……."

차를 홀짝이면서, 타이치 새아버지가 하아 하고 한숨을 쉬었다.

"어째서 저만큼 노력하기 시작해 버린 걸까? 아니, 부모로서 아들이 공부를 열심히 해주는 건 기쁜데 말야. 하지만 몸이 망가지면 본전도 못 찾으니까. 사키, 뭔가 짚이는 거라도 없을까?"

나는 고개를 좌우로 흔들었다.

전혀 짐작이 안 돼.

다만 걱정스런 타이치 새아버지의 얼굴을 보면, 뭔가 말해야 할 것 같았다.

"아, 하지만, 지금 알바하는 서점 사람들이랑 캠프에 가자고 얘기하고 있어요."

흐음? 하고 새아버지가 고개를 들었다.

"아직 스케줄도 못 세웠지만요. 저기, 나중에 말하고 허락을 받을 셈이었어요. 아, 당일치기로요. 좀 가서, 바비큐 먹고서, 돌아오는 것뿐이니까요."

"그건 좋네. 응. 참 좋아."

"제대로 정해진 다음에 말할까 해서. 저기……, 가도 될까요?"

본래는 아사무라 군이랑 의논하고서 같이 말해야 하겠지만, 타이치 새아버지의 흐려진 표정을 지워주고 싶다는 마음이 강했다. 하지만, 여기서 안 된다고 하면 어쩌지?

"물론, 다녀와도 되지. 하루 정도는, 실컷 놀아야지."

안도해서 가슴을 쓸어 내렸다.

나중에 자세한 행선지나 스케줄을 말한다고 약속했다. 아사무라 군한테는, 캠프 이야기를 내가 먼저 꺼내버렸다고 얼른 말을 해둬야겠어.

"그 녀석도, 조금 더 잘 노는 성격이라면 좋겠는데."

"저도, 조심할게요."

그렇게 말하자, 타이치 새아버지는 찻잔을 싱크대에 가져가면서 나를 돌아보았다.

"물론, 사키도 무리하면 안 된다? 때때로 푹 쉬도록 해."

진지한 표정으로 말한다.

몇 번째인가가 되지만, 아아, 엄마는 좋은 상대를 찾았다고 생각하여, 가슴속이 포근해졌다.

"무리 안 하도록 조심할게요, 새아버지."

고개를 끄덕이면서 대답하자, 타이치 새아버지는 눈을 가늘게 뜨고 미소를 지었다.

완전히 익숙해진 내 방의 문을 닫았다.

손잡이 돌리는 소리가 사라지자, 나는 살며시 한숨을 쉬었다.

책상 앞에 앉아서, 「그럼」 하고 공부 도구를 펼치면서 방금 전 새아버지랑 나눈 대화를 떠올렸다.

무리를 하는 걸지도 모른다. 조금은 노는 편이 좋다.

타이치 새아버지가 아사무라 군을 걱정해서 한 말은, 마치 작년의 나 자신에 대한 말 같았다.

무리를 하고 있다. 작년의 지금 무렵 내가 그야말로 그랬다.

부모님의 재혼을 계기로, 아사무라 유우타라는 존재와 만나 버린 것으로, 나는 지금까지와 같은 나날을 보낼 수 없게 되어 버렸다. 그의 존재가 자신 안에서 너무 커졌으니까.

하지만, 그 상태의 나를 구해준 것도 아사무라 군이었다.

친구들과 워터파크에 놀러 가자.

그런 언제든지 누구든지 할 수 있는 일을, 당시의 나는 못했다. 내가 먼저 놀러 가자고 하는 건 생각도 못했고, 놀러 가자고 부르는 친구도 마아야 정도밖에 없었다. 그 마아야가 부르는 것마저 고집을 부려 거절하려고 했다.

그런 나에게 아사무라 군은 참을성 있게 말을 걸어주었다.

여름의 더운 하루. 마아야와 아사무라 군과 처음으로 만난 마아야의 친구들과 물놀이. 모르는 사람들도 많았지만, 나름대로 즐길 수 있었고, 나는 마음에 여유를 가질 수 있었다.

지금의 아사무라 군이 당시의 나처럼 스트레스를 품은 상황이라면, 이번엔 내가 그의 팽팽한 긴장을 풀어주고 싶다.

문득 생각했다. 혹시 요미우리 선배는 그런 아사무라 군의 팽팽한 분위기를 감지하고, 캠프 가고 싶다고 떼를 쓴게 아닐까?

그러면, 그건 맨 먼저 내가 깨달아야 할 일이 아니었을까?

나는 그의— 연인이니까.

그렇게 생각해서 조금 풀이 죽었다. 하지만 이 당일치기 캠프에서 그가 한숨 돌려준다면, 누가 먼저 말했는지는 중요하지 않다.

그렇지만 아사무라 군은 요미우리 선배에게 부탁을 받아 캠프에 간다고 정했다.

그리고, 알바 신입인 코조노 양도 가고 싶다고 해서 나도 가지 않을 수 없게 됐다.

왜냐면, 그게, 저기.

팽팽한 그의 마음을 치유하는 게 내가 아니라 다른 누군가일지도 모르는 상황을 상상하기만 해도 조금 꾸물꾸물하는 법이다.

이런 질투심, 추하고 싫다고 생각한다. 생각하지만, 그렇게 생각했어도 사라지지 않는 것이 감정이라는 물건인 것이다.

—내가 먼저 놀러 가자고 말한다, 라.

띠링하고 맥 빠지는 소리를 내며 스마트폰이 메시지 착신을 알렸다.

마아야였다.

메시지를 읽어보니, 2주일 정도 뒤에 있는 불꽃놀이에

가자는 것이었다. 서로 친구를 몇 명인가 불러서 다 같이 보러 가자고.

"정말…… 이 커뮤 강자 같으니……."

마치 잰 것 같은 타이밍에 보낸다. 내 마음속을 꿰뚫어 보고 있는 것 같아서, 설마 정말로……. 무심코 방 안에서 고개를 좌우로 흔들어 버렸지만, 진심으로 감시 카메라가 있다고 생각한 건 아니다.

띠링!

—응?

【물론, 아사무라 군도 불러야 돼!】

정말로…… 감시하는 거 아니지?

"그래요, 그래."

대답하려다가, 나는 문득 손을 멈추고 생각했다.

다 같이, 라. 응, 그것도 좋다. 작년의 워터파크도 그랬었고. 이번 캠프도 알바 선후배와 함께 간다. 요전에 마루 군의 시합 관전도 잔뜩 같이 보러 갔었지.

하지만— 아사무라 군과 단둘이, 아니었다.

얼마 안 남은 고교 생활, 마지막 여름. 뭔가 기억에 남는 둘만의 추억을 만들고 싶다—.

그렇다면, 이번에 마아야랑 합류하는 건 피해야 하지 않을까?

단둘이.

가슴이 뛴다.

하지만—.

【대답에 시간을 좀 줘.】

짧게 응답했다.

—내가 먼저 놀러 가자고 권유한다.

그것이 서투른 건 거절당했을 때를 생각해 버리기 때문이다.

……아냐.

자신이 거절당하는 인간이라는 걸 깨닫는 기분이 되기 때문이다. 실제로는 거절하는 것에 대단한 의미가 없다(있기도 하지만). 누구든지 조정할 수 없는 예정이 있고, 이미 다른 사람과 선약을 맺었을 수도 있고, 혼자서 있고 싶을 때도 있다.

일단 나부터 그렇다. 마아야가 놀러 가자고 하는 걸 거절하는 건 일상다반사고, 열 번 권유받았을 때 한 번 정도 같이 가면 잘 가는 편이다…….

어쩐지 스스로가 엄청 박정한 게 아닌가 의구심이 들기 시작했는걸.

마아야도 참 용케 질리지도 않고 매번 부르는구나. 그녀는 어쩌면 성녀 같은 것의 환생이 아닐까?

조금 더 걔가 부르면 가주는 건……아니, 아니, 생각이 엇나갔네, 응. 거절을 해도, 그건 곧 자신이 부정당한 건 아니다.

이 부족한 자신감이 싫어진다.

자신의 바람이 거부당했을 때가 먼저 머리를 스치는 건 어째서일까? 언제나 그렇다.

용기를 내서, 아사무라 군을 불꽃놀이에 부르고 싶다. 「불꽃놀이, 있다던데…… 둘이서만 안 갈래?」라고.

만약 OK를 받는다면 마아야에게 미안하다고 거절하자.

의자에서 일어선 나는, 그대로 아사무라 군의 방 앞까지 갔다.

문 앞에서 심호흡. 「불꽃놀이, 둘이서만 보러 안 갈래?」라고 입 속에서 몇 번인가 반복했다. 좋아. 마음속으로 자신을 질타하면서, 문을 두드리려다가 깨달았다.

주먹을 쥔 채 자세가 얼어붙었다.

지금, 아사무라 군은— 공부중이야.

알바하기 전에 공부에 집중하고 싶다고 방에 틀어박혔다. 공부 합숙도 앞두고 있고, 알바생들 끼리 가는 캠프도 당일치기라서 OK했었지.

새삼 생각해보면, 혹시 아사무라 군은, 더 노는 걸로 공부 시간을 소비하는 거 싫어하지 않을까?

망설여 버린다. 그렇지만, 너무 몰두하는 것도 안 좋다. 그러니까 이건 아사무라 군을 위한 일이기도…….

아니, 「아사무라 군이 무리를 하고 있다」는 건 추측에 지나지 않다.

어쩌면 나는 그저 내가 쓸쓸한 것뿐인데, 그 진심을 뒤덮어 감추기 위해 제안하려는 것이 아닐까. 그것은 비겁한 행동이 아닐까. 내가 쓸쓸하다고 그의 인생에서 중요한 시간을 빼앗기는 싫었다.

하지만 그와 보낸 여름의 추억이 아무것도 없다는 것도 견딜 수 없을 것 같아.

고민하고 있자니, 드르륵 하는 의자 소리와 함께 일어서는 소리가 들려왔다. 발소리가 내가 서 있는 문 쪽으로 다가온다.

어쩌지? 아직 아사무라 군을 불러도 될지, 내 속에서 결론이 안 나왔어—.

들고 있던 주먹을 내리고, 나는 발소리가 들리지 않기를 기도하면서 그의 방 앞에서 물러났다. 문이 열려 있는 내 방으로 뛰어 들어가서, 손잡이를 잡아 살짝 당긴다. 문의 마지막 몇 센티미터를 소리가 나지 않도록 신중하게 닫았다.

천천히 쥐고 있던 손잡이를 놓았다. 희미하게 찰칵 소리가 나고 손잡이가 돌아갔다.

후우. 숨을 내쉬는 것과, 복도를 터벅터벅 아사무라 군이 걷는 소리가 들린 것이 동시였다. 아마도, 부엌 쪽으로 갔으리라.

"눈치 못 챘, 겠지?"

두근두근 진정되지 않는 심장에 손을 대었다.

도망칠 필요가 없었다는 걸 깨달은 건, 의자에 앉아 심장 고동이 느릿해졌을 때였다.

그러는 사이에 이제 알바 갈 시간이 되어, 급하게 몸단장을 했다.

"유우타 오빠, 나 준비 다 됐는데?"

아무렇지도 않은 표정으로 방을 나서, 부엌에 있는 아사무라 군에게 말을 걸고, 그리고, 어제와 같은 시각에 집을 나섰다.

그 일이 일어난 건 알바 시간 절반이 끝난 무렵이었다.

일찍 근무였던 요미우리 시오리 씨와 코조노 양이 탈의실로 가고, 그랬더니 코조노 양만 옷을 다 갈아입고 계산대 앞으로 돌아왔다. 점장님한테 말을 걸고, 우리들 쪽으로 와서 말했다. 캠프 책을 사는 걸 도와달라고.

거기에는 우리들— 나랑 아사무라 군 둘이 있었지만, 명백하게 코조노 양은 거기서 아사무라 군한테**만** 말을 걸었다. 그렇게 느껴졌다.

기분 탓.

자의식 과잉.

가능성은 있다.

한편으로는 어쩌면 자신이 코조노 양에게 거북함을 품어

버렸으니까, 또 그것을 코조노 양이 눈치채 버렸으니까, 그래서 내가 아니라 아사무라 군에게 그녀가 부탁해 버렸을 가능성도 있다.

만약 그렇다면 그녀에게 미안한 짓을 했다. 나이도 가깝고 동성이라 가장 의지하기 편해야 할 선배인데, 의지할 수가 없으니까.

그렇지만, 동시에 이렇게 생각도 한다. 그렇다고 해서, 이런 노골적인 태도를 취하지 않아도 될 텐데…….

아니아니, 잠깐만. 그녀의 태도가 노골적이라고 느끼는 것도, 나 자신의 인지가 왜곡된 걸지도 몰라. 단순히 아사무라 군이, 저기, 나보다 한 걸음 그녀랑 가까운 위치에 서 있었기 때문일지도—.

부탁을 받은 아사무라 군은 내 쪽을 힐끔힐끔 보면서 살폈다.

나는 반사적으로 생각한 변명을 말했다.

"아사무라 군. 나도 마침 찾고 있었으니까, 같이 가르쳐 줄 수 있어?"

그렇게 말하며, 코조노 양과 반대 쪽에 섰다.

그리고 아웃도어 코너로 같이 걸어갔다.

코조노 양과 아사무라 군의 어깨가 닿을 것 같은 거리에서 나란히 걷고 있기에, 무심코 반대쪽에서 아사무라 군을 끌어당길 것 같았다.

아사무라 군을 저토록 당당하게 잘 따르는 코조노 양의 모습을 보게 되면, 꾸물꾸물하는 질투심을 품게 된다.

그녀가 아사무라 군에게 추천 받아 건네받은 책과 잡지를 나도 집었다.

그대로 책을 계산대로 가져갔다가, 계산대 안쪽에 알바가 끝났을 요미우리 선배가 돌아와 있는 걸 보고, 나는 자신이 아직 알바 중이라는 것을 드디어 떠올렸다.

휴식 시간이라지만 자신의 책을 확보하는 것을 우선하다니, 별로 칭찬들을 행동은 아니지 않나? 하물며 후배의 눈앞인데. 약간 풀이 죽었지만, 나는 책을 책장에 도로 꽂으러 갔다. 뭐, 금방 매진되거나 하는 책은 아니니까.

코조노 양이 돌아가고, 해야할 일이 있었다던 요미우리 선배도 돌아갔다. 그렇게 2시간 정도 지나 우리 업무도 끝났다.

돌아가는 길을 다시 아사무라 군과 나란히 걸으면서 나는 알바 중에 있었던 일을 돌이켜보았다.

작은 동물처럼 사랑스런 태도를 뿌리는 코조노 양은, 분명히 요미우리 선배의 말처럼 「사랑받아 마땅하여 사랑받는」 것처럼 보였다.

나에겐 무리라고 느꼈다.

사랑받는 자질.

그런 것을 갖추고 있다고 느낀 적이 없다.

그런 자질을 익혔다는 감각도 없다.

예를 들어 자신을 꾸민다는 행위 하나만 봐도, 내가 목표로 하는 건 어떤 종류의 다가가기 어려움이고, 친해지기 쉬움이 아니었다.

나에게 복식이나 화장은 무장으로 하는 것이며, 사랑받기 위해 하는 것이 아니었다.

예를 들어 네일이 잘 칠해졌다고 느끼는 건, 그것이 뿜어내는 반짝거리는 광택으로 자신이 강해졌다는 느낌이 드니까 그런 거고.

코디네이트가 잘 됐을 때는, 거북한 장소에 갈 때도 몸의 중심이 딱 잡힌 느낌이 들어 가슴을 쫙 펴고 걸을 수 있다.

혼자서도 강하게 있을 수 있는 마음이 든다. 당당하게 설 수 있는 것 같다.

내 「무장」은 그런 것이다.

꾸미는 스킬에 대한 평가가 필요하다.

그렇지만, 그것이 사랑받기 위한 스킬이라고 느끼진 않는다.

화장도 복식도 엄마를 본받아 배운 것이지만, 결국 엄마는 친부의 애정을 잃었다.

기브 & 테이크. 세상은 등가교환으로 성립되고 있다고, 나는 생각한다.

애정을 받고 싶다면, 뭔가를 제공해야 할 거야.

하지만—.

사업에 실패하여, 직업을 잃고, 수입도 잃은 아버지를 위해서, 밖에 일하러 가서 한 가족을 지탱할 만큼의 수입을 바텐더라는 직업으로 버는 것에 성공한 엄마는, 그 성공을 친부에게 바쳤음에도 애정을 잃었다.

오히려 주었기 때문에 잃었다고 볼 수도 있다.

그렇다면—.

사랑을 얻기 위해 바쳐야 하는 것은 대체 뭘까?

어쩌면 혹시, 그건 코조노 양처럼 의도하지 않고 발휘되는 천부적인 재능이 필요했던 걸까?

무엇을 주어야 아사무라 군이 나를 사랑해줄까. 생각해보면, 고민하기 전에 그에게 가장 먼저 물어봐야 하는 것은 틀림없다. 간격조정이 가장 필요한 부분이다.

그래도, 그때 나는 그렇게까지 우리들의 관계를 객관적으로 볼 수가 없었다.

사랑은 맹목이란 말이 틀린 게 없어.

귀가해서 저녁 식사를 마치고, 내 방의 침대에 풀썩 누웠다.

목욕도 다 했고, 수험을 위한 공부도 마쳤고, 이제 자기만 하면 된다.

눈꺼풀이 떨어지는 감각에 저항하면서, 나는 충전기를

꽂아둔 스마트폰으로 무심코 이런 걸 검색해보았다.

남성에게 사랑받는 방법—.

검색 결과가 죽 나온다.

……많아. 「남성에게 사랑받기 위해서는」이라든가, 「사랑받기 위해 필요한 것」이라든가. 신경 쓰이지만 동시에 수상쩍음도 느껴지는 검색 결과가 한가득 나온다.

이제 자기만 하면 되는 상황이 아니었다면, 졸음으로 의식이 멍하지 않았다면, 이런 검색은 절대 안 했을 텐데. 얼굴이 괜히 붉어졌다.

하지만, 캠프에 가는 인원 중에는 요미우리 선배와 사랑받는 재능을 가졌다고 평가 받는 코조노 에리나 양이 있다.

오늘도 코조노 양은 그렇게 아사무라 군과 거리가 가까웠다.

……아니지. 「코조노 양은」 이라고 꼭 집어서 가정해도 의미가 없다.

코조노 양을 세상에서 지우더라도, 아사무라 군 옆에 다른 귀여운 여자애가 서 있다면, 마찬가지로 꾸물거리는 감정이 나를 덮칠 것이다. 논리적으로 그걸 없애는 건 불가능하다.

이성으로는 그걸 이해할 수 있는데.

문득, 검색 결과의 기사 하나가 눈에 머물렀다.

「남녀 사이에서 어긋나기 쉬운 것들」이라는 항목이 있어서 뜨끔했다. 읽어보니, 이런 것이 적혀 있었다.

『발화자가 커뮤니케이션을 목적으로 할 때 상대에게 의견을 구하는 것처럼 말하면, 상대는 해결을 바란다고 생각해서 자기 나름대로 해결책을 찾게 된다. 커뮤니케이션 자체가 목적이라면, 의견을 구하는 물음을 하는 것은 역효과다.』

조금 꼬여 적혀있어서 알기 어려웠다.

몇 번인가 다시 읽어보고서, 드디어 이해했다.

다시 말해서 감정을 일치시키고 싶을 때는 논리의 일치를 바라는 것처럼 말하지 말라는 거구나.

꾸물거리는 감정을 해소하고 싶을 때 필요한 것은 감정의 공유이며, 원인의 규명도 해결도 아니다.

구체적으로 말하면 이런 거다. 「나, 당신 옆에 다른 여자애가 서 있으면 불편해!」라고 아사무라 군을 몰아 붙였다 치자.

그에겐 「그러면, 여성이 있는 직장에 안 갈게」라는 해결책을 제시하는 것은 무의미하다.

그걸로 얻을 수 있는 건 논리적인 납득이지, 내가 지금 느끼고 있는 이 감정은 해소되지 않는다. 왜냐면, 그것이 부조리한 감정이란 것을 나 자신이 이미 알고 있으니까.

이런 감정은 불공평하고, 신입 알바에 대해 의지가 되어야 할 선배에게 의지하지 말라고 말하는 건 불합리하다.

하지만, 감정은 이성으로는 설득되지 않는다.

이걸 깨닫지 못하고 말다툼이 시작되어 헤어지는 남녀가 많다— 는 모양이다.

그렇구나. 어느 정도 끄덕여지긴 하지만, 이건 대화를 시작하는 쪽이 대화의 목적이나 의도를 제시하지 않으니까 일어나는 엇갈림이라고도 생각했다.

그러면 이 감정을 공유하기 위해서 뭘 어떻게 하면 될까, 나는 전혀 모르겠지만.

엇갈림이라…….

만약 그런 상황이 될 것 같다면, 조심해야겠다고 생각했다.

그런 결론을 얻고, 눈꺼풀이 무거워진다.

나는 드디어 잠에 빠졌다.

●7월 30일(금요일) 아사무라 유우타

캠프 날은 모두의 사정을 고려해서 7월 31일이 되었다.

정해진 건 지난주 초입이다. 그때부터 주말인 오늘까지, 공부를 하는 사이에 조금씩 데이캠프에 대해서 조사했다. 여름방학은 공부에 푹 빠진 나날이 될 거라 생각했는데, 이 조사를 한 덕분에 적절하게 숨을 돌릴 수 있었던 것 같다.

그리고 드디어 내일이 캠프 당일.

오늘은 알바도 안 하니까, 오전 중에 공부에 집중하면 오후에는 캠프에 필요한 것을 사러 갈 수 있다.

나는 오전을 수험 공부하느라 보내고, 점심 먹을 때 장을 보러 가지 않겠냐고 아야세 양에게 제안했다. 그 타이밍에 스마트폰이 울린다. 요미우리 선배다. 데이캠프의 LINE 그룹에 메시지가 와 있었다. 아야세 양이랑 둘이서 제각각 스마트폰을 들여다 보았다.

【확인했을 거라고 생각하는데, 현지에는 폭포나 옥외 사우나도 있어! 수영복도 잘 부탁~】

어. 하고 아야세 양과 둘이서 마주보았다.

"사우나까지 할 셈이었구나."

"시냇물에 들어갈 수 있나 봐. 사우나 옆에 시냇물을 구분 지어서 냉탕 대신 들어갈 수 있도록 한 장소가 있대."

"그건 몰랐네."

"물가의 캠프장이면, 그런 것도 있나 봐."

"그렇구나……."

분명히 현지에는 사우나도 시냇물도 있는 걸 확인했었다. 그러나 바비큐 말고는 머리에 없었다.

뭐 그래도, 수영복은 체형이 크게 안 변했으니까 작년에 산 걸 입을 수 있고, 일부러 사러 가진 않아도 되겠지.

"나는 작년에 워터파크 갔을 때 산 거 쓸 수 있으니까 문제없는데, 사키는 어쩔 거야?"

"그렇……네. 으음~, 그건 조금만 생각해보고."

아야세 양은 약간 어색하게 말하고 입을 다물었다.

뭔가 생각하고 있는 모양이다.

거기에 이끌려 나도 무의식중에 다른 일을 멍하니 생각하게 된다.

스스로 말한 『워터파크』이란 단어에서 연상되어, 그러고 보니 작년에 워터파크를 갔던 게 8월 말이었다는 것을 떠올렸다.

그때 자신의 연애감정을 자각했는데, 서로 좋아하는 걸 알게 된 지금에 와서 돌이켜보면 아야세 양도 이쪽을 의식해서 보고 있었겠구나 생각했다.

아야세 양 스스로가 눈치 못 챈 그녀에 대해 내가 지적할 수 있었던 것처럼, 그때의 아야세 양은 워터파크에서 내 태도를 미덕이라고 말해주었다.

그렇지만 그 무렵의 나는, 상대의 일방적인 고평가를 받아들일 정도로 자기평가가 높지 않았다.

아니, 그건 지금도 그런가.

마루도 언제나 말한다. 나는 자기평가가 너무 낮다고.

그렇지만, 상대의 평가를 그냥 받아들여 자신을 과대망상처럼 높게 보는 위험을 범하는 것보다는 겸허한 편이 나은 것 같다.

"……걸어줘."

"어?"

나는 무의식계에서 헤매고 있던 사고를 급히 현실계로 복귀시켰다.

"장보러 갈 거면, 가기 전에 말 걸어달라고 했어."

"아, 아아. 알았어."

점심을 먹으면서 두 사람의 대화는 거기서 끝났다.

점심식사를 마친 나는 방으로 돌아가, 컴퓨터로 캠프에 대해 확인했다.

요미우리 선배가 사전에 보내준 것은 현지의 정보뿐이 아니라, 캠프에 필요한 이것저것을 정리한 것도 있었다. 물론 스스로 준비한 책이나 인터넷도 뒤져봤지만, 그걸 서로 맞춰본 결과 선배의 리스트를 따라도 문제없을 것 같았다.

그 보내준『당일에 필요한 것 리스트』는 이런 것들이었다.

【캠프용】

· 타프(요미우리 지참)

· 미니 테이블(요미우리 지참)

· 미니 체어

【바베큐용】

· 바비큐 그릴, 연료(숯), 집게, 식칼, 도마(현지)

· 아이스박스

· 식재료와 조미료

【소모품, 비 대책 등】

· 레인웨어, 레인코트

· 알코올 스프레이

· 방충 용품

· 쓰레기봉투, 비닐 봉투

· 키친타월

· 식기(종이컵, 종이그릇 등)

· 스펀지, 세제

· 식품 보존 봉투, 랩, 알루미늄 호일

상당히 많지만, 요미우리 선배가 차를 빌려준다고 하니까 나르는 것 자체는 문제없다.

종류는 【캠프용】, 【바비큐용】, 【소모품 등】으로 나눌 수 있다.

캠프용구는 본래 텐트 등도 들어가겠지만, 이번에는 숙박이 아니니까 가져갈 필요가 없다. 그건 솔직히 다행이다.

타프, 라는 것은 처음에 뭔지 몰랐다.

조사해 보니, 아무래도 햇살이나 비바람을 막기 위해 쫙 펼쳐서 머리 위나 주위를 감쌀 수 있는 커다란 천을 말하는 것 같다. 간이 지붕 같은 것이다.

인터넷을 뒤져보고 어떤 것인지는 이해했지만, 그걸 어떻게 치는 건지는 아직 감이 안 잡힌다. 텐트를 치는 것과 비교하면 편하겠지만, 물건에 따라서는 요령이 필요하다고 적혀 있었다. 뭐, 주인이니까 요미우리 선배가 알고 있겠지.

어쨌든, 그 타프와 미니 테이블은 요미우리 선배가 지참해준다고 했다.

왜 그런 캠프 용품을 선배가 가지고 있는지는 모르겠지만, 어쩌면 몇 번인가 야외 캠프의 경험이 있는 걸지도 모른다. 그 선배라면 캠프가 취미라고 자연스럽게 말해도 어쩐지 모르게 납득하게 된다.

미니 체어는, 말 그대로 접을 수 있는 작은 간이 의자였다. 이건 당연하다고 할까, 본인 것밖에 없다고 한다(혼자서 의자를 몇 개나 가지고 있으면 그게 더 희한하다). 각자

가져와 달라고 하여 개인몫을 사러 가야 한다.

햄즈 같은 곳이면 팔고 있겠지.

나는 쇼핑 리스트에 『미니 체어』를 넣었다.

다음은, 바비큐를 하기 위해 필요한 것들이다.

요미우리 선배의 메시지와 캠프장의 공식 사이트 정보에 따르면, 바비큐 그릴이나 연료(숯), 집게, 식칼이나 도마 등 필요한 것 중 상당수는 현지에서 빌려준다고 했다.

오늘날의 캠프는 제법 편해졌구나.

아이스박스는 작은 거라면 우리 집에도 있지만, 식재료를 넣어둘 법한 커다란 건 없다. LINE 그룹 쪽에 그렇게 말하자, 요미우리 선배가 가지고 있으니까 괜찮다고 대답했다.

어째서 혼자 사는 여대생이 커다란 아이스박스 같은 걸 가지고 있지?

……뭐, 요미우리 선배니까, 그런 일도 있겠지.

【고기도 사서, 냉동고에 이미 넣어뒀어~】

미소 짓는 고양이 이모티콘 난타와 함께 요미우리 선배의 메시지가 왔다. 생글생글 함박웃음이 보이는 것 같다.

육식녀, 라는 단어가 문득 떠올랐다. 의미는 전혀 다르지만.

다음은 뭐가 있지? 레인웨어는 중요하지만, 나는 이미 가지고 있다. 이것도 안 사도 괜찮겠지.

그리하여, 살 필요가 있는 것만 좁힌 쇼핑 리스트가 이런 느낌이다.

· 미니 체어
· 식재료와 조미료
· 알코올 스프레이
· 방충 용품
· 쓰레기봉투, 비닐 봉투
· 키친타월
· 식기(종이컵, 종이그릇 등)
· 스펀지, 세제
· 식품 보존 봉투, 랩, 알루미늄 호일

어차피 실시간으로 LINE으로 정보를 공유하며 사게 되겠지. 대충 메모를 적은 다음, 나는 장을 보러 가자고 아야세 양의 방문을 노크해서 말을 걸었다.

그러자, 어쩐지 문 너머에서 허둥지둥하는 소리가 들렸다.

"자, 잠깐만 기다려."

조바심을 내는 아야세 양의 목소리. 뭔가 서두르는 기색이다. 어쩌면 잠깐 눈 붙이고 있었는데 깨워버린 걸지도 몰라.

조금 기다리자, 손잡이를 돌리고 아야세 양이 문을 열고 나왔다.

"이제 그만 사러 갈까 하는데—."

"아~, 응 그래. 장보러 가야지. 그게."

아야세 양은 「그거 말인데, 수영복…… 사러 가도 돼?」라고 작게 말했다.

"어라? 하지만 사키, 작년에 워터파크에서 입었던 걸론 안 돼?"

나중에 가서 생각하면 터무니없이 섬세함이 부족한 말이었다.

나는 학교의 교복이나 체육복 같은 거랑 마찬가지로 수영복을 생각해서, 그다지 패션이라는 의식이 없었다. 변하지 않아도 당연하다, 같은 거지.

"2년 연속으로 같은 건 좀 그래. 유행도 다르고."

"유행……. 그렇구나."

그것도 그런가. 꾸미는 것에 신경을 쓰는 애라면, 그런 것일지도 몰라. 캠프에 가는 멤버와 작년 워터파크에 가는 멤버 중에 겹치는 건 나뿐이고, 나는 그 해 유행하는 무늬도 색도 모르지만, 그걸로 타협하는 건 아야세 양의 미의식이 아니다.

"그래, 그런 거야. 무장이기도 하고. 아이템의 레벨이 떨어지는 건 좀 그래서."

"알았어. 그러면, 그 시간도 생각하자."

아야세 양은, 안도한 것처럼 숨을 쉬고서 「금방 준비할 테니까, 현관에서 기다려줘」라고 말했다.

오후의 더운 시간이었지만, 우리는 둘이서 캠프의 장을 보러 나섰다.

행선지는 하치 동상에서 북서쪽 방향 400미터 정도 부근에 있는, 생활 잡화를 찾는다면 여기일 거라고 누구나가 아는 가게. 핸즈 시부야점이다.

오르간 언덕과 이노가시라 도오리가 교차하는 모퉁이에 핸즈 시부야점의 입구가 있다.

건물 안에 들어가자 서늘한 냉기가 피부에 닿았다.

열파로 숨이 막히던 상황에서는 해방됐지만, 옆에 있는 아야세 양이 어깨를 끌어안고 몸을 움츠리는 시늉을 했다.

"추워?"

"조금."

아야세 양은 어깨에 걸치고 있던 시어 소재의 아우터에 팔을 넣었다.

그러면, 아웃도어 용품은 어디 있을까? 어딘가에 안내가 없나 찾아보자, 입구 옆에 플로어 가이드가 있었다. 『1A: 아웃도어』라고 되어 있다.

"그러면 1층이구나."

"A라면, 어느 쪽이지?"

이 가게의 플로어는 반 층씩 서로 다르게 겹쳐진 것 같은 신기한 구조였다. 1층에 이르러서는, 1A, 1B, 1C로 세 플로어나 있으니까 복잡하지만, 다행히 1A 플로어는 정면 입구 바로 앞이었다.

선반에 쭉 늘어선 것은, 색색의 아웃도어용 의류와 백, 비옷, 칸테라 램프, 회중전등, 헤드라이트 등의 야간용 조명들이 잔뜩. 이것들은 뭐, 숙박이 아닌 우리하고는 상관없군. 텀블러나, 각종 식기류, 1회용 그릇에 종이컵 등.

아야세 양이 신이 난 듯 선반을 둘러보며 말했다.

"뭐가 필요해?"

"일단은, 메모를 해왔어."

스마트폰에 표시해서 보여줬다.

아야세 양은 메모를 노려보면서 「꽤 많네」라고 말했다.

"뭐, 식재료는 요미우리 선배가 사오기로 했고. 또 커다란 아이스박스를 가지고 있는 건 선배뿐이니까."

"아아, 그랬었지."

"그리고, 대부분의 물품은 캠프 때만 쓰는 게 아니니까 이번에 사도 언젠가 또 쓸 거야. 쓰레기봉투나 키친타월이나 세제 같은 건, 평소에도 쓰잖아?"

그것도 그렇네라며 아야세 양이 수긍했다.

물론 대금은 나중에 나눠서 내기로 했다. 영수증은 잘 챙겨둬야지.

"있지. 이 리스트 말인데, 나한테 LINE으로 보내줘. 그럼 나는 이쪽부터, 아사무라 군은 그쪽부터 돌면서 분담하자. 발견한 걸 서로한테 전하면, 들이는 시간도 절반이면 되잖아?"

아야세 양은 「이쪽」이라고 하면서 플로어 왼쪽을 「그쪽」이라고 하면서 오른편을 가리켰다. 1A 플로어의 좌우에서 공략한다는 작전이다.

그러고 보니 언뜻 떠올랐다. 아야세 양은 내 옷을 골라줬을 때도 주저하지 않고 술술 가게 선반을 돌아봤었지. 어쩌면 그녀는 머릿속에서 쇼핑의 경로를 한붓그리기로 순식간에 그려버리는 걸지도 모른다. 순회 세일즈맨 문제라도 간단히 풀어버릴 것 같다.

그런 망상은 그렇다 치고. 그녀의 말이 지당하다고 생각해서, 나는 얼른 쇼핑 리스트를 LINE으로 보냈다.

그리고 우리는 각자 바구니를 들고 플로어 좌우로 흩어졌다.

발견한 물건을 바구니에 넣고 물품의 이름과 【찾았어】라는 메시지를 보낸다. 그러자, 「오키!」라는 간판을 든 고양이 이모티콘이 뽕 하고 돌아왔다. 처음 보는 이모티콘이였다. 「오키」라는 건 「오케이」를 의미하는 거였지. 쿨한 아야세 양치고는 가벼운 분위기의 이모티콘이라 희한했다. 나라사카 양의 영향일까?

진지한 표정으로 고양이 이모티콘을 보내는 아야세 양을 상상하자 무심코 입꼬리가 올라가서, 나는 반사적으로 손으로 입가를 가렸다. 두리번거리며 주위를 돌아보게 되지만, 당연히 아무도 나를 주목하지 않았다.

그녀도 발견했는지, 【있었어】라고 보냈다. 나는 문장으로 【오케이】라고 답했다. 아야세 양처럼 귀여운 이모티콘은 가진 게 없으니 어쩔 수 없어. 어쩌면 같은 걸 보내면 기뻐해주는 걸까? ……뭐, 나중에 검토하자.

띠링띠링 LINE 메시지를 주고 받으면서, 우리는 플로어를 좌우에서 공략했다. 공동작업이니까 빠르군.

그리고 마침 한가운데쯤에서 만났다.

"후우. 이걸로 거의 모았어."

"양이 꽤 되네."

바구니 안을 내려다보면서 아야세 양이 말했다.

"일단, 확보한 걸 그룹 LINE 쪽에 보내둘까."

나는, 이제부터 계산대에 갈 예정인 리스트를 메시지로 보냈다.

그러자, 메시지 알림음이 울렸다. 요미우리 선배의 답신이다.

【이쪽은 식재료를 산 참이야~. 고기, 추가해서 넉넉하게 확보했지!】

평소의 어조 그대로 메시지를 보내왔다. 새삼, 메시지로도 평소랑 똑같은 말투구나, 하고 묘한 감상을 가져 버린다.

띠링. 코조노 양의 「야호~!」라는 이모티콘이 표시된다. 고기를 물고 있는 강아지 이모티콘이었다.

아야세 양이 【조미료는 어떻게 할까요?】라고 성실한 질문을 던졌다.

【조미료도 이쪽에서 준비할게!】

【집에서 포장을 안 뜯은 후추랑 소금을 찾았으니까 확보했어요. 가져갈게요.】

요미우리 선배랑 코조노 양의 답신을 보고, 나는 수긍했다. 이걸로 소모품은 다 준비한 것 같다.

"저기, 뭔가 빠진 건 없을까?"

아야세 양이 바구니 안의 물건을 확인하며 말했다.

"다음은 접이식 미니 체어네."

"아, 그거, 오는 도중에 봤어."

"그러면, 그쪽으로 가자."

안내를 받아서 미니 체어가 있는 코너로 갔다.

아야세 양이 새빨갛고 귀여운 접이식 의자를 고르고, 나도 그 옆의 의자에 손을 뻗으려다가 깨달았다.

"아~. ……색만 다른 건 피하는 편이 좋을까?"

우리가 가족이란 것을 알고 있는 요미우리 선배는 신경 안 쓰겠지만, 그것을 모르는 코조노 양은 어떻게 생각할까?

내가 한 말을 듣고, 아야세 양도 깨달은 모양이다.

"그리고 아사무라 군. 코조노 양한테는 우리 사이를 어떻게 설명할 거야?"

"의붓 남매라는 걸 밝힐지 말지? 아니면 연인 사이라는 것까지 말할지 말지?"

연인, 이라는 단어를 말하고, 나는 무심코 가게 안에 시선을 돌리고 말았다.

가까이 누가 있는지 아닌지 확인하지도 않고 무심코 말해버렸는데, 누구 아는 사람이 들었다면 어쩌지 하는 생각이 미치자 살짝 낯간지럽다.

"그건…… 그렇지만, 코조노 양은 시부야에 알바를 하러 오니까, 시부야의 거리를 걷고 있어도 신기할 것 없단 말이지."

"그렇, 네."

"그럼, 우리들, 연인이라는 걸 들키기 싫다면, 어쩌면 밖에서도 연인 같은 행동을 하는 거, 안 하는 편이 좋을 것 같아서."

그렇게 말하는 아야세 양의 목소리가 작아졌다.

나는 그 모습을 보고 이해했다.

다시 말해서, 그렇게 되어 버리면 「집에서는 남매로서」「밖에서는 연인으로서」라는 지금까지의 방침을 전환해야 하게 된다. 어디에 있든 오빠와 여동생으로 행동하는 이상의 일은 못하게 된다.

그렇게 되면 그건, 이미 평범한 남매에 지나지 않잖아?

아버지랑 아키코 씨는 안심하겠지만, 나랑 아야세 양의 마음속에 자라나버린 서로에 대한 마음은 어디에 가버리는 걸까? 그런 상태가 되어도 우리는 지금까지처럼 지낼 수 있을까?

“하지만, 코조노 양의 고등학교는 스이세이가 아니고, 내일 만나는 이야기를 했을 때도, 가장 가까운 역은 시부야가 아니라고 했었지.”

“그랬, 었지. 그렇구나……. 그러면 우리가 이렇게 같이 있는 것을 볼 가능성도 적고, 보더라도 학교 안에 소문이 퍼질 건 생각 안 해도 된다는 거야?”

나는 수긍했다. 아야세 양은 살짝 안도의 표정을 지었다.

물론 나는 수긍했지만 그것이 근본적인 해결책은 아니라는 것도 깨닫고 있었다.

밖에서는 무리를 안 하고 평범하게 행동하고 싶다— 라는 것은, 이렇게 같이 있는 모습을 언제나 가까운 사람이 볼지도 모른다는 가능성을 품고 있다.

그렇게 되면 어떻게 되는지, 우리는 전혀 이야기하지 않았다.

코조노 양에게 어떻게 설명할까?

그런 작은 문제가 아니었다.

코조노 양 같은 위치에 있는 사람이 그녀 말고도 잔뜩

있는 것이다.

연인으로서 자연스럽게 행동한다는 것은, 언젠가 어디선가 누군가에게 알려진다는 것을 각오해야 하는 것이고, 그렇게 됐을 때는 아마 결단을 하게 된다.

누군가랑 사귄다는 등의 프라이빗한 정보는, 분명히 일부러 주위에 떠벌리고 다닐 법한 일이 아닌지도 모른다. 그러나 그것은 설명하라고 밀어붙이는 상황의 발생을 회피할 수 있는 마법의 말이 아니다.

"뭐, 일단 같은 의자를 사는 건 관두자. 괜히 의문을 살 만한 건 아야세 양도 안 좋아하지?"

"그야 물론…… 그렇지만."

말꼬리가 흐려진다.

"뭔가 신경 쓰여?"

약간 입술을 삐죽거리고 아야세 양이 말했다.

"불륜 특집에서 그랬어. 바람피우는 남편은 밖에서 독신 행세를 하고 싶어한다고."

"윽."

이제 와이드 쇼 같은 건 안 보는 게 좋지 않을까?

"나는 그런 행세 안 해."

"알고 있어, 아사무라 군이 그런 타입이 아니라는 거. 알고는 있는데."

결혼반지가 무엇을 위해 있는지, 어쩐지 알 것 같은 마

음이 들었다.

"일단, 이런 건 나중에 둘이서 천천히 생각하기로 하자. 아무래도 내일까지는 시간이 너무 없어."

"응……."

우리는, 자신들의 관계를 자연스럽게 잘 전달할 방법을 아직 발견 못했다.

부모끼리 재혼해서 의붓 오빠와 여동생이 되었으며 연인 사이— 그런 관계성을.

파고들어서 물어보면 어떻게 대답해야 할지 알 수가 없어서, 어쩐지 모르게 애매하게 얼버무리는 수밖에 없지 않을까, 라는 소극적인 결론 그대로 계산대에 갔다.

"그리고, 다음은 수영복이지? 하지만, 여기서는 안 팔 것 같은데."

아니 팔고 있을지도 모르지만, 아야세 양의 경우는 입을 수만 있으면 된다는 게 아닐 테니까.

"가게는 짚이는 곳이 있는데, 같이 가줄래?"

"그건…… 괜찮은데."

"아, 물론 짐도 반씩 들 거야."

이 정도는 괜찮다고 말하고 싶었지만, 너무 지나치게 사양해도 아야세 양은 기분이 틀어질지도 모른다.

그럼 가자고 말하며, 가벼운 쪽의 봉투를 한쪽 넘겨줬다.

핸즈를 떠난 우리는 가게의 녹색 로고가 들어간 종이백을 한 손에 들고, 시부야의 센터 거리로 갔다.

도착한 곳은 비치웨어의 가게였다. 이탈리안 브랜드 가게라는데, 가게 밖에도 수영복과 레그웨어가 장식되어 있어서 어딜 봐야 할 지 난처했다.

조금 다가가기 어렵네.

이탈리아의 옷의 특징은, 아야세 양이 가볍게 말해준 것에 따르면 캐주얼함보다는 우아하고 섹시, 라고 한다.

물론, 예외가 잔뜩 있지만— 이라고 아야세 양이 말했다. 그렇게 말을 해도, 뭐가 어떻게 다른지 전혀 모르겠어.

"그러면, 여기서 기다릴게."

가게의 대각선 앞에서 기다리려는 나를 아야세 양이 의문에 찬 눈동자로 쳐다보았다.

"무슨 말이야?"

"어, 하지만……."

작년에는 따로 수영복을 사러 갔는걸. 아니, 그러고 보니 그때는 아직 연인 사이가 아니었다는 걸 떠올렸다. 어, 설마 연인 사이는 수영복을 같이 사러 가기도 하는 건가?

"응."

그러면서, 빈손을 나한테 내밀면 마주잡지 않을 수가 없지. 나는 소치기에게 끌려가는 소처럼 그녀와 함께 가게의 입구를 넘었다. 이제 못 돌아가. 일단 좌우를 돌아보며 안

전을 확인했다. 좋아. 아는 사람 아무도 없어. 더위도 고비를 넘어서, 손바닥에 땀이 나는 걸 신경 쓰지 않아도 되는 게 다행이다.

"밖에서는?"

아야세 양이 주문처럼 말했다.

"……연인답게."

말을 잇고서 나는 체념했다.

남자 고교생에게 여성의 수영복이 늘어선 선반 앞을 통과하는 것은 심장에 안 좋은 체험이라고 생각하지만, 그렇게 말할 수도 없다. 눈을 돌리며 고개를 숙여버릴 것 같은 마음에 필사적으로 말한다. 켕기는 일은 안 했다, 라고.

이 가게에서도 아야세 양의 걸음은 망설임이 없었다.

마치 처음부터 정해둔 것처럼 가게 안을 걸어 다니며, 수영복을 한 개 두 개 손에 집어서 그때마다 「이거, 어떻게 생각해?」, 「어울려?」라고 의견을 물어본다.

이것이 화려하고 새빨간 비키니 같은 거면, 아무래도 너무 화려한 거 아냐? 라는 말은 할 수 있겠지만.

아야세 양이 고르는 것은 극단적으로 화려한 것도 천의 면적이 적은 것도 아니고, 순수하게 디자인으로 고르는 것 같아서, 의견을 구해도 뭐라고 말하는 게 정답인지 모르겠다.

"그러니까, 나는 여성의 수영복을 잘 모르니까, 의견을 바라셔도…… 그게, 대답할 도리가 없다고 할까……."

그렇게 허둥지둥 대답하자 조금 난처한 표정을 짓더니, 퍼뜩 뭔가 깨달은 표정을 지었다.

"그러니까……. 그게 아니라. 솔직히, 정답인지 아닌지는 아무래도 좋고, 나는 대화를 하고 싶을 뿐이야. 수영복의 감상은, 그 핑계일 뿐이고."

나는 그 말을 듣고서도 고개를 갸웃거려버렸다. 「이거 어떻게 생각해?」 같은, 의문형으로 말한 것을 그냥 핑계라고 생각해본 적이 없었다.

"의견을 말 안 해도 된다는 거야?"

"감상을 말해주면 되는 거야."

어려운 말을 하네.

내가 고개를 갸웃거리는 걸 깨달은 아야세 양이, 다시 난처한 표정을 하고 눈썹을 찌푸리고 생각했다. 으음~. 하더니, 한 손에 들고 있던 파란 수영복을 행거에 건 채 둘 사이에 늘어뜨렸다.

"그러니까. 이거, 어떤 식으로 보여?"

파란 수영복의 위아래는 제각각 위에서 아래를 향해 그라데이션을 주어 물빛부터 파란색으로 색이 변해가는 별난 디자인이었다. 마치 얕은 물가의 하늘색부터 심해의 짙은 파란색으로 변해가는 이미지, 라고 할까?

나는 떠오른 그 인상을 그대로 아야세 양에게 말했다.

아야세 양은 내 말을 묵묵히 듣고 있었다.

"그리고, 허리의 좌우를 끈으로 묶은 것뿐이라, 풀려버릴 것 같아서 무서워."

그렇게 덧붙이자, 훗 하고 아야세 양이 웃음을 터뜨렸다.

"경기하듯 격렬하게 수영하는 건 아니니까 괜찮을 거야."

"그런 거구나."

"그리고 리본은 장식으로만 달린 것도 있어. 걱정되면 그런 걸 고르면 돼. 이건 제대로 묶어야 하는 거지만."

"아하~."

그렇구나. 그런 것도 있구나. 나는 솔직하게 감탄해 버렸는데, 아야세 양은 그런 나를 보고, 또 키득키득 웃었다.

"아니, 이쪽은 잘 모른다니까."

"분명히, 남자애 수영복 좌우에 리본이 달린 건 본 적이 없네."

"그렇겠지."

"있어도 된다고 생각하는데. 귀엽지 않아?"

유감이지만 남성용 수영복에 귀여움을 바라는 문화는, 아직 발달했다고 말하기 어렵다.

"그래서, 감상은 이런 거면 돼?"

"응. 그런 걸 듣고 싶었어. 올바른 수영복을 고르고 싶어서 물어보는 게 아니라, 쇼핑을 하고 있는 지금 이 시간을 즐기는 기분을 공유하고 싶었어."

아아, 그렇구나.

정보의 공유라기보다 감정의 공유를 위한 대화란 거군.

아야세 양은 그다음에도 선반을 돌면서 마음에 든 수영복을 손으로 집어 나한테 보여줬다. 나는 보인 그대로 인상을 말해준다. 그러면 아야세 양도 자신이 떠올린 것을 하나 둘 말해주고 다음으로 나아간다.

반복하는 사이에 나는 이거 뭔가랑 비슷하다고 돌이켜보며 깨달았다.

그렇구나. 이건 마치 영화를 보고 나왔을 때의 대화 같은 거네.

영화의 감상에 정답은 없다. 물론 의견은 있다. 그러는 편이 좋았다, 이렇게 하면 더 신났을 거다. 영화를 만드는 사람들끼리 감상평을 나눈다면, 혹은 영화를 좋아하는 사람들끼리 대화를 한다면, 그런 것이 될 지도 모른다. 그러나 친한 친구랑 같이 영화를 본 다음의 카페에서 나누는 대화는 다르다.

서로의 감상을 말하고, 재미있었던 영화를 본 시간을 공유하고 싶으니까 대화를 나눈다.

감정의 공유를 위한 대화, 라.

반복하는 사이에, 자신이 여성의 수영복 전문점에 있다는 위화감도 사라져 버렸다.

옆을 걷는 여자애의 밝은 색 머리칼이 가게 안의 조명을 비추어 반짝반짝 빛난다.

진지하게 수영복을 고르는 그 표정이 좋다고 생각했다.

나누는 대화가 서로의 텐션을 공유해준다.

가게를 나서서 돌아가는 길. 아야세 양이 커다랗게 하늘을 향해 기지개를 켜면서 말했다. 어깨에 건 종이백이 흔들린다.

"아~, 즐거웠어."

하늘은 이미 해가 저물어 있었고, 돌아가서 곧장 저녁식사를 해야 내일 아침에 일어날 수 있겠다. 공부를 일찍 마쳐두길 잘했군.

빌딩 사이를 달려 올라가는 달을 보면서 나도 아야세 양에게 고개를 끄덕였다.

"즐거웠어, 나도."

●7월 30일(금요일) 아야세 사키

점심 식사 때, 내일을 위한 쇼핑을 하러 가자고 아사무라 군이 제안했다.

그 타이밍에 둘의 스마트폰이 동시에 착신음을 연주했다. 보낸 메시지는 요미우리 선배였다.

【확인했을 거라고 생각하는데, 현지에는 폭포나 옥외 사우나도 있어! 수영복도 잘 부탁~】

읽고서 무심코 목에서 이상한 목소리가 나왔다.

올해는 수험생이다. 외출해서 놀러 간다는 것이 전혀 머리에 없어서, 그래서 물론 수영복을 입을 셈도 없었는데……. 바비큐만 한다고 안심하고 있었는데.

점심 식사를 아사무라 군과 단둘이 먹으면서도(엄마는 수면 중이고, 새아버지는 회사다), 나는 괜찮을까 걱정이 되어 정신이 팔려 있었다.

식사를 마치고 방에 돌아갔다. 의상 서랍을 뒤져서 작년에 산 수영복을 꺼냈다.

"괜찮아, 괜찮……을 거야."

의자 등받이에 걸어두고서, 나는 입고 있던 T셔츠를 벗어 던졌다. 속옷에 손을 댄 참에, 문득 깨닫고 일단 방의 문을 잠갔는지 확인했다.

응, 제대로 닫았어.

그러면—.

확인하고 싶은 걸 확인하려면 전부 안 벗고도 충분할 거야. 벗은 다음 의자의 등받이에 걸어둔 수영복을 집었다. 그대로 목의 끈 부분을 머리에서 통과시켜 가슴에 댔다. 그리고, 등에 양팔을 돌려 후크를 걸면……. 윽.

마음속에서 또르르 땀이 흘렀다.

가슴에서 등에 걸친 부분에 걸리는 느낌이 나고, 미묘하게 후크를 걸기 힘들었던 것…… 같은데.

나는 바닥에 펼쳐둔 수영복 아래쪽도 있는 힘껏 손에 집었다.

—착각, 분명히 착각이야.

그러나 세상의 진실은 잔혹했다. 아래쪽도 허리 부분이 미묘하게 파고드는 걸 깨달아 버렸다.

혹시. 아니, 역시, 살이…… 쪘어……?

눈치 못 챈 시늉을 하고 있었지만, 사실은 살짝 깨닫고 있었다. 체중계에는 매일 올라가니까, 체중이 조금 늘어났다고 생각했다. 그러나 최근에는 구기대회의 연습으로 꽤 운동을 했으니까 근육량이 늘어난 거라고 생각해서, 별로 신경 쓰지 않도록 하고 있었는데. 하지만 그게 가슴이나 허리 부분이 되면, 이건 자신을 속일 수 없다. 조금 방심했던 걸지도 몰라.

나는 방에 있는 큰 거울로 몸을 비추면서, 군이 배 부분의 살을 집어보기도 했다. 그러니까, 집을 수 있다는 것 자체가 벌써…….

안 돼. 이 수영복은 못 입어. 새로 사야겠네…….

내심 식은땀을 흘리며 진정하고자 심호흡을 하는데 노크 소리가 들렸다.

히익! 말을 걸어왔다.

아무래도 이 차림으로 문을 열고 나갈 수는 없는걸.

"자, 잠깐만 기다려."

목소리가 이상하게 나올 뻔했다.

아사무라 군이 문 앞에서 기다리고 있지만, 나는 재빨리 옷을 갈아입고 작년 수영복을 침대 위로 던졌다. 위에 이불을 덮어 숨긴 다음 문을 열었다.

안에 들일 셈은 없어도, 그런 사람이 아니라고 생각하면서도, 문틈으로도 보이는 게 싫었다.

아사무라 군이 이제 그만 쇼핑을 하러 가자고 했다.

나는 알았다고 하고, 덤으로 수영복을 사러 가도 될까 물었다. 그러자 아사무라 군은 작년, 내가 새로운 수영복을 샀던 것을 제대로 기억하고 있어서, 그거라도 되지 않냐고 말했다. 기억해준 건 기쁘지만, 안 돼. 그 소원은 결단코 들어줄 수 없다.

동요를 들키지 않도록 바라면서도, 나는 적당한 변명을

꾸며내 아사무라 군을 억지로 설득했다. 아이템의 질이 떨어진다니 의미를 알 수가 없다. 하지만, 다행히도 납득해준 것 같다.

미안해. 살찐 거 들키기 싫은 것뿐이에요.

캠프 용품을 사기 위해 우리가 간 곳은 핸즈 시부야점이다.

여름의 시부야 중심가는 더운 데다가 사람들이 많으니까 더위가 한창인 시간에 걷고 싶지는 않지만, 늦은 시간에 가면 내일 캠프에 지장이 생길 수 있으니 어쩔 수 없다.

건물 안에 들어서자, 서늘한 냉기를 피부로 느꼈다. 무심코 양팔을 끌어안아 버렸다.

"추워?"

"조금."

그렇게 대답하면서, 이런 일도 있을까 해서 준비한 아우터를 입었다.

들어와서 곧장 아웃도어 용품의 매장이 있었다.

선반을 빙 둘러보고, 어떤 순서로 돌면 효율적일까 평소처럼 생각했다.

아사무라 군에게 물었다.

"뭐가 필요해?"

그는 메모해온 리스트를 스마트폰에 표시해서 보여줬다.

죽 늘어선 물품들은 당일치기 캠프인데 꽤 종류가 많다.

나는 다시 한 번 매장을 둘러보았다.

아사무라 군과 나, 둘이니까 둘로 갈라져서 따로따로 찾는 게 더 빨리 끝날 것 같아.

제안하고, 쇼핑 리스트를 내 스마트폰으로 받았다.

제각각 바구니를 들고서 매장의 좌우로 갈라졌다.

사야 할 물품을 머릿속에서 반추하며 선반을 돌기 시작하고서 깨달았다. 귀중한 둘만의 쇼핑 시간을 효율 중시로 돌아보면 어떻게 될까? 둘이 나란히 걸으며 선반을 구경하면서 돌아보는 게 즐겁지 않았을까?

아……실수했다.

그렇게 풀이 죽어서 걷고 있자니, 스마트폰이 울린다. 【찾았어】라고 아사무라 군의 메시지가 왔다. 방충 스프레이를 발견했다고 한다.

이대로 가면 순식간에 쇼핑이 끝나 버리잖아. 멍하니 생각하고 있었던 탓인지, 나는 평소에는 절대 안 보내는 이모티콘을 눌러버렸다. 요전에 마아야가 시끄러울 만큼 사라고 해서 구입한, 고양이 그림이 그려진 이모티콘이었다. 고양이가 「오키!」라는 영문 모를 간판을 들고 있다. 「오케이」란 의미인지, 마아야도 참 요즘은 내가 메시지를 보내면 곧장 이걸 보낸다. 덕분에 나도 따라서 손가락이 멋대로 이걸 누른다.

보내고 나서 깨닫고 창피해졌다.

어울리지 않는다고 마음속으로는 몸부림치며 선반을 보고 다녔다. 이번엔 내가 발견하고 메시지를 보냈다. 아사무라 군은, 평소처럼 【오케이】라고 평문으로 답한다. 그다운 성실한 대답이라 나는 무심코 입가가 느슨해져 버렸다. 깨닫고서 주위를 둘러본다. 아무도 안 보고 있겠지?

선반을 돌아보고 리스트에 있는 아이템을 발견하여, 그때마다 짧은 메시지를 주고받는다. 나는 한 번 보내 버렸으니, 답신에 고양이 이모티콘을 계속 썼다.

스마트폰 화면에 간판을 든 고양이가 늘어난다.

그 틈에 그와 나눈 짧은 대화가 들어간다.

그러는 사이에 즐거워졌다. 매장의 다른 곳에 떨어져 있지만 단문을 톡톡 보내고 있자니, 마치 함께 쇼핑을 하는 것 같아서.

선반을 보는 것도 즐겁다. 수많은 캠프 용품 속에서 내가 끌린 것은, 야간을 위한 다양한 LED 라이트들이었다. 특히 낡은 램프의 형태를 모방한 것이 좋네. 손잡이가 달려 있어서 투명한 유리로 뒤덮은 가운데 불빛의 심지가 있는 것 같은— 뭐, 오일램프처럼 면으로 만든 심지가 아닌, LED 라이트가 달려 있는 거지만. 옛날이야기에 나올 것 같아. 인테리어 용품으로 하나 가지고 싶을 정도였다. 다음에 시간이 있을 때 천천히 보러 다녀보고 싶어.

순조롭게 리스트의 내용물을 모으자, 마침 매장 한가운

데쯤에서 아사무라 군이랑 만났다.

둘의 바구니 안을 체크해서 대강 다 모인 것을 확인하고, 다음 캠프 용품으로 살 것은 미니 체어만 남았다.

진열장을 돌아볼 때 발견했었지.

안내한 곳에 있던 미니 체어 중에서, 빨간색의 딱 좋아 보이는 걸 발견했다.

나는 이걸로 할래. 말하고 손에 집었다. 그러자, 아사무라 군도 바로 옆의 색만 다른 걸로 손을 뻗으려다가, 금방 손을 뺐다. 무슨 일일까 생각했는데, 아사무라 군의 말을 듣고 납득했다.

그렇구나. 나랑 같은 걸로 사는 걸 신경 쓰는 거구나.

생각났다. 코조노 양은 묘한 부분에서 감이 날카로웠지. 나랑 아사무라 군 양쪽이 도시락을 『가족이 만들어 줬어』라고 한 것만으로 위화감을 느꼈으니까.

그때도 아사무라 군과 내 런치백은 색만 다른 거였다. 그래서 나는 반사적으로 런치백을 그녀한테 안 보이는 장소로 이동시켰다.

아사무라 군이 뭘 신경 쓰는지 알고 있었다.

그러니까, 나는 솔직하게 물었다.

"코조노 양한테는 우리 사이를 어떻게 설명할 거야?"

그 애는 감이 좋아. 그리고 머리도 좋아. 그러니까, 같은 가게에서 샀을 캠프 용품이 같은 거면 의문스럽게 느낄 거야. 같은 거면 연인 사이인 걸까, 라는 식으로 의심하지는 않을까? 아니 의심이 아니라 사실 그 자체이긴 한데.

그때 나는, 구체적으로 어떻게 하고 싶다는 생각이 있었던 게 아니다.

다만, 어쩐지 모르게 자신에 대한 것을 잘 알지도 못하는 사람이 이것저것 자신에 대해 상상하는 게 싫다. 그 정도 생각밖에 없었다.

잘 생각해 보면 이상한 일이다. 왜냐면, 그런 상상은, 우리가 손을 잡고서 걷고 있을 때 지나치는 사람들도 뭔가 머릿속으로 생각하고 있을 테니까.

하지만, 이성과 감정은 별개다.

어쩐지 싫은 건, 어쩐지 싫은 거다.

아사무라 군은 내 말을 듣고 얼마간 생각하고서, 그러면 코조노 양에게 자신들의 관계성을 얼마나 털어놓을 것인가, 라는 구체적인 라인을 제안했다.

의붓 남매라고 밝힐 것인지.

의붓 남매이면서 연인 사이라는 것을 밝힐 것인지.

전자는 요미우리 선배도 알고 있을 테니까, 가벼운 여행 때 얘기해도 문제없을 것 같다. 그러나 후자라면, 동시에 요미우리 씨한테까지 우리가 연인 관계라는 것이 들켜버리는 것이다. 이것은 꽤 창피하다.

그리고 의붓 남매이다, 라고만 밝힌다고 해도.

코조노 양이 그 설명에 납득해줄지 어떨지는 또 별개다.

그러면 차라리 아무 말도 안 하고 숨겨 버릴까?

—라고도 생각하지만…….

"코조노 양은 시부야에 알바를 하러 오니까, 시부야의 거리를 걷고 있어도 신기할 것 없단 말이지."

들키지 않도록 한다고 생각하면, 시부야에 있는 한 우리들은 손도 못 잡는 거 아닐까? 그렇게 되면 그건, 이미 평범한 남매에 지나지 않잖아.

1년 전이라면 그래도 문제없었을 거야.

지금은 이제 스스로도 무리라는 걸 알고 있다.

기껏 마음을 서로 확인했는데 손도 못 잡고, 하물며 키스는 완전히 논외라니. 그런 상태에서 나는 「아사무라 유우타 결핍증」이 된다. 그는 이미, 인류에게 비타민처럼, 나에게는 필수 영양소인 것이다. 섭취 못하면 건강에 심각한 피해를 일으킬 수 있다.

내 사고가 엉뚱한 방향으로 폭주하는 사이에, 아사무라 군은 냉정하게 코조노 양과 시부야 지역에서 조우할 가능성은 낮다고 분석하고 있었다. 일단 안도했다.

그렇지만, 그러면, 코조노 양에게 얼마나 밝혀야 할까 결론이 안 나온다.

어쨌거나 그 이상의 의논을 햄즈의 가게 안에서 할 수도 없다.

아사무라 군은 일단 같은 미니 체어를 사는 건 포기한 모양이다. 나올 것도 없는데 누가 괜히 캐고 다니는 건 그도 바라는 바가 아니겠지.

캐묻지 않도록 하려는 행동이겠지만, 나는 문득 부조리한 생각을 해버렸다.

어쩌면, 코조노 양은 나랑 아사무라 군이 제대로 된 연인 사이라는 것을 밝히면, 그런 식으로 아사무라 군에게 달라붙지 않는 것 아닐까? 그러면, 전부 밝혀 버리는 게……라고도.

나는 그런 생각을 머릿속에서 떨쳐냈다. 이럼 안 돼. 코조노 양이 아사무라 군에게 특별히 달라붙는다, 라는 건 내가 그렇게 느끼는 것뿐이지 증거도 없고 감각에 지나지 않는다. 어쩌면, 내 못난 질투심이 만들어낸 망상일지도 모른다.

어쩐지 모르게 거북하다는 불확실한 내 감정에 아사무라 군을 끌어들여서, 그가 바라지도 않는 고백을 강요하는 건 아닌 것 같다고 생각했다.

우리는, 우리들의 관계를 애매하게 얼버무리자, 라는 흐릿한 결론을 잠정적으로 끌어낸 참에 일단 그 자리의 의논을 마무리 짓기로 했다.

캠프가 내일이란 것을 변명 삼아서.

그것이야말로, 가장 두 사람이 간격조정을 해야 하는 것이 아니었을까, 라는 마음 안쪽의 목소리를 억눌러 숨기고.

꾸물꾸물한 기분을 끌어안고서도, 그것은 마음의 바닥에 가라앉힌다.

새로운 옷을 살 때는 언제나 기분이 들뜬다. 그런 즐거운 시간을 낭비하고 싶지 않았다. 사기로 결정한 이유는 작년 것이 좀 작아졌기 때문이지만, 그건 제쳐두고서. 정말이지 불가해하기 짝이 없다고 생각한다. 수업에서 사용하는 지정 수영복은 딱히 신경 안 쓰이는데.

설마 2년 연속으로 새로운 수영복을 사러 가게 되다니.

뼈아픈 지출이지만, 이건 어쩔 수 없다.

다만, 둘이서 쇼핑을 하러 외출한다, 라는 기쁜 오산도 있었다.

작년에는 오빠라지만 의붓이고, 아사무라 군은 나에게 그렇게까지 마음을 허락할 수 있는 상대가 아니었다. 그래서 수영복을 살 때는 따로 행동했었다.

눈독들인 이탈리아 브랜드 가게에 도착해서 막 들어서려는데, 아사무라 군도 참. 여기서 기다리겠다는 말을 꺼냈다.

"무슨 말이야?"

무심코 그런 말이 나와 버렸다.

"응."

핸즈의 봉투를 들고 있는 쪽과 반대쪽 손을 아사무라 군에게 내밀었다.

그리고, 그가 상기할 수 있도록 말했다.

"밖에서는?"

"……연인답게."

아사무라 군이 체념한 표정으로 말하고, 손을 잡아주었다. 기쁘다. 나는 「그와 함께」 쇼핑을 즐기고 싶은 거다. 핸즈에서는 효율을 중시해 따로 돌아 버린 것을 후회했을 정도니까.

밝은 가게 안에 비치 웨어가 비좁게 늘어서 있고, 그러니까 이런 건 뭐라고 하더라— 그렇지. 만함식이다. 세계사 선생님이 말했었지. 뭔가 잔뜩 장식을 한 상태를, 그렇게 말한다고 했다.

마네킹이나 행거를 써서 디스플레이 된 수영복에 사용되지 않는 색은 없는 게 아닐까 싶을 정도로, 눈이 어지러울 만큼 화사해서 보면서 다니기만 해도 즐겁다. 입가가 올라간다. 기분도 들뜬다.

그런데 손을 잡고 걷고 있는데, 어쩐지 아사무라 군의 안색이 신통치 않은 걸 깨달았다. 미묘하게 어색한 것 같았다.

입을 다문 채 걷고 있어서 그런 걸까? 그래서 나는 잡고 있던 손을 일부러 놓고, 눈에 띈 수영복을 손에 집어 그에게 보여주고, 「이거, 어떻게 생각해?」나, 「어울려?」 같은

화제를 꺼내봤다. 대화할 계기만 있으면, 대화를 나눠서 기분전환을 할 수 있을 거라고 생각했다.

그런데 아사무라 군이 좀처럼 감상을 말해주지 않는다.

그러긴커녕, 자신은 잘 모르니까 의견을 말할 수 없다고 말했다.

아니 그런 걸 물어본 게 아냐— 거기까지 생각하고, 문득 떠올렸다. 이건, 혹시 며칠 전, 자기 전에 인터넷으로 조사한「남성에게 사랑받는 방법」에서 읽은 그거?「남녀가 엇갈리기 쉬운 일」이라는 항목이 있었고, 거기에 적혀 있었다. 감정을 일치시켰을 때 논리의 일치를 바라는 식으로 말하지 마라.

나는 자신의 발언을 돌이켜 보았다.『이거, 어떻게 생각해?』,『어울려?』…….

아~. ……이거구나.

옷을 고를 때, 나는 다른 사람의 의견을 참고밖에 안 한다.

상대가 좋다고 말해도 내가 마음에 안 들면 안 입고, 안 어울린다고 해도 내 미의식에 맞으면 입는다.

왜냐고? 그야 상대의 의견에 좌우되면, 결과도 상대 탓이 되어 버린다.

나는, 자신의 행동 결과를 남한테 맡기는 게 싫었다. 당신이 좋다고 말했으니까 이걸 입었는데 창피를 당했다, 라거나, 절대로 말하기 싫은 말이었다.

……그러면, 지금 한 말은 안 좋았네. 반성.

"그러니까……. 그게 아니라. 솔직히, 정답인지 아닌지는 아무래도 좋고, 나는 대화를 하고 싶을 뿐이야. 수영복의 감상은, 그 핑계일 뿐이고."

그렇게 말하자, 역시나 아사무라 군이 깜짝 놀란 표정을 지었다.

내가 필요한 건 감상이었고, 목적은 즐거운 쇼핑의 이 기분을 아사무라 유우타라는 남자친구와 공유하는 것이었다. 그러면, 그 목적을 위해서는 어떻게 말해야 좋을까?

나는 눈앞에 있는 남자애의 얼굴을 가만히 보았다.

사람에 따라 다르겠지만, 이 눈앞의 아사무라 유우타라는 인물— 소설 속 등장인물의 마음을 파악하는 것이 나보다도 능숙한 주제에, 무슨 일이든 과도하게 논리적으로 생각하는 남자애한테 의견이 아니라 감상을 끌어내기 위해서는…….

그렇구나…….

"그러니까. 이거, 어떤 식으로 보여?"

나는 손에 든 파란 수영복의 위아래 — 세퍼레이트 타입이다 — 를 보여주면서, 그렇게 물어보았다. 방금 전과 같은 의문형인 구문. 하지만, 어떻게 보이는지 보이는 방식을 물어보면 좋다 나쁘다가 아닌 말이 나오리라.

예상대로, 그는 보이는 것을 보이는 그대로 말해주었다.

그렇지. 그런 걸 듣고 싶었어. 수영하면 수영복이 벗겨지지 않을까 신경 쓰는 것이 참으로 그다워서 흥미로웠다. 분명히 그에게는 바다에 안 들어가고 해안을 걷기만 하는 바다 놀이라는 것이 상상 밖인 거겠지.

그리고 페이크 리본이라면 그런 건 걱정할 필요도 없거든.

이런 걸 알고 있을 리도 없는 거구나. 그러고 보니 남자애 옷에는 체인이나 버튼이 페이크로 달려 있는 일이 있어도, 리본이 달린 건 본 적이 없다. 있으면 나름대로 귀여울 거라고 생각하는데.

작년에 입었던 아사무라 군의 수영복은 어땠더라. 그 수영복 허리의 좌우에 리본이 달려 있으면…… 상상하니 즐거워져 버렸다.

그대로 말하자, 복잡한 표정을 지었지만.

하지만, 나는 아사무라 군이랑 대화하는 요령을 조금 터득한 기분이었다. 그는 너무 합리적이다. 그러니까 뭔가 문제가 거기 있다는 것처럼 물어보면 해법을 찾으려고 하는 것이다.

이런 타입인 사람에게 보이는 것을 보이는 그대로 이야기해주길 바란다면, 말을 생략해서 물어보면 안 되는 거야.

역시 예습은 무슨 일이든 중요한 거다.

그다음에 빙 가게 안을 돌아보고서 우리는 집으로 돌아갔다. 계속 대화하면서 걸었던 것 같아. 즐거웠다.

내가 마음에 들어 구입한 수영복을 보고, 그는 어쩐지 눈빛이 흔들리고 있었지만, 결코 마음에 안 든다고 생각하는 게 아니다, 라고 말했으니 좋다 쳐야지.

만족스런 감정 그대로, 나는 집에 돌아갈 수 있었다.

●7월 31일(토요일) 아사무라 유우타

캠프 당일의 아침.

오전 5시를 조금 넘어, 집을 나설까 하는 타이밍에 아키코 씨가 일터에서 귀가했다.

"조심해서 다녀와, 유우타. 사키도."

지쳤을 텐데, 그대로 배웅해준다.

참고로 아버지는 이불 속이다. 신혼여행(재혼여행)에 갔을 때는 우리가 집 보는 걸 상당히 걱정했었는데, 이번에는 꽤 여유가 있네. 시간이 지나며 우리들에 대한 신뢰가 올라갔다고 봐야 할지 아닐지.

우리는 아키코 씨에게 다녀오겠습니다를 하고 집을 나섰다.

현관을 빠져나가 맨션 밖으로 나서자, 하늘이 하얗다. 서쪽에 약간의 밤빛이 남아 있었다.

우리가 가는 곳은 시부야 역 앞이었다. 알바를 하는 서점 옆길에서 요미우리 선배가 운전하는 차가 픽업하기로 되어 있었다.

6시의 시부야 역 앞은 익숙한 사람들의 파도가 없어서 아직 한산했다.

스크램블 교차로를 건너서, 하나 옆의 길로 돌아갔다.

요미우리 선배의 차는…… 그러니까.

“저거 아냐? 봐, 손을 흔들어.”

아야세 양이 가리키는 차는 이쪽을 앞에 두고 멈춰 있었다. 새빨간 원 박스 카로, 뒤에 짐을 잔뜩 싣고 있는 듯했다. 앞 유리 너머에서 익숙한 얼굴을 발견했다. 일본풍 인형 같은 흑발미인— 요미우리 선배였다.

코조노 양도, 이미 뒷좌석에 타고 있었다.

다른 알바 동료에게도 말을 걸어봤지만, 결국 갈 수 있는 건 이 네 명뿐이었다. 여름방학을 맞이한 대학생은 축제니 여행이니로 이미 예정이 채워져 있는 사람이 대부분이고, 베테랑 알바 근무자들은 아무래도 젊은 애들의 체력을 따라갈 수가 없다며 깔끔하게 사퇴. 흥미가 있어 보이는 사람도 있었지만 근무 시간도 맞춰야 하니까 눈물을 머금고 불참한다는 느낌으로, 처음에 기획한 우리들만 살아남았다.

요미우리 선배가 창을 열고 우리를 향해 「안녕?」 하고 말을 건다.

“우리 후배는 앞, 사키 양은 뒤야.”

요미우리 선배의 말에 아야세 양이 「어」 하고 살짝 당황했다. 어라? 이거, 그렇게 싫어하는 건가? 그렇지만 아야세 양의 표정은 한순간에 사라져 버려서, 나는 잘못 본 건가 의심해 버린다. 그대로 그녀는 순순히 뒷좌석에 탔다.

약간 고개를 갸웃거리면서, 나는 선배 말대로 조수석에 앉았다.

뒤에서 코조노 양이 「앗~, 요미우리 선배, 아사무라 선배를 독점하려는 거 아니에요~?」라고 말하지만, 나를 독점해도 아무 이익이 없을 텐데. 아니, 졸음을 깨우는 장난감 정도의 감각은 있을지도 모르겠군.

요미우리 선배가 자연스럽게 변명을 했다.

"그치만 세 사람 다 뒤에 앉으면, 아사무라 군이 샌드위치 하렘 상태잖아? 그런 부러운 상황, 이 누나는 인정 못 합니다."

"그거, 부러운 건가요?"

현실에서 그렇게 끼어 있는 상태로 장거리 이동을 하면 갑갑하기만 할 거라고 생각하는데.

그리고 여성과 밀착한다는 망상을 남자가 즐기는 것은 이야기 속뿐이다. 주인공이 그런 상황에 놓여도 결정적으로 미움 받는 일은 없다는 약속이 성립되어 있기 때문이지, 현실은 그렇게까지 단순하지 않다.

아니 뭐, 물론 상대를 아야세 양으로 한정하고, 게다가 사귀고 있는 상태라면, 또 이야기가 달라질지도 모르지만—.

"또~오, 우리 후배는 쓸데없이 복잡한 생각을 하는 표정을 짓고 있네에~."

"……선배가 너무 태평한 것 같은데요."

"운전수에 대한 경의가 부족하군."

"아이고~. 대신 나으리 말씀이 맞사옵니다요."

기분이 틀어져서 운전이 거칠어지면 난처하지.

"오냐. 좋구나."

잘난 척하며 그렇게 말하자, 대신 나으리, 가 아니라 요미우리 선배가 차를 발진시켰다.

뒷좌석의 코조노 양이 키득키득 웃었다.

아침부터 만담을 할 줄은 몰랐지만 어쩔 수 없다. 차를 운전할 수 있는 건 이 네 명 중에서 요미우리 선배뿐이다. 내가 웃음거리가 되어도, 선배가 기분 좋게 운전할 수 있다면 다소 놀리는 건 허용할 수 있다.

"아사무라 군은, 여전히 동정다운 결벽증이 풋풋해서 굿이야!"

푸흡.

"무, 뭘, 태연하게 섹드립을 하는 건데요! 알바할 때랑 다르거든요!"

차량 안에 여성진들밖에 없다. 아침 일찍부터 그렇게 가속하지 맙시다.

입 다물고 있으면 붙임성이 있고, 접객을 잘 하는 청순가련한 일본풍 미인이라 단골손님들도 반응이 좋은데. 조금 마음을 터놓은 상대에게는 마음속의 작은 아저씨가 고개를 내미는 것은 어째야 하나.

"요미우리 선배는 그런 말도 하네요~."

코조노 양이 감탄하는 어조로 말했다. 본받지는 말자.

"그런 것뿐이 아니거든. 저런 거랑 이런 말도 하지~."

"말 안 해도 됩니다."

"흐흥. 우리 후배도 참. 여자애가 많다고 신사가 되지 않아도 되거든? 멋 부리는 건 나쁜 게 아니지만~. 젊은 애의 특권이지. 하지만, 모든 인류는 연령과 함께 누구나 아저씨가 되어가는 법이야."

"여성이 되는 건 아저씨가 아니라, 아줌—."

"너무해! 여자애를 아줌마라고 불렀어!"

"아……. 죄송합니다. 그건 사과할게요……."

안되겠다. 하나 태클을 걸면 셋이 돌아와.

"애당초~. 차 안에, 남녀 비 1:3이니까 거의 전부 여자잖아. 섹드립 하나둘 정도는 괜찮아!"

"75%를 거의 전부라고 말하지 마세요. 4분의 1이나 남자거든요! 선배도 10개 이내면 몇 개라고 우기는 쪽인가요?"

누구라고 말은 안 하지만 요시다를 말하는 거다. 기념품으로 산 10개들이 만쥬를 혼자서 거의 다 먹은 주제에, 내가 먹은 건 몇 개라고 우기다가 마루한테 혼났다.

"에이. 사소한 건 신경 쓰지 마. 수험생도 숨 돌리기가 필요해. 오늘 하루는 싫은 건 전부 잊고서 즐기자!"

"오~!"

즉시 대답을 한 건 얼마 전에 수험을 마치고 고1이 된 코조노 양뿐이지만 말이지.

"뭐, 오늘 정도는 수험 잊을게요."

"그래야지. 릴랙스, 릴랙스야. 고개를 숙이고만 있으면 행복이 도망쳐 버린다니까."

새삼 요미우리 선배의 말을 듣고, 나는 조수석에 등을 기대면서 숨을 내쉬었다.

분명히 맞는 말이야.

신세를 진 선배와의 추억 만들기, 라는 소극적인 이유만으로 이 데이캠프를 끝내기는 아쉽다.

—조금 더 나도 즐겨야지.

단둘은 아니지만, 연인과 가볍게 여행을 하는 거기도 하고.

전면유리 너머에 펼쳐지는 파란 여름의 하늘과 하얀 구름을 바라보면서, 나는 다시 한 번 심호흡을 했다. 어깨의 힘을 풀었다.

차는 시부야 역에서 서서히 멀어져 갔다.

산속에 나무들을 베어낸 것 같은 탁 트인 공터가 있었다. 우리가 데이캠프를 신청한 나스시오하라의 캠프장이다.

주차장에 차를 세우고, 우선 접수처에 가서 접수를 마쳤다.

바비큐 그릴, 연료, 집게, 식칼, 도마 등, 빌려주는 것이 어디 있는지 확인하고서, 일단 차 안의 짐을 내리기로 했다.

차를 세운 장소에서 어느 정도 간 곳에 예약한 공간이 있었다.

지면을 로프로 구분 지어 놓기만 한 구역으로, 그 범위 안이라면 사용해도 된다는 것 같았다.

"이동할 때는, 그때 무인이라도 다른 구역에 들어가면 안 돼. 주의."

요미우리 선배의 말에, 우리는 고개를 끄덕였다.

레저 시트를 깔고, 차량 안의 짐을 전부 그곳에 내렸다.

"아아, 쾌청해서 캠프하기 좋은 날이야."

요미우리 선배가 하늘을 보며 말했다.

우리도 이끌려 고개를 들었다.

머리 위의 하늘은 파랗고, 여름의 구름이 띄엄띄엄 두셋 정도 떠다니고 있었다. 공기가 맛있다. 때때로 부는 바람이 기분 좋다.

산에 왔다는 실감이 있었다. 깊이 숨을 내쉬어 버린다.

"좋아, 그러면, 처음에는 타프부터 치자~."

풀 위에 커다란 다갈색 천을 펼쳤다.

"이게, 타프야. 이걸 머리 위에 쳐서, 지붕이랄까 차양으로 삼는 거지. 폴을 세워서 로프로 끌어당기는 거야."

"커다랗네요."

한 변이 4미터 정도 되는 걸까? 타타미 8장 정도 된다. 그렇다면 내 방의 크기와 비슷할 정도다.

"햇살이 강하니까, 얼른 쳐버리자. 치는 법은 해설 영상을 보냈었는데, 다들 봤니?"

모두 긍정했다.

"뭐, 구체적으로는 내가 지시할 테니까, 얼른 조립해 버리자~."

요미우리 선배의 지시에 따르면서, 어찌저찌 타프를 쳤다. 작은 해머로 페그라고 불리는 말뚝을 때릴 때, 손을 때릴 것 같아 조금 위험했다.

파란 하늘을 감추는 것처럼 펼친 타프 아래서, 제각각 가져온 미니 체어를 두고 한숨 돌린다.

이파리가 스치는 소리가 섞이는 바람에 귀를 기울이고 있는데, 어느새 시간이 지나 있었다.

이제 곧 정오에 가깝다.

"그러면 저는 바비큐용 도구를 빌려올게요."

미니 체어에서 일어서며 말하자, 요미우리 선배도 동의했다.

"고기다! 다들, 고기를 먹는 거야!"

"와아!"

코조노 양이 기뻐 보인다.

여성진이 요리 준비를 하는 사이에, 나는 그릴에 불붙이기를 담당했다.

"아, 우리 후배. 이거."

"네?"

"착화제랑, 점화용 토치야. 불 붙이는 법은 역시나 참고 영상을 본 우리 후배라면 할 수 있겠지. 뭐 모르는 거 있으면 사양하지 말고 물어봐. 뭐, 여기서 지켜보겠지만."

조리용 간이 테이블은 그릴을 보고 있는 나로서는, 등 쪽에 해당한다. 나는 선배들의 작업을 지켜볼 수 없지만, 그녀들은 내 작업이 다 보인다.

"그리고 이거. 장갑. 쓰던 거니까 신경 쓰지 말고 써도 돼."

"감사합니다."

그 말에 따라 장갑을 끼고 불 붙이기를 시작했는데, 영상으로 보고 이해하고는 있어도 실전에서 하는 건 다른 것이었다. 숯이 잘 타오르게 될 때까지 예상한 시간의 배는 걸렸을 거야.

꾸물거리고 있어도 화내는 멤버가 아니라 다행이군.

내가 꾸물거리는 것에 비하면 조리 담당 아야세 양은 과연 대단했다. 매일 부엌에 서고 있으니 다르군. 시야 끄트머리로 힐끔 보기만 해도 척척 망설임 없이 움직인다. 요미우리 선배도 코조노 양도「오~」하며 감탄의 소리를 냈다.

"사키 양, 식칼 잘 다루네."

"뭐…… 언제나 쓰고 있는 것뿐이에요."

"집에서 요리를 한댔지. 그러면 언제나 가져오는 도시락도 직접?"

"아."

나만 뜨끔한 것이 아니라, 아야세 양도 그런 모양이다. 어떻게 대답해야 할까? 등 돌리고 들으면서도 심박수가 올라 버린다.

"뭐, 가끔은, 그래요. 가족이 만들어주기도 하니까."

"아, 나왔다."

"응? 뭔데뭔데, 에리나 양?"

"전에 물어봤을 때도, 아야세 선배가 그렇게 말했거든요. 『가족이 만들어 줬어』라고. 뭔가 독특한 말이라고 생각했어요. 아사무라 선배도 비슷하게 말해서…… 혹시 유행하는 걸까요?"

"호호오~. 과연, 그렇군요. 응. 참으로 흥미로운 지적이야, 왓슨 군."

"왓슨? 그건 누군가요?"

"아무것도 아냐아~. 다른 얘기."

책을 별로 안 읽고, 따라서 셜로키언이 아닌 코조노 양은 고개를 갸웃거리며 물었지만, 요미우리 선배는 그에 대답하지 않았다. 요미우리 홈즈 선배라면 나랑 아야세 양이 의붓 남매라는 걸 알고 있으니까, 아마도 가족이 만들어줬다는 말의 의미를 짐작하고 있을 텐데.

"어어. 그러니까, 그래서, 저는 엄마가 만들어주는데요.

아야세 선배는 아닌 걸까 해서요."

"뭐, 요리를 가족 모두가 번갈아 담당하는 집도 있으니까~."

"아, 그렇구나. 그런 건가요?"

"그런 거야."

아야세 양이 말을 좀 흐렸다.

"뭐, 사키 양이 요리를 잘 하는 건 잘~ 알았어. 그래서 야채는 그 정도 있으면 충분할 거야. 자, 에리나 양은 이 고기를 자르렴!"

"어, 아, 네. 커다란 고기네요~."

코조노 양은 집에서 전혀 요리를 안 하는지, 식칼을 다루는 것도 위태로웠다.

덩어리 고기를 상대로 악전고투를 하고 있네.

고기를 자르기만 하는 거면 간단하다, 라고 생각할 수 있지만, 두께를 못 맞추면 익는 시간이 제각각 달라지고, 섬유를 끊어놔야 부드러워져서 먹기 쉽다. 여러모로 신경 써야 할 점이 있는 것이다. 나도 내가 요리를 하기 전까지는 전혀 몰랐던 일이지만.

그런 부분을 일일이 요미우리 선배가 지도를 해서, 가볍게 패닉에 빠져 있었다.

힐끔 곁눈질로 봤을 때는 식칼을 억지로 도마 위에 눌러서, 둘로 나뉜 고기 덩어리가 하마터면 도마 위에서 굴러 떨어질 참이었다.

중간부터 보다 못한 아야세 양이 식칼 사용법을 가르치고 있었다.

그래도, 타고난 기질인지 허둥지둥하면서도 고기와 계속 격투했다.

"됐어요!"

그것을 곁눈질로 힐끔거리며 보고 있던 아야세 양이, 안도했는지 작게 숨을 내쉬었다.

"그래그래. 잘했어요. 그러면, 다음은 이 고기야."

요미우리 선배가 머리를 쓰다듬자 코조노 양이 눈을 가늘게 떴다.

"아야세 양, 이제 굽기 시작해도 괜찮을 거야."

"아, 응."

아야세 양이 종이그릇 위에 야채를 올려 그릴 쪽으로 가져왔다.

그릇을 보여주면서 말했다.

"시간이 걸리는 것부터 굽는 게 좋을 거야. 양파나 표고버섯 같은 거. 피망이랑 가지는 금방 타버리니까 마지막에 해도 돼."

"옥수수는? 꽤 시간이 걸리는 이미지였는데."

"표면을 불쪽으로 하면 빠른 편일 거야. 심을 축으로 세워버리면 시간이 걸리지만."

심을 축으로…… 옥수수를 타워처럼 두고 구우면 그렇단 건가.

그런 발상은 못 해봤네.

아야세 양의 말에 따르면, 굽는데 시간이 걸리는 건 양파, 굽는데 수고가 드는 건 옥수수, 라고 한다.

"옥수수는 골고루 익도록 자주 돌려줘야 하니까 수고가 들지도 몰라. 그리고 굴러 떨어져 버리니까 주의."

"OK."

말하면서 망 위에 올렸더니, 빨리도 굴러서 떨어뜨릴 뻔했다. 급하게 집게로 눌러서 무사하긴 했지만, 아야세 양이 조금 기가 막힌 표정을 지어 버렸다.

"그렇게 될 거 같아서 말 한 거야."

"아아, 미안."

나는 사과하면서도, 망 위에 야채를 늘어놓았다.

"그리고, 그대로 먹을 수 있는 야채도 준비해뒀어."

아야세 양이 시선을 던지는 쪽을 보자, 미니 테이블 구석에 스틱 모양으로 잘라둔 당근이나 오이나 파프리카 등이 보였다.

"산뜻한 것도 필요할 거라고 생각해서."

"고마워. 그런데, 이거 깔끔하게 잘 썰었네."

고리 모양으로 썬 양파는 모양이 흐트러지지 않게 꼬치로 꿰어놓았고, 가지는 거의 같은 두께로 썰어놓았다.

"그래? 평범한 거라고 생각하는데."

"아니아니. 충분히, 머리를 쓰다듬어줄 만한 레벨이라고 생각해."

아까 전의 코조노 양과 요미우리 선배의 대화를 돌이켜보면서 조용히 그렇게 말하자, 아야세 양이 작은 소리로 「바보」라고 했다.

"머리가 뭐라고?"

요미우리 선배의 말에, 뜨끔, 하고 둘이서 몸을 움츠렸다.

등 뒤에 소리도 없이 서지 말아주세요.

"어? 뭐가요?"

"뭐가요 가 아냐. 고기, 구우러 왔는데~. 어쩐지, 둘이서 정겹게 대화를 하고 있어서 끼어들기가 말이지~."

"아니아니아니. 그게 무슨 말이에요."

"야채 굽는 법을 배우고 있었어요."

말하면서, 아야세 양은 나와 떨어져 건너편으로 대피했다.

요미우리 선배가 내 오른쪽에, 코조노 양이 왼쪽에 와서 포위한다. 역시 이 비율은 입지가 좁아.

요미우리 선배는 고기를 담은 그릇을 나한테 내밀면서 말했다.

"뭐, 아무래도 좋아. 고기 앞에서는 모든 것이 사소한 일!"

"그럼요!"

"자, 굽자아."

"오~!"

코조노 양의 커다란 목소리에, 아야세 양이 사양하듯 작게 「오~」 하고 겹쳤다.

무리해서 맞추지 않아도 되지 않을까?

좌우에서 들리는 고기에 대한 뜨거운 러브콜에, 나는 그릇에 올린 고기를 하염없이 굽는 작업에 몰두하게 됐다.

굽는다. 먹는다. 굽는다. 먹는다. 고기. 야채, 고기. 야채. 더욱이 고기!

어쩐지, 내가 아는 바비큐랑 달라.

이렇게 하염없이 먹었던가?

"하지만, 이거……. 분명히 맛은 있는데요. 밥을 먹고 싶어지네요."

"반합은 가져오질 않았으니까~. 전원을 끌어올 수 있는 전기자동차라면, 밥솥으로 밥을 지을 수도 있었는데. 뭐, 식사는 한 번이니까 괜찮을까 해서."

"밥까지 지을 수 있으면 편리하지만요. 그리고, 그렇게 되면 이제 텐트도 필요 없지 않아요?"

"그대로 이세계에 가도 안심!"

아니, 충전 스테이션이 없으니까 안 되지 않나? 그리고, 이세계에 전기자동차 가져가면 너무 치트잖아.

"밥, 있어요."

아야세 양이 말했다.

어? 우리들 나머지 세 명이 일제히 아야세 양을 보았다.

"이런 일도 있지 않을까 해서, 가져왔어요."

아야세 양이 런치박스에서 꺼낸 것은 평소의 도시락통이었다. 뚜껑을 열자, 김도 두르지 않은 주먹밥이 담겨 있었다. 자요. 내민 도시락통을 손에 집었는데— 아직, 서늘하게 차갑네?

"이런 거, 언제 준비했어?"

무심코 그렇게 말해 버리고, 그 말의 부자연스러움에 나는 아차 싶어 당황했다. 그 말은 내가 아야세 양의 캠프 준비를 아는 입장이라는 걸 가리킨다.

그렇지만 요미우리 선배도 코조노 양도 눈앞의 밥 덩어리에 눈길이 고정되어 있어서, 내가 흘린 부주의한 말을 흘려들은 모양이다.

"아무것도 안 넣고 뭉친 것뿐이지만요. 아, 여름이라 상하는 게 무서우니까 소금간을 했었지. 얼려뒀다가, 그대로 가져왔어요. 방금 아이스박스에서 꺼낸 참인데요."

"오~. 그렇구나, 이걸로 주먹밥 구이를 할 수 있겠다."

요미우리 선배가 말하자, 아야세 양이 고개를 끄덕였다.

수는 마침 4개. 다시 말해서 한 사람당 하나다. 아야세 양은 평소부터 주먹밥은 그릇 하나 분량을 뭉치니까, 마무리 밥으로서는 딱 좋은 양이겠지.

"좋~아, 마무리 밥이다. 아, 나는 조금 간장을 치고 싶네~."

"저도! 저도 그거요!"

"그러면, 구울게요. 아사무라 군은 어떡할 거야? 간장?"

내가 뭐든지 간장을 찍어 먹는 걸 알고 있기에 한 말인데, 이 말도, 아마 그다지 두 사람의 주의를 끌지 않은 모양이다.

새삼 깨달았다. 평소부터 일상생활을 함께 하고 있으면, 어지간히 의식하지 않으면 언동에 드러나는 법이구나.

"그걸로 부탁합니다."

구운 주먹밥을 젓가락으로 풀어서 먹고, 무사히 바비큐가 끝났다.

배를 채우고 얼마간 휴식을 한 다음에 요미우리 선배가 선언했다.

"고대하시던 수영복 타임이야!"

"출발 직전에 수영복도 잘 부탁한다고 했을 때는 조바심 났어요."

"기껏, 폭포도 바로 옆에 보이는 시냇가의 캠프거든? 거기다 옥외 사우나도 있어. 수영복을 입고 모두 즐긴다! 가 되는 거야. 되는 법이지!"

"네에……."

요미우리 선배는 이상하게 신이 나있었다. 그렇게 기대

했었나?

“이미 예약도 해뒀거든. 시간도 정해져 있어.”

“아, 네.”

“자, 수영복으로 갈아입는다!”

하늘로 주먹을 치켜들더니, 나에게 다가와서 살짝 속삭인다.

“기대했었지? 수영복.”

“안 했어요.”

여기서 「네」라고 농담이라도 하면, 한참 뒤까지 놀림거리로 삼을 게 틀림없어. 그렇지만 불평을 하고 싶은 게 아니다. 말한 것을 지켜 수영복도 준비했고.

그리하여, 탈의실에서 갈아입고 사우나로.

아무래도 남녀의 구별이 없는지, 사우나실은 남녀 혼성이었다.

방갈로를 개조한 것 같은 구조였다. 예약제인지, 1시간 정도 이용할 수 있다고 한다.

옷을 갈아입고 안에서 기다린다. 뭐, 옷 갈아입는 건 대개 남자가 빠르다. 거의 벗기만 하는 느낌이고. 담당자가 이미 방 안의 스토브를 켜서 준비를 해두었다. 철제 격자 안에 들어간 스토브는 추운 지방이 아니면 요즘에 보기 어려운 담백한 실용적인 구조였다. 위쪽 금속 상자에 돌멩이가 잔뜩 들어 있었다. 돌은 뜨끈뜨끈하게 데워져 있어서,

함부로 만지면 화상을 입을 것 같다. 위에 뻗어 있는 스토브의 연통은 중간에 휘어져서 오두막 바깥으로 튀어나가 있었다.

잠시 기다리자 여자들 세 명이 들어왔다.

"뜨거워요!"

"생각보다 꽤 넓어요……."

"우리 후배, 기다렸지~"

"아, 네."

요미우리 선배가 입을 삐죽 내밀었다.

"우리 후배! 그 반응은 낙제야."

"네?"

"젊고 탱탱한 여자애들 수영복 차림을 본 남자 고교생의 반응으로는 있을 수 없어. 『아, 네』가 아니지. 침을 세 줄기 네 줄기 흘리면서 몸을 수그리고 뚫어져라 바라보면서, 『우햐아, 이거 완전 절경이구만』이라고 외쳐야 하는 법이지."

무슨 말을 하는 걸까, 이 선배는.

"그걸 남자 고교생의 표준적인 반응이라고 우기는 선배가 걱정됩니다. 그리고, 말투가 낡았어요."

"수그려요?"

"그건 안 물어봐도 돼, 코조노 양."

아야세 양이 타일렀다.

코조노 양은 신기한 기색으로 고개를 갸웃거렸다.

"그래서, 우리 후배. 감상은?"

"감상이라고 하셔도 말이죠. 하아. 뭐, 다들 잘 어울린다고 생각해요."

코조노 양은 선명한 색의 크로스 홀터 타입 수영복이다. 패션 모델이라면 섹시하게 입을 수 있을 것 같지만, 나이에 걸맞은 건강한 분위기가 앞서고 있었다. 물론 말하진 않지만. 아래쪽도 하늘하늘한 숏 팔레오라서, 눈길을 엄청 피하지는 않아도 되겠다. 그렇지만 피부 면적이 그럭저럭 많으니까 너무 커다란 움직임을 안 했으면 좋겠다.

요미우리 선배는 이른바 비키니였다. 세 명 중에서 가장 어른스럽다.

평소에는 얌전한 문학소녀 같은 차림을 하고 있는 선배니까 뜻밖이라고 하면 뜻밖이었다. 검은 머리 일본풍 미녀의 대담한 비키니 차림은, 선글라스 같은 걸 쓰고 있으면 다가가기 어려울 것 같긴 하다. 위험해서. 그걸 노린 건가?

"음? 뭔가 실례되는 생각하고 있네. 이 벽창호 응큼이 후배."

"저기요……."

마지막으로 아야세 양의 수영복은 고를 때 봤으니 예상 밖이지는 않았다.

위아래가 세퍼레이트고, 작년이랑 마찬가지로 파란색을 기조로 한 색채의 수영복이다. 위는 한쪽 어깨만 드러내는, 이른바 원숄더의 디자인이었다. 평소의 생활에서도 어깨를 절반 내놓는 패션을 때때로 입으니까, 나로서는 익숙한 아야세 양이구나 하는 묘한 안도감이 든다. 허리에는 팔레오를 둘렀고, 그쪽도 좌우가 어시메트릭한 형태였다.

골랐을 때도 잔뜩 고민을 했던 만큼, 잘 어울린다, 라고 생각한다.

"뭐, 좋지 않을까요."

"이 박정한 반응이 우리 후배지~."

"아사무라 선배, 아사무라 선배. 이 스토브 위의 돌은 뭔가요?"

"응? 그건, 이렇게 쓰는 거야."

근처에 준비되어 있던 바가지로 물을 떠서 돌에 뿌렸다. 뜨거운 돌에 닿자, 뿌린 물이 곧장 증기가 되어 뭉게뭉게 올라갔다.

"우와, 선배, 물 너무 뿌렸어요!"

"아차. 미안해. 생각보다 김이 잔뜩 오르네."

방 안이 한순간에 하얀 김으로 뒤덮여서 당황했다.

요미우리 선배에 따르면, 이런 사우나에서 돌에 물을 뿌리는 행위는 담당자가 하는 경우도 있다고 한다. 함부로 해보는 게 아니라고 반성했다.

피어오르는 증기는 그다지 시간을 두지 않고 사라져서 시야가 깨끗해졌지만, 무더움이 확 늘어났다.

방의 양쪽에 만들어진, 나무판을 놓기만 한 의자에 화상을 입지 않도록 타월을 깔고 앉았다.

느긋하게 잡담을 하면서 땀을 흘리고 있는데, 땀과 함께 몸 안에서 독기가 빠져나가는 것 같은 기분이 들었다. 작금에는 사우나의 장단점에 대한 말이 이래저래 많지만, 단순하게 땀을 흘리면 개운해지고 기분이 좋다는 건 분명하다.

문득 옆에 앉은 아야세 양을 보았다. 그 순간, 목덜미에 맺힌 구슬 같은 땀이, 한 방울, 어깨에서 위팔로 미끄러지듯 흘러내렸다.

머리칼을 타월로 감아서 묶고 있다. 귓가에 남은 잔털이 땀으로 촉촉하게 젖어 내려가 있다. 몇 가닥이 볼에 달라붙어서, 묘하게 그것이 내 눈길을 끌어버린다. 심장 고동이 빨라지는 것을 느꼈다.

햇살 속을 나란히 걷고 있을 때도 이런 걸 느낀 것 같았다. 나는, 혹시 땀에 무슨 페티시즘을 느끼는 걸까? 그런 시시한 생각을 하는데.

"응?"

왜? 라고 말하는 표정을 지은 아야세 양이 돌아봐서, 황급히 시선을 돌렸다.

"그, 이제 그만 나는 한계라서."

뭐가 한계인가? 물론 사우나의 더위에 졌기 때문이다. 그런 걸로 해두자.

한 발 먼저 사우나실에서 나왔다.

바로 옆에 4, 5 미터쯤 되는 폭의 시냇물이 흐르고 있으며, 시냇가에 휴식용 의자가 몇 갠가 준비되어 있었다. 미니 체어보다도 느긋하게 쉴 수 있겠어.

사우나 옆에는 냉탕이 병설되어 있는 법인데, 여기는 냉탕 대신 시냇물에 들어간다, 라는 루틴인 것 같다.

자 어디서 몸을 식힐까. 나는 혼자 먼저 시냇물속에 걸어 들어갔다.

자갈이 굴러다니는 시냇물 바닥은 약간 발바닥을 자극해주지만, 아파서 못 걸을 정도는 아니다.

흐름이 완만해서 휩쓸리지도 않는다. 물은 차갑지만, 지금 계절에는 오히려 기분 좋은 온도다. 평평하고 큼직한 돌을 발견해서 거기에 앉아 쉬기로 했다. 천천히 몸을 담근다.

몸이 식으면서 머리도 식었다. 아까는 위험했군. 그런 생각을 할 자리가 아닌데도 괘씸한 생각이 뇌리를 스치다니 정말……. 정신 차려라, 라고 생각했다.

숨을 내쉬고 멍하니 하늘을 올려다보았다. 몸에 부딪히는 흐름에 부드럽게 밀린다. 욕탕에서는 맛볼 수 없는 감각에, 아아, 자연 속에 있구나, 라고 느꼈다.

잠시 지나, 아야세 양, 요미우리 선배, 그리고 코조노 양이 사우나실에서 나왔다.

아야세 양을 추월해 뛰어들 기세로 다가온 것은 요미우리 선배였다. 뭐, 시냇물 바로 앞에서 딱 멈추긴 했다. 시냇물을 떠서 발치에 뿌리기만 하고서도 소리를 지른다.

"우햐아, 차가워!"

요미우리 선배가 당황해 뭍으로 돌아갔다.

"그거야, 시냇물이니까요."

"시냇물에서 물놀이, 몇 년 만일까……. 그리워라."

그렇게 말하면서, 시냇가의 돌을 뒤집기 시작했다. 아래쪽에 숨어 있던 작은 벌레가 사삭 도망치는 것을 보고, 「오~, 있다 있어」 하며 기뻐한다. 코조노 양이 그 모습을 조심조심하는 느낌으로 어깨 너머로 엿보고 있었다.

그것만 딱 보면, 마치 초등학생 남자애랑 여자애 같군.

"하아……. 더웠어."

아야세 양이 옆에서 천천히 몸을 가라앉힌다.

"수고했어."

"응. 지쳤어."

그렇게 말하고, 아야세 양이 살짝 나한테 몸을 기댔다.

수영복이 닿을 것 같은 위치까지 다가와서, 나는 심장 소리가 들리지 않을까 걱정이 되었다.

힐끔 시선을 흘리고, 어깨가 가녀리네. 라고 멍하니 생각했다.

아야세 양이 힘들다는 표정으로 입을 열었다.

"더 빨리 나오려고 했는데, 요미우리 씨가 『무리하지 않는 정도로 참기 대회다~』라고 해서……. 한동안 나올 수가 없었어."

"하하……."

그 건강해 보이는 참기 대회 같은 모순된 이벤트는 뭘까.

그렇다면, 오두막에서 나온 순서가 참기 대회에 진 순서라는 건가? 코조노 양, 뜻밖에 참을성이 좋네. 아야세 양은 이렇게 보여도 꽤 고집이 있다고 생각했는데.

"참다가 같이 있는 시간이 줄어드는 건 싫어."

……감사합니다.

그렇게 말해주는 것의 행복을 곱씹고 있는데, 와아, 하고 코조노 양이 기뻐하는 소리가 들려 고개를 들었다.

"자세히 보니까, 귀여울, 지도."

"오~. 이쪽에는 그리마가 잔뜩 있어~."

"우후후. 와글와글하고 있어요!"

순식간에 적응했는지, 둘이서 남자초등학생이 되어 있었다. 코조노 양, 뜻밖에 벌레를 좋아하나? 아니면 요미우리 선배에 맞춰주는 걸까?

"요미우리 선배. 닥치는 대로 돌을 뒤집어서 놀래는 거, 그만 합시다."

"그치마안, 자연 속에 왔으면 만끽해야지~. 이쪽에 온 뒤부터 벌레도 제대로 못 보는 생활이었으니까, 무심코 그리워져서. 봐봐, 코조노 양, 쪼그만 게 같은 것도 있어."

"게도 좋지만요~. 저는, 이제 그만 몸을 식히고 싶어요~."

힐끔 우리들 쪽을 보았다.

그러더니 나랑 아야세 양이 앉아 있는 이쪽으로 다가온다.

"기분 좋아 보여서 좋네요. 저도~."

말하면서, 우리들 바로 앞에 있는 시냇가의 돌을 밟은 참에 코조노 양의 몸이 흔들렸다.

"왓!"

바로 눈앞에서 작은 몸이 시냇물로 쓰러질 것 같아서, 나는 황급히 일어섰다. 앞으로 쓰러지던 코조노 양을 지탱하듯 받아냈다. 끌어안는 자세가 될 것 같은 참에 어깨를 붙잡아서 간신히 막아냈다. 그렇지만 아무래도 초등학생 조카들이 매달리는 것하고는 달라서, 부드럽고 다른 의미로 심장에 안 좋다.

"무, 무서웠어요!"

"괜찮아?"

그대로 지탱한 몸을 일으키는 걸 도와줬다. 가슴 앞에 손을 대고서 아직 놀란 표정을 짓고 있는 코조노 양이 「아, 네」 하고 갈라진 목소리로 말했다.

"감사합니다, 아사무라 선배."

"아니, 이 정도는…… 조심해, 시냇가는 미끄러우니까."

"네."

"잠깐잠깐잠깐. 괜찮아!?"

"괜찮, 아요."

아무래도 걱정스러워 보이는 표정을 하고 날아온 요미우리 선배한테, 코조노 양이 미소를 지으며 대답했다.

"코조노 양, 자."

"아, 제 타월. 죄송합니다, 아야세 선배."

시냇물에 떠내려갈 것 같던 타월을 아야세 양이 재빨리 주워주었다. 사우나에서 사용한 것을, 넘어지는 바람에 놓쳐버린 모양이다.

내 쪽은 코조노 양을 받아내는 걸로 벅찼으니까 고마운 일이다. 그대로 흘러가 버릴 참이었어. 참고로, 나랑 아야세 양은 시냇가의 커다란 바위 위에 올려놨다. 온천이 아니라 시냇물이니까 머리에 올리고 몸을 담그는 건 그림이 이상하고, 별로 의미가 없다. 이런 식으로 떨어뜨리면 난처하고.

"정말로 감사합니다, 아사무라 선배. 선배는 제 생명의 은인이에요."

"아무래도 그건 거창해."

어쩌다가 눈앞에서 넘어질 뻔한 사람이 있으면, 반사적으로 손이 나가버리는 건 흔히 있는 일이다.

요미우리 선배도 끄덕끄덕하면서 말했다.

"뭐, 아무 일 없어서 다행이야. 기껏 즐거운 이벤트니까,

즐거운 일만으로 끝내고 싶단 말이지. 다들 주의하자~."

"네!"

코조노 양이 힘차게 대답했다.

"선배도 주의하셔야 하거든요?"

나는 요미우리 선배를 향해 말했다.

에헷~, 하고 혀를 내밀어도 얼버무릴 수 없습니다.

요미우리 선배와 코조노 양은 그대로 둘 다 시냇가의 돌에 앉아서, 흐름에 발만 담그고 피서를 하면서 대화를 시작했다.

—어라? 아야세 양은?

방금 전까지 옆에 있었던 것 같은데. 모습이 안 보인다. 어디 갔지?

시선을 냇물 표면으로 흔들었다.

조금 떨어진 곳에서 쏴아 수면을 가르며 아야세 양이 뛰쳐나왔다. 잠깐 잠수했던 걸 알고, 나는 안도의 숨을 내쉬었다. 떠내려갔을 거란 생각은 안 했지만, 모습이 안 보이니까 한순간이지만 초조했다. 냉정해지면 빠질만한 깊이도 아닌 곳인데.

아무래도 조금 깊은 곳에서 머리까지 잠수를 한 모양이다.

그래도 신경 쓰여 나는 아야세 양이 잠수를 반복하는 걸 묵묵히 보고 있었다.

몇 번인가 반복하는 사이에 내 시선을 깨달았는지, 아야세 양이 그대로 일어서서 이쪽으로 걸어왔다.
"왜?"
"아, 아니……."
"어으이! 거기 두 사람, 한 번 더 사우나에 돌아가자!"
그렇게 불러서, 어쩔 수 없이 나도 아야세 양도 냇물에서 나왔다. 사우나로 돌아가기 전에 작게 「아야세 양」 하고 불러 세웠다.
"저기 말야."
"응."
"방금 그건. 저기…… 불가항력이니까. 이상한 곳도 안 만졌고."
"어?"
"아니 그러니까 그게……."
작금은 인명 구조도 성희롱 취급을 당할 수 있는 풍조라, 입지가 안 좋은 요즘 세상이다.
변명은 중요하다—라고 생각해서.
"내가 좋아하는 건 아야세 양이야."
주변에 들리지 않는 아슬아슬하게 작은 소리로 속삭였다.
지극히 성실한 마음이었는데, 내가 한껏 진지한 표정을 지은 걸 본 아야세 양이 예상하지 못했다는 듯 웃음을 터뜨렸다. 쓴웃음을 짓고 있었다.
"말 안 해도 알아."

상냥한 목소리에 나는 안도해서 가슴을 쓸어 내렸다.

"뭐, 그러면 괜찮아."

"그보다도 내가 너무 글러먹어서 난처해."

"어?"

그렇지만, 아야세 양은 자신이 한 말의 설명을 하지도 않고.

얼른 사우나로 들어가 버렸다. 덕분에 두 번째 사우나는 계속 아야세 양이 한 말을 생각하게 되어서……. 평범하게 더위를 먹었다.

차가운 시냇물로 돌아가서, 이번에는 내가 머리까지 물에 잠수하게 되었다.

사우나와 물놀이를 마치고, 얼마간 다 같이 느긋하게 지내는데, 햇살이 조금씩 약해졌다.

타프를 접고, 돌아갈 준비를 마치고 접수처에 가서, 「감사합니다!」라는 말과 함께 돌아가는 수속을 한다. 즐거웠다고 말하면서 우리는 요미우리 선배의 차에 올라탔다.

나스시오하라에 작별을 고했을 때는 태양이 하늘을 미끄러져 떨어져가는 중이었고, 서쪽에 우뚝 선 산자락에 이제 그만 달라붙을 것 같았다. 일몰은 아직 멀었지만, 산 속이라 저무는 게 빠르다.

돌아갈 때 자리는 올 때와 마찬가지.

흐르는 음악에 맞춰 콧노래를 흥얼거리는 요미우리 선배

옆에 앉아서, 나는 저물어가는 풍경을 어쩐지 모르게 바라보고 있었다.

산들을 등지고 고속도로를 탔다.

주변은 완전히 어두컴컴해졌다.

흐르는 경치와 산이나 멀리 보이는 거리 풍경이 검게 가라앉고, 아직 수확 안 한 여름의 논이 저녁놀의 색과 섞여서 빛바랜 녹색으로 물들었다.

오늘은 즐거웠네. 돌아보는 대화는, 처음에는 활발했지만, 고속도로의 기분 좋은 진동에 흔들리는 사이 서서히 잦아들어서, 몇 번인가 휴식을 거치고, 차츰 다들 지쳤는지 조용해졌다.

도회지로 다가감에 따라 건물이 늘어난다.

고속도로에서 빠졌을 무렵에는 주변이 완전히 어두워졌다.

뒷좌석의 두 사람은 한 마디도 안 하게 되고, 백미러 너머로 보니 아무래도 잠들어버린 모양이다.

"오늘은 고마워, 우리 후배."

요미우리 선배가 조용히 말했다.

"전 딱히 아무것도 안 했는걸요."

"아니지. 솔선해서 무거운 짐 들어준 거 눈치 못 챘을 줄 알았어?"

"뭐, 그 정도는 해야죠……."

캠프장을 알아본 것은 요미우리 선배고, 이것저것 캠프 용구를 준비한 것도 선배다. 그리고—.

"이쪽이야말로, 오고 가는 운전수 수고하십니다."

"뭐, 이 정도는 해야지. 내가 억지를 부려서 같이 놀아준 거니까. 나로서도 드라이브를 할 수 있어서 즐거워."

"마지막의 마지막에 정체를 만나버렸지만요."

아무래도 시부야와 가까워지면서 교통량이 늘어난다. 방금 전부터 내비에는 빨간 선으로 정체가 표시되고 있었다.

드디어 전진한다 싶더라니, 이번에는 빨간 신호에 붙들렸다.

"길~단 말이지~, 여기 신호."

"그런가요."

몇 번인가 지난 길인가?

"그래서, 말야."

툭. 왼손으로 무릎을 두드린다.

"비밀로 해줄 테니까, 나한테만 알려줘. 우리 후배. 아니, 아사무라 유우타 군."

비밀 이야기를 하듯, 얼굴을 살짝 가까이 대고 속삭이듯 말했다.

평소보다도 약간 윤기가 있는 진지한 목소리였다. 무심코 꿀꺽 침을 삼켰다.

"알려줘, 라니 뭘요?"

"지금 말야. 사키 양이랑 사귀니? 연인 사이야?"

퍼뜩 하고 한순간, 말문이 막힌다.

설마 그런 걸 이 순간에 물어볼 줄은 생각도 못했다. 지금까지 전혀 그런 걸 물어볼 낌새가 없었는데. 왜 지금.

"그으게, 저기……."

어떻게 대답할까 망설였다. 미러를 통해 뒷좌석을 확인했다. 아야세 양도 코조노 양도 푹 잠들어 있는 것 같다. 꼼짝도 안 하네.

"아마도 여름 방학이 끝나면, 우리 후배도 수험공부가 바빠져서 느긋하게 대화를 할 시간 같은 게 없어져 버리잖아. 사키 양이 없는, 우리 후배만 있는 근무일 때 물어봐도 되겠지만……. 나도 올해로 알바 그만두니까, 하다못해 신경 쓰이는 것의 대답 정도는, 이틈에 알아두고 싶어서~."

요미우리 선배는 비밀을 공유하는 동료에게 보이는 미소를 지으면서 나를 보았다.

"알아두고 싶다…… 라니."

어째선데요?

"어째서라고 생각해?"

"저…… 기……."

전에 없이 진지한 표정으로, 요미우리 선배는 나를 보았다. 얼굴 바로 근처에서 말을 자아내는 붉은 입술이 문득 신경 쓰였다. 평소보다 어쩐지 붉은색이 강한 립스틱. 아아, 대학생이구나. 나보다도 어른인 여성이라고 새삼 느껴버린다.

만약 지금 「아야세 양은 여동생입니다」라고 대답하면.

어떻게 되는 걸까? 시선을 빨아들이는 입술에서 눈을 뗄 수가 없다.

이제 와서 나는 격렬하게 후회하고 있었다.

어제 일이었다. 코조노 양에게, 나랑 아야세 양의 관계를 어떻게 밝힐까 대화를 했을 때, 그 건은 나중에 둘이서 느긋하게 생각하려고 미뤄두고 말았다. 이런 때는 반드시 온다. 언젠가는 가까운 사람에게 당당하게 주장해야 한다. 나는, 머릿속 어디선가 알고 있었을 텐데.

선택을 잘못하면 안 된다. 머릿속에서 경보가 울린다.

"아……."

"아?"

"아야세 양하고, 연인 사이, 입니다."

잠깐의 침묵.

어느새 신호가 파란색으로 바뀌어 있었다.

"그렇구나."

그 말을 했을 때 이미 요미우리 선배의 얼굴은 정면을 보고 있었고, 차는 천천히 움직이고 있었다.

"액셀러레이터, 밟게 해줄래?"

무슨 말을 하는 걸까. 액셀러레이터를 밟았으니까 차가

움직이는 건데.

요미우리 선배는 앞을 본 채 말했다.

"선배가 한 가지만 충고해주마. 알고 있니?"

"뭘요?"

"남자는 연인이 있을 때 더 인기가 있어. ……연인이 소중하다면 유혹에 조심해야 된다."

영문을 모르겠네.

연인의 유무로 나라는 인간이 변할 리가 없는데, 왜 그렇게 되지?

……아니, 변하지 않는다, 는 거짓말이군.

분명히 아야세 양과 관계가 깊어짐에 따라, 여성과 대화할 때 긴장감이 어느 정도 누그러진 것 같기도 하다. 익숙함은 위대하다. 그리고 패션의 조언을 받으니까, 다소는 외견도 향상되고 있겠지.

그렇지만 그렇다고 해서 인기가 생긴다고 하는 건 딱 감이 안 온다. 다만, 그래도 요미우리 선배의 말투는 평소의 익살스러움 100퍼센트일 때와 달리, 절반 정도는 진지함이 있었다.

그러고 보니 아야세 양도 불륜이나 바람 같은 뉴스가 신경 쓰여 버릴 정도로는, 질투를 하는 것 같았지.

그녀를 슬프게 만들고 싶지 않고, 상처를 주기도 싫다. 오해 받는 건 피하고 싶어.

그러니까.

"……명심할게요."

나는, 선배의 고마운 조언을 순순히 받아들이기로 했다.

좋습니다. 만족스럽게 미소를 지으며 말한 요미우리 선배는, 그 뒤로 운전에 집중해서, 차를 세우고 다른 두 사람을 깨우기 전까지, 한 마디도 말하지 않았다.

●7월 31일(토요일) 아야세 사키

"앗~, 요미우리 선배! 아사무라 선배를 독점하려는 거 아니에요~?"

뒷좌석의 문을 열었을 때, 먼저 타고 있던 코조노 양이 말했다.

그러면서 입을 삐죽거리면서 야유를 보낸다.

아사무라 군을 독점…… 단둘이서 드라이브…… 둘이서 나란히, 좋아하는 곡을 차 안에 재생하며, 그런 망상이 뇌리를 스쳤다.

아니, 무슨 생각을 하는 거야.

오늘은 알바 선후배끼리 바비큐를 하러 가는 것뿐이다. 그 이상도 그 이하도 아냐. 요미우리 씨가 내년에는 알바를 졸업하니까, 이건 선배와 마지막 추억 만들기다.

그런 이벤트에 개인적인 망상을 끌어들이면 안 되지.

그러나 코조노 양이 말할 때까지, 뒤에 셋이 나란히 타는 건 생각도 못했다.

갑갑할 거고. 코조노 양이 일부러 이동하는 것도 이상하고. 아사무라 군이나 내가 뒤에 타는 건 당연하다고 생각했는데.

선배가 아사무라 군을 독점하려고 한다는 발상은 어디서

나온 걸까?

그렇게 말은 하면서, 내 옆자리가 코조노 양이라고 인식했을 때 나는 무심코 머뭇거리고 말았다.

이렇게, 이것저것 안전벨트를 매면서 생각하고, 문득 나는 떠올렸다.

사람은 타인의 생각을 알 수 없다. 『너는 이렇게 생각하고 있다』라고 주장할 때는, 실제로는 상대의 생각을 읽은 것이 아니라 내가 같은 상황이었더라면 어떻게 생각할지를 돌이켜본 것에 지나지 않는다. 『나라면 이렇게 생각할 것이다』가 흘러나오는 것뿐이다.

그렇단 말은 즉, 코조노 양은 아사무라 군을 거느리고 싶다고 생각하는 걸까?

으음.

분명히 코조노 양은 아사무라 군을 잘 따르는 모양이지만. 그렇다고 해서, 그런 독점욕은 좋지 않다. 아사무라 군에게도 자유 의지가 있으니까.

아니, 잠깐. 방금 나도, 단둘이서 드라이브를— 이라고 생각했던 것 같은데.

으으음…….

이럴 수가. 나는 독점주의자였던 건가.

어느새 그런 얄팍한 인간이 되었을까?

내심 쇼크를 받고 있는데, 요미우리 씨가 달래듯 하는

말이 귀에 들어왔다.

"에이. 사소한 건 신경 쓰지 마. 수험생도 숨 돌리기가 필요해. 오늘 하루는 싫은 건 전부 잊고서 즐기자!"

이야기의 흐름은 모르겠지만, 요미우리 씨의 그 말에 나는 타이치 새아버지의 말을 떠올렸다.

『그 녀석도, 조금 더 잘 노는 성격이라면 좋겠는데.』

그랬지. 요미우리 씨의 추억 만들기만 있는 게 아냐. 오늘의 데이캠프에는 개인적인 목표로서 아사무라 군이 편히 놀 수 있도록 한다, 라는 것이 있었다. 그래서 요미우리 씨의 즐기자는 제안에는 전면적으로 찬성이다.

그러나 요미우리 씨의 말에 맨 먼저 「오~!」 하며 주먹을 치켜 올리며 찬성을 표한 것은 코조노 양이고, 나 자신은 그런 행위가 조금 창피해서 입 속으로만 작게 「오~」 하고 중얼거렸을 뿐이었다. 아마 아무도 못 들었을 거야.

하아. 무심코 한숨.

아사무라 독점주의자가 된 데다, 솔직한 마음도 겉으로 드러내지 못하다니.

나는, 옛날부터 이랬던가? 어쩐지 귀찮은 인간이 되어 버린 것 같아.

좌석에 등을 기대고 눈을 감았다.

최근에 이런 식으로 마음이 어질어질할 때가 많다.

혹시 일기를 계속 썼으면, 적는 게 너무 많아지지 않았을까?

아무도 못 보도록 처분해버린 기록장.

1년 전부터 조금씩 일기 속에 아사무라 유우타란 문자가 적히게 되더니, 그 기술은 나날이 점점 늘어났다. 마음이 흐트러지고, 내가 서서히 그에게 끌려가는 모습을 읽기만 해도 파악할 수 있다. 누구에게도 보여줄 수 없는 내 의매 생활 일기.

지금은 이런 나날의 감정을 마음속으로 정리할 뿐이다.

하아. 두 번째 한숨.

이럼 안 돼. 내가 이렇게 가라앉은 마음이어서는, 도무지 아사무라 군의 수험 피로를 치유할 수가 없다.

의식을 차량 안으로 되돌리고, 어떻게든 대화에 참가하고자 했다.

지금은 무슨 이야기를 하는 걸까 귀를 기울이자, 아무래도 요미우리 씨의 이름 이야기를 하는 것 같다. 요미우리 시오리— 책과 인연이 깊어 보이는 이름으로 이만큼 서점 알바에 딱 맞는 이름도 없다. 독서를 좋아하고, 상냥하고 미인이며, 때때로 조금 이해 못할 농담을 선보이지만, 머리가 좋은 여성이다.

지금도, 시오리라는 자기 이름에 대한 지식을 선보이고 있다.

"아사무라 군도 그렇지만, 요미우리 선배도 말을 잘 아네요. 정말로 둘 다 책을 좋아하네요."

그것은 내 거짓 없는 감상이었다.

그런데 요미우리 씨는 서점 알바를 그만둔다고 했다. 가게에서도 그대로 취직하지 않겠냐고 제안했지만 거절했다고 한다. 달리 뭔가 하고 싶은 일이 있는 걸지도 몰라.

대화는 그대로 흘러가 요미우리 씨와 아사무라 군의 만담으로 이행해서, 나는 잘 모르는 성녀라든가 악마 영애? 같은 수수께끼 단어가 오가게 되어 어떻게 끼어들면 될지 모르게 되었다.

그러나, 그런 호흡이 딱 맞는 만담 대화에도 옆에 앉은 코조노 양은 힘차게 뛰어들었다.

"그럼 안 돼요, 아사무라 선배. 요미우리 선배를 괴롭히면."

아사무라 군이 섭섭하다고 항의하지만, 요미우리 씨는 웃으면서, 더 말해주라고 코조노 양을 부추긴다.

"사키 양도, 이 허당남을 더 혼내줘도 돼애."

이쪽으로 갑자기 패스가 날아왔다.

대화에 억지로 끌려들어갔지만, 나는 어떻게 대답해야 할지 모르겠다.

"어. 아, ……네."

그렇게 마지막엔 어물거리게 된다. 나는 이런 경쾌한 대화란 것을 잘 못한다. 남이 날 챙기는 것도 내가 챙기는 것도 익숙하질 않으니까.

허당인 건 나일지도 몰라.

"이제 곧 고속도로에 들어간다~."

요미우리 씨가 말했다.

여기서부터는 3시간 정도 아무데도 못 가는 좁은 밀실 안이다.

과연 나는 이 세 명의 대화를 잘 따라갈 수 있을까?

자신의 서투름에 싫증이 나서 얌전히 있던 나는, 첫 휴게소에서 휴식할 때 코조노 양이 나랑 그다지 대화하지 않도록 하고 있다, 라는 것을 드디어 깨달았다.

전혀 눈을 마주치지 않는 건 아니다. 뭔가 신경 쓰이는지 내 쪽을 힐끔거리며 보기는 하지만, 그런 것치고는 한 번도 대화를 걸지 않는다.

미움을 산 것인가 생각했는데, 얼마 지나지 않아 깨달았다.

나도 그녀를 웬만하면 보지 않고 스스로 대화를 걸지도 않고 있었다는 걸.

그래. 나는 코조노 에리나에게 어쩐지 거북함을 느껴버리고 있었다.

이건 어디까지나 거울 같은 것. 자신이 피하고 있으니까 그녀도 피하는 것에 지나지 않는 것 아닐까?

타프 설치를 마치고, 쫙 펼친 천 아래로 도망쳐 들어간다.

내리쬐는 햇볕으로부터 해방되어, 드디어 안도의 한숨을

내쉬었다.

미니 체어에 앉아 쉬고 있는데 시냇물 흐르는 소리가 희미하게 들린다. 숲 속을 지나치는 바람에는 습기를 띤 녹음의 냄새가 포함되어 있고, 새의 울음소리도 섞여 있었다.

잠시 쉬고서 우리는 이번 메인 이벤트인 바비큐 준비를 시작했다.

아사무라 군이 불을 붙이는 담당이 되고, 우리가 식재료를 조리했다.

조리, 라고 말하지만 자르는 것뿐이다.

야외니까 집의 부엌 정도로 정성들인 요리는 만들 수 없다. 빌려온 간이 테이블에 둔 도마와 식칼만으로 할 수 있는 범위의 일뿐이다. 바비큐용 고기와 야채는 크기와 두께를 맞춰서 골고루 익도록 하기만 하면 되니까.

그렇게 생각하며, 야채를 썰었다.

그냥 먹을 용도로 조금만 집에서 야채를 가져왔다. 고기를 잔뜩 먹는다면, 야채도 잔뜩 먹어야지, 라고 생각해서. 씻어놓은 파프리카와 오이와 당근을, 전부 가는 스틱 모양으로 잘라 플라스틱 컵에 꽂아두었다.

별로 시간을 안 들이고 모두 다 썰어버렸다. 한가해져서, 문득 옆에서 고기를 자르고 있는 코조노 양을 보니, 참 위태로운 손놀림으로 식칼을 다루고 있었다. 왼손으로 고기를 움켜쥐고, 오른손의 식칼을 지방 때문에 미끄러지는 표면에 억지로 대고 있었다.

그런데, 몇 번인가 칼날이 들어가지 못하고 미끄러진다.

잠깐잠깐잠깐.

“도망치지 마. 이 녀석!”

무서워무서워무서워. 저러다 손가락 베겠어!

“코조노 양! 왼손! 가정과에서 배웠지?”

내가 다급히 말하자, 코조노 양은 자르는 걸 한 번 멈추고 고개를 들었다.

“손은 고양이손, 말이죠? 에이, 아야세 선배. 아무리 그래도 그 정도는 알고 있어요. 요리 못하는 만화의 히로인이 아니니까요.”

여기는 현실세계거든요? 라고 말하기에, 그녀에게 최소한의 조리 지식이 있다는 걸 알고 안도하면서도 물었다.

“그러면, 왜 고기를 그렇게 움켜쥐고 있어?”

“팔팔해서 도망치잖아요.”

“도망 안 쳐요. 그 고기는 이미 돌아가셨으니까.”

“네? 당연하잖아요. 아무리 저라도 살아 있는 소를 손질하진 못해요~. 하지만, 신선하니까 팔팔해서.”

고기가 미끄러져서 도망치는 걸 팔팔하다고 표현할 줄은 몰랐다.

“그리고, 애당초 이렇게 두꺼운 고기를 써는 게 간단하진 않잖아요?”

요미우리 선배가 사온 고기는 분명히 덩어리라서 두껍지만 말야. 코조노 양의 손이 작은 것도 영향이 있다고 생각한다.

뭐, 고기의 지방 때문에 도마 위에서 미끄러진다는 것도 원인이겠지.

고개를 갸웃거리며 관찰하고, 나는 깨달았다.

빌려온 간이 테이블의 다리 길이가 코조노 양한테는 높았다. 근본적으로, 코조노 양이 남들보다 훨씬 작다고 할 수도 있다. 그래서 식칼에 힘이 잘 안 들어간다.

"왜 그래~?"

지시를 한 다음, 그릇이나 식기를 준비하고 있던 요미우리 선배가 코조노 양을 보러 왔다.

"식칼로 자르는 것 정도는 한 적이 있는데요…… 어쩐지 좀 어려워서."

"아~, 에리나 양한테는 조금 높구나아. 하기 어려우면 내가 썰까?"

"하지만…… 저도 뭔가 하고 싶어요."

분한 표정을 지었다.

조금 궁리를 하기만 해도 대처할 수 있을 것 같은데. 내 특기 분야이기 때문이겠지, 평소라면 안 할 말을 해버렸다.

"저기……. 조금 교대해도 될까요?"

나는 코조노 양한테 식칼을 빌렸다.

“그게, 지방이 붙어 있으면 칼날이 무뎌지니까, 고기나 생선 같은 걸 썰 때는 식칼의 지방을 자주 닦아내는 게 좋아요. 야외처럼 물이 귀중한 경우는, 키친 페이퍼로 닦아내기만 해도 되니까요. 손도 직접 붙잡아서 미끄러지니까, 이렇게—.”

이쪽도 키친 페이퍼를 써서 고기를 누른다. 집에서는 귀찮아서 이렇게까지 커다란 고기 덩어리를 손질하지 않으니까 안 하지만 말야.

“우선 조금만 칼집을 내고. 이 정도라면 힘을 안 줘도 할 수 있겠죠?”

코조노 양이 끄덕끄덕한다.

이런 부분은 정말로 솔직하고 착한 아인데.

“칼집에 한 번 더 식칼을 대고서, 당기든 밀든 해서 식칼의 무게로 써는 느낌이에요. 흔히들 식칼은 당겨서 썰라고 배우지만, 어차피 초보자니까 자를 수만 있으면 어느 쪽이든 괜찮으니, 하기 쉬운 식으로 하세요.”

“잘하시면서, 의외로 아야세 선배는 적당히 하네요.”

솔직한 말에 쓴웃음을 지어 버렸다.

“뭐, 나는 전부 독학이니까. 곧이곧대로 받아들이기보단 정식으로 배우거나, 전문서를 읽는 게 좋을지도 몰라.”

“하지만, 잘 해요!”

“고마워.”

어렸을 때부터 해왔으니까. 일단 엄마는 요리도 내놓는 가게에서 일을 했을 텐데, 가르치는 건 서투르다. 말로 설명하는 게 서투른 타입이라고 할까. 어렸을 때부터 조리의 노하우를 물어봐도 『삭 잘라서, 프라이팬에 탁 던져놓고, 치이이 볶으면 되는 거야~』라고 하셨으니.

"그러면, 자. 잘리지?"

"오오! 힘을 넣는 걸론 안 보이는데, 슥 하고 잘렸어! 아야세 선배는, 팔팔한 걸 처리하는 거 잘하네요!"

말투!

"정말로 잘 하네에. 사키 양, 내 색시로 삼고 싶어."

저기……. 칭찬, 맞죠?

"뭐, 이런 느낌입니다."

"네. 알았어요! 다음은 제가 할게요!"

코조노 양이 힘차게 대답했다.

"그러면, 내가 위험하지 않을까 봐주지. 여차하면 바꿔 줄게."

"네. 하지만, 힘낼게요!"

"저는 야채 뒤처리를 할게요."

그렇게 말하고 식칼을 돌려준 뒤, 나는 내 작업으로 돌아왔다. 걱정이 되니까, 곁눈질로 힐끔 코조노 양을 보았다. 어느 정도 익숙해졌는지, 가르친 대로 열심히 고기를 자르기 시작한다. 때때로 위태로운 부분도 있지만 열심히 하는 건 보면서 알 수 있었다.

"됐어요!"

"그래그래. 잘했어요. 그러면, 다음은 이 고기야."

요미우리 선배가 머리를 쓰다듬자 눈을 가늘게 떴다.

아아, 좋겠다아— 저도 모르게 그렇게 생각한 자신의 마음에 퍼뜩 놀랐다.

요미우리 씨랑 코조노 양의 대화를 그 이상 볼 수가 없겠다는 기분이 들었을 때, 마침 아사무라 군이 말을 걸어주었다.

아사무라 군은 언제나 이렇다. 그런 의식은 없을지도 모르지만, 그는 내가 어쩐지 대단히 어두운 마음을 품었을 때 말을 걸어준다.

잘라둔 야채를 들고 그의 옆으로 갔다.

내가 요리를 배운 건 필요하기 때문이었다. 전부 독학. 그래서 올바른 방법인지 아닌지도 모른다.

그렇지만 다른 사람보다 연령치고는 요리를 하는 횟수가 아마 많다. 결과적으로 자연스럽게 조리 스킬을 익혔다. 하지만 어차피 초보자의 연장선상이며, 진짜 요리사 같은 건 못 되는 정도의 실력이다.

"아니아니. 충분히, 머리를 쓰다듬어줄 레벨이라고 생각해."

아사무라 군이, 그 조리 스킬을 칭찬해준다. 그건 기쁘다.

하지만 코조노 양은, 열심히 하는 모습만으로 칭찬 받는다.

그것에 나는 부러움을 느껴 버려서— 풀이 죽었다.

그리고 그 발상의 왜곡처럼 자기혐오를 해버린다.

아사무라 군은 상냥함으로 커버를 해주는데, 그에 대해 비뚤어진 감상을 가져 버리다니.

에잇, 안 돼. 전환하자. 조금 더 냉정해져야지.

다 먹으면, 다음은 요미우리 선배가 기대하던 사우나 시간이다.

좋아, 사우나에서 잘 정비하고 기분을 리셋하자. 잡념 같은 건 모두 떨쳐내 버리자.

……라고, 생각했는데.

"그, 이제 그만 나는 한계라서."

아사무라 군이 사우나실을 나서는 등을 배웅하고, 나는 다시 잡념을 품어 버렸다.

수영복에, 좋지 않을까요, 라고만 말해줬으니까.

그야 뭐, 골랐을 때 같이 있었으니까, 그때는 제대로 어울린다고 말을 해줬었지.

역시 입고 선보였을 때 한 번 더 제대로 말을 해주길 바라는 법입니다.

이럼 안 돼. 이건 잡념이다.

하지만, 오두막을 나섰을 때 그의 얼굴은 똑바로 보고

있었다. 아, 아사무라 군, 지금 쑥스러워하고 있어. 하긴, 어딜 봐야 할지 난처하겠지, 라고 생각했다. 조금 귀엽다.

"사키 양, 기뻐 보이네."

어? 등을 보고 있던 시선을 억지로 떼어내 요미우리 씨에게 맞추었다.

"그렇게, 보였나요?"

"응. 그렇지."

"저도! 저도 즐거워요!"

코조노 양이 대화에 끼어들었다.

요미우리 씨는 「기뻐 보인다」고 말한 거지 「즐거워 보인다」고 말한 게 아니지만, 그 부분의 뉘앙스 차이를 눈치 못 챈 모양이네.

"에리나 양은 언제나 즐거워 보이네에."

"네! 아, 그렇지."

힘차게 대답하고서 코조노 양은 약간 올려다보는 시선이 되어 요미우리 씨에게 물었다.

"그러고 보니 요미우리 선배, 아사무라 선배랑 같이 이렇게 놀러 가거나 하면 남자친구가 질투하지 않아요?"

"어이쿠. 에리나 양이 파고드는걸. 걸즈 토크구나. 사랑 얘기 좋아해?"

"좋아해요!"

"아하핫. 솔직하구나. 하지만 유감. 애당초 나는 남자친구가 없사옵니다."

"에~이! 이렇게 미인이고 상냥하고 재미있는데! 그럴 수 있어요!?"

"있어, 있어. 여기에 확실하게 존재하니까."

"못 믿겠어요오!"

"뭐, 세상의 남성은 말이지. 미인이고 상냥한 건 아주 좋아하지만, 여자친구에게 재미를 바라지 않는단다."

"그런가요~?"

"자, 상상해보렴. 내 여친은 재미있어요, 라고 자랑하는 남자를 본 적 있니?"

코조노 양이 사우나실의 천장을 바라보며 검지를 턱에 대었다.

"음~."

"자랑이야, 자랑. 겸손이 아니라. 여자친구의 좋은 점 어필로 『내 여자친구는 야한 개그가 일품이야!』라고 당당하게 말하는 남자, 본 적 있어?"

"……없네요!"

"그렇지."

"그렇구나~. 어째서일까요? 제가 남친이라면, 엄청 자랑할 텐데요."

"어째서일까~. 그래서, 나의 남친은 없는 거랍니다."

"아까워라."

"고마워."

생긋 웃으면서, 요미우리 씨는 다시 코조노 양의 머리를 쓰다듬었다. 마침 좋은 위치에 있기 때문일지도 모르지만.

이번에도 코조노 양은 눈치 못 챈 것 같지만, 요미우리 씨는「그래서 남친이 없어」라고 말한 게 아니었다.「그래서 나의 남친은 없다」라고 했어. 그건「그래서 내 남친이 될 수 있는 사람이 없다」란 의미다.

요미우리 씨는 남친의 조건을, 자신의 본성을 매력으로 평가해주는 사람, 으로 하고 있어. 그걸 만족하지 못하니까, 없다고 말한 거다.

재미있으니까 좋아한다는 말에 기뻐한다고 남친에게 말할 수 있는 요미우리 선배도 레어한 존재라고 생각하지만…….

……하지만 아사무라 군이라면 그렇게 말할지도 몰라.

문득, 머리를 스친 생각에 나는 고개를 저었다.

안 돼. 이것도 잡념이다.

"아, 그러면, 아야세 선배는? 있죠?"

"어?"

무슨 얘기?

"연인이요. 남자 친구."

이쪽으로 불똥이 날아왔다.

사랑 얘기를 엄청 좋아한다는 코조노 양은, 호기심이라고 불리는 별을 눈동자에 반짝거리면서, 내 쪽을 보고 있었다. 시선이 눈부셔. 어떻게 대답하지? 설마 솔직히 말할 수도 없고…….

"저기. 어째서 그런 걸 물어?"

"……어. 아. 어?"

아차. 약간 차가운 목소리로 답해 버렸다. 어른스럽지 못하게.

"딱히 의미는 없는데요……. 아야세 선배도, 미인이고 인기도 있을 것 같고…… 그게, 없을 리 없다고 생각해서."

"그러니까…… 그건. 칭찬해주는 건 기쁜데……."

"사키 양은, 다가가기 어려운 건 있을지도 몰라. 평소의 옷도 조금 공격력이 높고."

"옷에 공격력이 있어요?"

"그럼. 사키 양은 공격력 256만 정도 될 거야."

"256만?"

코조노 양이 고개를 갸웃거렸다. 나도 당황하면서 고개를 갸웃거렸다. 패션을 무장으로 보는 건 내가 언제나 하는 말이니까 이해할 수 있지만, 구체적인 수치는 대체 어디서 나온 걸까?

"그야, 딱 구분점이 돼서 좋잖아."

왜 그런 어중간한 숫자가 구분점이 되지?

코조노 양과 나한테 요미우리 조크는 너무 고도했다. 솔직히 잘 모르겠어.

그렇지만, 요미우리 씨가 얼버무려준 덕분에, 방금 전까지의 약간 어색한 분위기는 사라졌다. 시리어스해지지 않고 넘어갔다. 솔직히, 고마웠다.

동시에 안 좋다고 생각했다. 좋지 않은 자신이 되어 있어. 이렇게까지 마음이 흐트러진 건 최근에 거의 없었던 것 같아.

나는 힐끔 코조노 양을 보았다. 그녀가 있기 때문이다. 어째서, 이렇게 궁합이 안 좋은 걸까? 그녀의 존재가 내 사고를 어둠에 빠뜨리는 것 같아.

이럴 때 아사무라 군 옆에 있고 싶어…….

그렇지만, 요미우리 선배가 「무리하지 않는 정도의 참기 대회다~」라고 이상한 말을 해서, 아무리 그래도 곧장 따라갈 수는 없게 됐다. 왜냐면 여기서 「저는 사양할게요」라고 말하고 나가 버리면, 분명히 어색한 분위기가 남으니까.

그럭저럭 열심히 하고서 한 발 먼저 나오는 게 고작이었다.

사우나에서 나와 주위를 두리번거리며 둘러보았다. 아사무라 군은 어디 있지?

시냇가 쪽으로 걸어가자, 휴식용 의자 너머로 흐르는 시냇물속에 있었다.

수면에 허리 아래를 담근 채 쉬고 있었다. 내 타월을 그가 두고 있는 큰 바위 위에 나란히 놓고 물속으로 간다.

손끝을 물에 담그자 흐르는 물은 여름이라도 차갑다. 다만 사우나에서 후끈해진 몸에는 딱 좋아서, 그대로 첨벙 들어가버리고 싶어졌다. 천천히 몸에 물을 끼얹어 익숙해진 다음에 아사무라 군에게 다가갔다.

그의 옆에 몸을 가라앉히고, 호오 숨을 내쉬었다.

"하아……. 더웠어."

"수고했어."

아사무라 군이 말하고, 나는 「응. 지쳤어」라고 대답했다. 그리고 요미우리 씨의 제안이 있어서 못 나왔다고 말했다. 참기 대회치고는 제일 먼저 나와버렸구나라고 했다. 아무래도 아사무라 군 안에서 나는 상당히 고집쟁이인 것 같아— 맞긴 하지만. 하지만.

"참다가 같이 있는 시간이 줄어드는 건 싫어."

자연스레 그의 앞에서라면 이런 말이 나와 버린다.

어째서 이런 말을 평소에 못하는 걸까.

등 뒤에서는 요미우리 씨와 코조노 양의 꺄꺄 들뜬 목소리가 들렸다.

"저는, 이제 그만 몸을 식히고 싶어요~."

코조노 양이 말하고, 이쪽을 향해 걸어오는 게 보였다.

"기분 좋아 보여서 좋네요. 저도—."

말하면서 아사무라 군이 있는 바로 앞 부근에서 시냇물에 들어가려고 한다.

수면에서 튀어나온 매끈매끈하고 평평한 돌 위를 조심조심 다가와서.

아. 몸이 흔들리고—.

"왓!"

코조노 양이 주륵 발이 미끄러졌다. 위험해, 라고 생각해서 외칠 것 같았다. 재빨리 일어선 아사무라 군이, 넘어지기 전에 코조노 양의 몸을 받아내 지탱해주고 있었다. 그녀가 가지고 있던 타월만 공중을 날아서 수면으로. 그대로 물을 머금어 가라앉으면서 흘러갔다.

나는 급히 코조노 양의 타월을 끌어당겨 꼬옥 짜냈다.

"무, 무서웠어요!"

"괜찮아?"

아무래도 표정이 굳어진 코조노 양에게, 아사무라 군이 상냥하게 말을 걸었다.

요미우리 선배도 급히 뛰어왔다.

"잠깐잠깐잠깐. 괜찮아!?"

"괜찮, 아요."

"코조노 양, 자."

시냇물속에서 회수한 타월을 건넸다.

워터파크처럼 감시원이 언제나 지켜보고 있는 게 아닌 곳에서, 수난 사고를 당한다고 생각하면 오싹하다. 즐거운 이벤트가 꽝이 되지 않아 다행이야. 누가 다치거나 하는 걸 보는 건 그게 누구든지 나는 좋아하지 않는다. 다만…….

넘어질 것 같을 때 안아준— 그게 아니라, 받아준 아사무라 군과 코조노 양을 본 순간에 이렇게…… 꿈틀해버린 것도 사실이다.

아까, 코조노 양이 낸 소리 「왓!」이, 「꺄아~」였다면, 일부러 그런 거 아닐까 의심했을 거야. 리얼리티가 너무 없어. 일부러 비틀거려서 자기 남친한테 안기는 여자마저 요즘 못 보는데.

그런 걸 생각해 버리는 자신이 싫어져서 어쩔 수가 없다.

—아아 정말 그러니까 안 된다니까!

자기혐오를 느끼고, 나는 그 자리에서 도망치듯 물속으로 첨벙 잠수했다.

차가운 물속에서 뜨거워진 머릿속을 리셋하자.

푹 잠수한 다음 눈을 떴다. 소금기가 없는 담수의 시냇물이니까 할 수 있는 일이다.

와아…….

흐르는 물은 맑고, 물 바닥에 굴러다니는 선명한 돌멩이나 깊은 곳에 굴러다니는 커다란 바위가 보였다.

작은 물고기가 사삭 눈앞을 지나쳤다.

손을 뻗었더니 손가락 사이로 위를 향해 도망쳤다.

물 바닥에서 빙글 몸을 뒤집어 하늘 쪽을 올려다보았다.

—와, 눈부셔.

일어서면 얼굴이 물 위에 나올 만큼의 깊이밖에 없는 얕은 냇물이다.

손을 뻗은 앞에, 1미터도 안 되는 곳에 거울처럼 빛나는 수면이 있었다.

흔들리며 빛나는 수면이 눈앞에 한 가득 펼쳐진다. 일렁일렁하는 줄무늬로 빛이 춤추고 있다.

예쁘다…….

숨이 막혀서 수면에 얼굴을 내밀었다가, 그 경치를 보고 싶어서 다시 잠수를 반복하는 사이에 서서히 머리가 식었다.

몇 번째인가 부상했을 때 아사무라 군이 날 보고 있는 걸 깨달았다. 코조노 양을 구해줬을 때 일을 열심히 변명해줬다.

—말 안 해도 알아.

그래. 알고 있는 일이었다.

—그보다도 내가 너무 글러먹어서 난처해.

아사무라 군과 사귀기 시작하기 전보다, 확실하게 서로 고백을 하고 사귀는 지금 이렇게나 마음이 흔들릴 줄은 몰랐다. 나는 훨씬 자신을 차갑고 마음이 안 움직이는 인간이라고 생각했는데.

그의 일거수일투족에 울컥하거나 안도하거나 한다. 감정이 흔들리는 폭이 커지고, 싫은 일만 머리를 스치게 되어버려서. 어떻게든 해야 돼…….

『내가 좋아하는 건 아야세 양이야.』

그렇게 말해줬는데, 내 마음이 이렇게 흐트러진 것은, 아사무라 군의 그 말을 내가 완전히 믿지 못하기 때문이다.

자신의 마음도 정돈 못하는 미숙한 나를 좋아해준다니 믿을 수가 없기 때문이다.

나는 다시 말해서—.

자신이 사랑받는다는 것에 자신이 없는 거야.

저녁. 돌아갈 준비를 시작할 무렵에 나는 상당히 냉정해졌다.

너무 생각해서, 그 이상 생각하는 게 싫어졌다고도 한다.

머리가 식고, 자신이 제멋대로인 것을 마주보고 이성이 졸린 눈으로 깨어난다.

어른스럽지 못했다고 반성하고, 나는 타프를 접는 것부터, 빌린 장소의 청소까지 솔선해서 바쁘게 손을 움직였다.

코조노 양은 후배다. 내가 두 살이나 연상이고, 게다가 그녀는 올봄에 고교생이 되었다. 반년 전에는 중학생이었지. 중학생. 아직 어린애잖아. 그녀에게 질투를 하는 것뿐이라면 또 모를까, 부당하게 대하다니, 그런 아야세 사키는, 내가 되고 싶은 아야세 사키가 아냐.

철수 작업을 마치고, 잊어버린 물건이 없는지 마지막으로 한 번만 더 빌린 구역을 둘러보았다.

“캠프는 집에 돌아갈 때까지가 캠프야. 기합을 넣고 돌아가자!”

“기합은 안 넣어도 되지만, 지당하네요. 조심해서 돌아가요.”

아사무라 군의 성실한 답에, 요미우리 씨가 입술을 삐죽거렸다. 그걸 보고 코조노 양이 웃었다.

요미우리 씨의 차로 걷기 시작했을 때, 나는 혼자 멈춰서 돌아보았다.

해가 곧 저문다. 서쪽의 산들 너머로 해님이 사라져가는 참이었다. 능선 근처까지 떨어진 태양이 산 끄트머리에 떠있는 구름을 저녁놀의 색으로 물들이고 있다.

타프를 쳤던 부근을 보았다.

네모나게 구분된 공터에는 이제 아무도 없다.

탁 트인 네모난 토지에는 산을 타고 내려온 바람이 조용히 불뿐이었다.

나뭇가지를 흔들며 살랑살랑 이파리 스치는 소리가 울린다.

보고 있는데, 방금 전까지 소리 내어 웃고 있던 우리들의 환영이 보였다. 오늘 하루의 일이 환상처럼 떠오른다. 땀을 흘리며 친 타프. 때로는 연기에 기침을 하면서도 먹은 바비큐, 사우나에, 냉탕 대신 물놀이. 잠수한 물속에서 올려다본 빛이 일렁이는 수면. 물의 흐름에 흔들릴 때마다 형태를 바꾸는, 만화경 같은 빛과 그림자가 춤춘다.

즐거웠어.

꾸물꾸물했던 기분도 들었지만 즐거웠어.

아사무라 군도 그랬다면 좋겠네.

"아야세 선배~."

돌아보자, 다들 상당히 멀리 걸어가 버려서, 걱정이 된 코조노 양이 보러 와준 참이었다.

"뭔가 잊은 거 있어요?"

"아~, 응."

"어, 찾았어요? 저도 같이 찾을까요?"

걱정스럽게 말한다.

착한 애야.

"괜찮아. 찾았으니까."

그렇게 말하고 나는 코조노 양에게 웃었다.

사람과의 연결은 늘 다르다. 어쩌면, 이 넷이서 이런 식으로 어딘가 가는 건 인생에서 두 번 다시없을 지도 몰라.

그렇게 생각하자, 지금 이 시간이 소중하게 생각된다.

얼른 따라잡으려고 코조노 양과 둘이서 걸으며, 나는 힘을 내어 옆을 걷고 있는 그녀에게 말을 걸었다.

"바비큐 말인데."

"네? 네."

"그렇게 커다란 고기, 자르는 거 처음이라고 했었지."

“아아, 네. 그래요. 커다랗단 말이죠~. 어쩐지, 요미우리 선배, 그런 커다란 고기 싸게 파는 가게를 알고 있었대요.”

“그렇구나.”

“고기, 역시 이상한 모양이었어요.”

나는 고개를 저었다.

“예쁘게 잘 잘랐어. 두께도 잘 맞췄고, 열심히 했네.”

그렇게 말하자, 코조노 양이 어째선지 놀란 표정을 지었다.

나, 무슨 이상한 말 했나?

“아, 네. ……감사합니다.”

앞서 가는 두 사람을 따라잡은 건 타고 갈 차까지 조금 남은 곳이어서, 요미우리 씨가 늦어~라고 해버렸다.

돌아가는 길에는 수마를 이기지 못하고, 중간부터 기억이 없었다.

퍼뜩 눈을 떴을 때는 이미 주위 풍경이 도회지의 거리로 바뀌어 있었다. 아무래도 나는 어지간히 지쳤었나 봐. 오늘 하루 계속 긴장하고 지낸 것 같았다.

모였을 때와 마찬가지로 시부야 역 앞 근처에서 해산했다.

나랑 아사무라 군은 같은 동네라고 말하고, 요미우리 씨와 코조노 양과 거기서 헤어졌다.

뭐, 같은 동네를 넘어서 둘이 같은 집으로 돌아가지만.

완전히 가벼워진 짐을 끌면서 우리는 오늘 하루를 돌아보며 걸었다.

이야기를 들어봐서는 아사무라 군도 즐거웠던 것 같아.

"수험생이면, 이게 마지막 여름의 이벤트가 되려나."

아사무라 군이 한탄하듯 말했다.

그 말에, 나는 문득 마아야가 부른 불꽃놀이를 떠올렸다.

가능하면 둘이서 가고 싶다, 라고 생각했지.

"하지만……. 둘이서만 외출하는 이벤트도 있으면 좋겠지?"

나로서는, 이번 여름에 또 한 번 정도는 외출해도 되지 않을까, 제안하려고 서론을 둔 건데.

"응. 졸업하면 운전면허를 따서, 둘이서 가자."

미묘하게 빠져나가 버렸다. 그거야 뭐…… 단둘이 드라이브 같은 것도 동경하게 되지만. 나도 대학에 가면 면허를 딸 셈이지만. 돈이 드는 것이기도 하지만, 어떤 일을 하게 되든 있는 편이 편리하다고 생각한다.

하지만, 그런 미래의 이야기가 아니라—.

"올해는 이제 별로 기회가 없을 거고. 이제부터 공부 합숙이 있으니까."

"아, 응."

그랬었지. 아사무라 군은 내일 모레 월요일부터 일주일 동안 합숙이었다.

"여기서 리프레쉬를 했으니까, 공부도 열심히 할 수 있을 거야."

그렇게 말해 버리면, 아무래도 놀러 가자고 말하기 어려웠다.

분명하게 앞을 보며 말하는 아사무라 군에게, 나는 아무 말도 못하게 되어 버렸다.

어쩌지.

나만 옆을 보며 멈춰서 버린 느낌이 들어.

●8월 2일(월요일) 아사무라 유우타

시부야 역으로 가는 평소와 같은 길.

짐이 든 캐리를 끌고 있는 나에게 옆을 걷는 아야세 양이 물었다.

"꼬박 일주일이지?"

나는 고개를 끄덕여 답했다.

정확하게 말하면, 8일간이다. 월요일부터 다음 월요일까지니까. 마지막 날은 오전뿐이고 오늘도 오후부터니까, 이렇게 아침에 느긋하게 출발할 수 있지만.

"그렇구나……."

뭔가 말하고 싶은 것 같다. 그러고 보니, 집을 나설 때도 아버지가 「너무 공부만 하지는 말고」라고 했었지.

걱정해주는 걸까, 라고 생각한다.

"얼마간 못 만나는구나."

"휴대폰은 가져갈 수 있으니까, 낮에는 어렵지만. 밤에, 자기 전이나, 아침에, 일어난 직후에 LINE 보낼게."

"응……. 하지만 바쁘면 무리는 안 해도 돼. 참을게."

"신경 쓰지 마. 나도 아야세 양 목소리를 들어야 안심이 된달까, 진정이 되고, 기쁘니까."

나는 백주대로에서 무슨 말을 하고 있지?

"그러면 괜찮지만. 응. 뭐. 나도 아사무라 군이 너무 공부만 하는 게 아닌가 걱정이고."

아아, 역시 걱정해주는구나.

"괜찮아. 그리고 일주일이니까, 몸이 망가질 정도의 무리는 못하지."

"그럴까? 아사무라 군은, 꽤 노력해버리는 것 같은데……."

허리 뒤쪽에 손을 잡고, 아야세 양은 걷고 있었다. 오늘도 햇살이 강하니까, 조금 큼직한 모자를 쓰고 있었다. 모자의 그림자가 눈가에 떨어져 표정은 잘 안 보인다.

"아사무라 군 말야. 봄 정도부터, 엄청 공부를 열심히 했지."

"어…… 그랬, 을까?"

"아사무라 군은 전부터 그럭저럭 공부 잘 했는데. 석차도 그렇게 나쁘지 않았고."

"마루는 못 이기지만 말야. 아야세 양도."

아야세 양이 현대문학에 서툴렀을 무렵에는 종합점수로 간신히 이기고 있었지만, 지금의 아야세 양은 서투른 과목이 전혀 안 보인다.

"나는 아직 부족하니까……."

아야세 양의 목표 대학을 파고들어 물어본 적은 없지만, 작년 오픈 캠퍼스에 찾아간 것을 생각하면 츠키노미야 여자 대학 같은 곳을 노리고 있을 거야. 그렇다면, 분명히 지금의 성적으로도 방심은 못한다.

"나도 열심히 해야지."

어쩐지 모르게 한 말이었는데, 아야세 양이 문득 고개를 돌렸다.

"왜?"

"어?"

"그러니까…… 왜?"

"어, 저기…… 무슨 뜻일까요."

무심코 존댓말을 써버렸는데, 나는 설마 그렇게 물어볼 줄은 몰랐었다.

"나는 가고 싶은 대학이 있고, 지금 성적이면 어려울 거라고 생각해. 그래서 열심히 하려고 해."

나는 수긍했다.

"하지만, 아사무라 군은 왜?"

"어, 그야— 아야세 양이 열심히 하니까, 나도 열심히 해야지."

"그거, 의미 없지 않아? 이상하지 않아? 나는 자신을 위해서 열심히 하는 거지만."

뭐지? 왜 그녀는 조금 화난 표정을 짓는 거지?

"그야, 나도 자신을 위해서야. 왜냐면, 아야세 양에 걸맞아야 하니까……."

안 그러면 그녀 옆에 설 수가 없잖아.

그건 나에게 자연스러운 생각이었다.

그런데, 아야세 양은 그런 내 말을 듣고, 스윽, 시선을 돌려버렸다.

앞을 향하며 뭔가 생각에 잠긴 표정이 된다.

나란히 걸으면서도, 내 쪽을 안 본다. 이런 일은 처음이었다.

그녀의 입술에서, 흘러나오듯 말이 떨어졌다.

"……걸맞아?"

그러나, 그녀는 더 이상은 말 하지 않았고, 나는 나대로 그녀가 왜 입을 다물어 버렸는지 몰라서.

시부야 역이 보여서야 드디어 그녀는 고개를 들었다.

"그럼. 난 장 보고 돌아갈게."

그것을 듣고서야, 내가 없으니까 내 식사당번도 그녀가 하게 된 것을 깨달았다.

"미안, 식사, 도울 수가 없게 됐네."

"괜찮아. 앞으로 내가 없을 때도 있을 거고, 병으로 앓아눕는 일도 있을 테니까, 그때 돌려주면 되지."

"그야 물론이지."

말하지 않아도 할 셈이다.

아야세 양이 「앞으로 내가 없을 때도 있을 거고」라고 말해준 것이, 오래도록 가족으로 지내는 것을 전제로 말해주는 것 같아 기뻤다.

"그러면, 공부, 열심히 해."

나는 수긍했다.

"다녀올게."

"잘 다녀와."

역 앞에서 헤어져, 나는 그대로 시부야에서 전차를 갈아타고 합숙 장소로 이동했다.

학원의 하기 특별 프로그램은, 도쿄만 연안에 세워진 연수 특화형 호텔을 빌려서 시행되는 것이었다.

전차를 타고 도심 남쪽으로 이동한다.

연안의 매립지에 세워진 고층 호텔이 늘어선 역에서 내린다.

이 합숙에는 내가 다니는 학원 지점뿐 아니라, 체인된 다른 곳에서도 수많은 수강생이 참가하는 모양이다. 다시 말해서 전국 규모로 참가자가 모인다.

여유를 가지고 집을 나섰다고 생각했는데, 벌써 점심이 지났다.

접수를 마치고, 방 키를 받았다. 로비에서 주의 사항이 적힌 팸플릿을 멍하니 보고 있는데, 어느새 개회식 시간이 다가오고 있었다. 보아하니, 엘리베이터 앞은 대혼잡이었다. 합숙 참가자가 일제히 쇄도하니까 무리도 아니다. 아차. 무거운 짐을 방에 두고서 가고 싶은데…….

어쩔 수 없이 짐을 들고 개회식에 갔다. 개회식장은 상당히 넓은 홀이었다.

자리는 딱히 지정이 없었다. 홀의 8할 정도가 채워져 있었지만, 나는 어떻게 비어 있는 자리를 찾아 앉았다.

새삼 대규모 합숙이라고 생각했다. 연령도 거의 비슷한 정도고 남녀비도 거의 비슷할 거야. 남자가 살짝 많은 정도. 학교의 지정 교복을 입은 채 참가한 사람도 많고, 전교 집회 같은 분위기다.

개회식장을 둘러본 느낌으로는, 팽팽한 긴장감이 느껴진다.

서로 별로 얘기도 안 하고, 틈만 나면 단어장을 보거나 학원의 교과서를 보고 있었다.

얼마 있어 개회식이 시작됐다.

개회식장 앞에 선 책임자 같은 사람이 합숙중의 주의사항을 말하고 있다.

개회식이 끝나고, 그럼 방으로 가야지 하고 일어선 참에 목소리가 들렸다.

"아, 있었네요."

익숙한 목소리에 돌아보자, 익숙한 얼굴이 서 있었다.

"아아, 후지나미 양, 안녕?"

목소리의 주인은 후지나미 카호였다.

같은 학원에 다니니까 만날 가능성은 있었지만, 지금 이

순간까지 그 가능성을 생각도 못했다.

대화하면서 나랑 후지나미 양은 엘리베이터 앞으로 갔는데, 혼잡이 심해서 둘 다 짐을 끌어안은 채 로비로 돌아갔다.

"사람이 엄청 많네."

"엘리베이터 수가 조금 부족하네요. 강의실로 이동할 때는 조심하는 게 좋겠어요. 뭐, 오후 수업까지는 아직 시간이 있으니까요."

둘 다 로비의 의자에 앉았다.

"후지나미 양도 이 합숙에 참가할 줄은 몰랐어."

대학에 진학할 셈이라는 건 학원에 다니고 있으니 당연한 거지만, 그러고 보니 나는 그녀의 지망학교마저 물어본 적이 없었다.

남에게 캐묻는 취미는 없지만, 이번엔 드물게 물어보고 싶은 기분이 들었다.

"후지나미 양은, 지망 대학 물어보면 난처한 타입이야?"

일단 전제를 공유해야지.

"그렇진 않아요. 뭐, 아무한테나 말하는 건 아니지만요. 제1지망은 와세호네요."

"와세호구나."

국내 톱클래스의 사립대였다. 공부 합숙까지 참가할 정도니까 상당히 높은 곳을 노릴 거라고 생각했지만.

"거기 법학부가 일단 제1지망입니다."

후지나미 양의 대답에 나는 또 놀라 버렸다. 법학부는 법률이나 정치에 대해 배우는 학부라고 인식하고 있었는데, 설마 후지나미 양의 흥미가 그런 쪽일 줄은 몰랐다.

"왜 법학부야?"

"정치가가 되고 싶어서."

"어."

"믿지 말아 주세요."

정색하고 말하면, 놀리는 건지 농담인지 알 수가 없어.

"절반은 진심이지만요. 뭐, 정치가는 그렇다 치고, 법률이나 정치에 연관된 입장을 가지고 싶다는 것이 본심이네요."

"그러니까……."

"이상한가요?"

솔직히, 정치가라고 불리는 사람들과 후지나미 양의 이미지는 상당히 동떨어졌다고 생각한다. 다만, 그건 어디까지나 겉으로 보이는 인상이다. 플랫하게 본다면, 겉으로 보이는 이미지로 상대를 판단하면 안 되지.

"아니, 어쩐지 이해는 되는, 것…… 같은데."

"저 나름대로, 나름대로의 이유가 있긴 해요."

이런 이야기는 그다지 안 하는데요. 그렇게 운을 떼고 그녀는 자신이 법학부를 노리는 이유를 말해주었다.

몇 번인가 들은 이야기지만, 후지나미 양은 친부모 곁에서 살고 있지 않다. 어렸을 때부터 여러 가지 이유가 있어

집에 있을 수가 없게 되어, 시부야의 길거리를 거점 삼아 법률에 닿을 듯 말 듯한, 이른바 그레이존 같은 위치에 있는 여성에게 신세를 지고 있었다.

“하지만, 그런 장소가 아니면 살아갈 수 없는 사람도 세상에는 있어요. 그들은 해님 아래서는 너무 눈부셔서 눈이 타 들어가고 피부가 그을려서 죽어 버리죠. 밤의 어둠 속에 웅크리듯 무릎을 끌어안고 있어야 간신히 숨을 쉴 수 있어요.”

“이해한다……고 말할 수는 없네. 하지만, 상상은 할 수 있다고 생각해.”

후지나미 양을 처음 만났을 무렵, 그녀에게 이끌려 밤의 시부야 거리를 걸어본 적이 있다.

평소의 나였다면 절대 가지 않는 주정뱅이들이 어슬렁거리고, 화려하게 꾸며 입은 여성들이 서성거리는 골목까지 발을 들였다. 나는 앞서 걷는 후지나미 양과 떨어지지 않고 따라가는 것이 고작이었다. 휴일의 낮에 젊은이들로 떠들썩한 큰 길과 전혀 다른 거리가 가진 또 하나의 얼굴이 그곳에 있었다.

그런 환경에서 후지나미 양은 자란 것이다.

“그들은 정치적으로 입장이 약해요. 법률을 칼같이 행사하면, 아무데도 갈 곳이 없어져 버려요. 깨끗하고 올바르게 살아갈 수 없는 것은 어리광이라고 하죠. 법의 그물눈 사이 말고는 그들이 살아갈 장소가 없는데. 주변하고 이른바 『타협해서』 간신히 살아가고 있는 거죠."

"……그래서 법학부에?"

후지나미 양은 고개를 끄덕였다.

그녀는, 그런 아슬아슬하게 언더그라운드에 떨어지지 않고 『이쪽』에 걸려 있는 사람들이 정치적으로 배제되지 않아도 되는 사회, 완만한 「타협」이 계속되는 사회이길 바란다고 생각하는 것이었다.

"하지만 좋든 나쁘든 절대로 세상은 변해가잖아요. 세상에 영원한 건 없으니까요."

"그건, 그렇지."

인류사만 돌아봐도, 선사부터 고대로, 고대에서 중세로, 중세에서 근세, 근대, 때로는 현대로 변하고 있는 것이다. 역사의 그런 구분은, 전시대와 뭔가가 변했기 때문에 부르는 이름이 변한 거다. 물론, 현대의 뒤에도 현대는 이어지니까, 언젠가는 지금 세상도 뭔가 이름이 붙은 과거 시대의 일부가 되겠지.

"그렇게까지 장대한 생각은 없었지만요. 상당히 스케일이 크네요."

쓴웃음을 지어 버렸다.

"그래서, 뭐, 만약 사회의 흐름이 그 사람들에게 난처한 방향으로 갈 것 같으면, 손가락 깨물며 무시하는 건 좀 싫으니까요. 저항할 수 있는 입장이 되고 싶다고 막연하게 생각하고 있어요. 신세를 졌으니까요. 뭐 정치가는 몰라도. 그럴 필요도 지금은 안 느끼고."

"그러면, 실제적으로는?"

"일단 노리는 건 변호사네요. 좋은 대학을 나와서, 법률 지식도 있으면 취직도 난처하지 않을 거고, 와세호라면 졸업 뒤의 연줄도 만들기 쉬울 테니까, 선택지도 늘어난다는 현실적인 판단도 있어요."

나는 마침내 납득하여 고개를 끄덕였다.

그와 동시에 생각을 깊게 하고 있어서 굉장하다, 라고도 생각했다.

"그래서. 여기까지 들었는데, 그쪽은 어떤가요?"

"어? ……아~. 그렇, 네."

나는 말을 머뭇거리고 말았다. 후지나미 양이 탄탄한 미래 예상도를 말해준 다음이라, 내 생각을 말하는 게 조금 창피하다.

"그렇게까지 구체적인 생각은 없어. 보다 좋은 대학에 가서, 보다 좋은 기업에 취직한다. 그 정도지."

"구체적으로 노리는 대학은 있는 건가요?"

없다, 라고 할 수도 없지. 후지나미 양이 와세호라면—퍼뜩 머리에 떠오른 것이 2대 대학의 한쪽이었다.

"케이료, 일까?"

"아아, 좋네요."

"아, 아니 잠깐만."

사립의 학비는 비싸다는 걸 까먹고 있었다. 아버지라면 내가 가고 싶다고 하면 무리를 해서라도 학비를 마련해줄 것 같지만, 가능하면 피하고 싶어.

"이치노세 대학, 이려나."

"국립인가요. 그것도 좋죠."

그렇게 후지나미 양이 긍정을 해주지만, 말한 당사자로서는 반사적으로 떠오른 것뿐인 목표니까 솔직하게 칭찬을 해주면 창피하다.

하지만 분명히 이제부터 진심으로 수험 경쟁을 이겨나가려고 하는 때에, 구체적인 목표가 없으면 긴장이 풀어질 것 같기도 하다.

"뭐, 전혀 걸맞지 않은 것 같기도 하지만."

"그래서, 어째서 이치노세에 가려고 하나요?"

그 질문에 이번에야말로 나는 말문이 막혔다. 어쩔 수 없이 솔직히 말했다.

"그건 그냥 장래의 선택지를 늘려두고 싶을 뿐이야. 후지나미 양의 동기에 비해 절반도 안 되니까 일부러 말하는 것도 창피하지만."

"창피해요?"

후지나미 양이 조용히 말했다.

그 말에, 나는 기시감을 느껴버린다.

얼마 전에, 어디선가 누군가에게 비슷한 말을 안 들었나?

후지나미 양은 내 말을 듣고 몇 번인가 고개를 갸웃거렸지만, 문득 일어서더니 「이제 한산해졌네요」 하고 말하더니, 얼른 엘리베이터 쪽으로 가버렸다. 이쪽을 돌아보지도 않는다.

나도 급히 일어서서 뒤를 따라갔지만 따라잡았을 때는 이미 문이 닫혀 버려서, 한 발 먼저 그녀가 탄 엘리베이터가 위층을 향해 움직이기 시작한 참이었다. 그녀를 태운 엘리베이터만 나보다 한 발 먼저 위로 올라간다.

뭐, 같은 합숙이니까 또 만나는 일도 있겠지.

배당된 방에 들어가, 짐을 두고서 오후 수업 준비를 시작했다.

문득 떠올리고 팸플릿을 확인했더니, 아무래도 호텔 안에서 Wi—Fi를 쓸 수 있는 모양이다. 나는 무사히 도착했다는 것만 아야세 양에게 LINE 메시지를 보내두었다.

걱정할지도 모르니까.

외국에 가는 것도 아니고 교외의 야산에 가는 것도 아니니까, 그렇게까지 신경 쓰진 않겠지만.

"아차. 엘리베이터는 혼잡했지."

여유를 가지고 이동하는 게 좋을 것 같으니까, 나는 조금 일찍 방을 나섰다.

20시의 저녁 식사 시간까지는 강의가 꽉 차 있었다.

식사가 좀 늦어지지만 서점 알바를 했을 때랑 비슷한 시간이고, 학교의 쉬는 시간보다 긴 휴식 시간이 설정되어 있으니까 출출해도 뭔가 먹을 정도는 될 것 같았다. 호텔 로비에 카페도 병설되어 있으니까.

자, 그야말로 여기서부터 공부삼매경이라고 부를 수 있는 스케줄이 짜여 있었다.

이치노세를 노린다. 그렇게 선언을 했기 때문인지, 흐릿하던 목표가 선명해진 감각이 들었다. 말은 해봐야 하는 법이군. 아야세 양은 츠키노미야를 노리겠지. 그리고, 그녀의 노력을 보면, 아마도 그 목표를 이룩해버릴 거야.

질 수 없어.

귓가에 헤어질 때 아야세 양이 격려해준 말이 되살아났다.

『그러면, 공부, 열심히 해.』

나는 기합을 넣고, 새롭게 결의했다.

20시. 오늘의 마지막 수업이 끝나고 식사 시간이다.

식당에서 저녁을 먹을 때, 후지나미 양과 다시 한 번 만나 동석했지만, 딱히 별다른 대화를 하는 일 없이 서로 담담하게 식사를 했다.

방으로 돌아가, 딸려 있는 욕실에서 목욕을 하면, 이미 소등 시간이 눈앞이다.

스마트폰을 보니 메시지가 한 건. 아야세 양이다. 도착을 알린 것에 대한 답신이었다.

【무사히 도착해서 다행이야】로군.

【그쪽은 어떤 느낌이야?】라고 이어졌다.

【첫날 끝났어. 좋은 환경이라고 생각해. 누가 뭐래도 공부 말고는 할 게 없어. 몇 갠가 지금까지 잘 몰랐던 것도 이해했고.】

거기까지 적고서, 이래서는 자신에 대해 술술 이야기를 하는 것뿐이라고 반성.

【아야세 양은 어땠어?】

짧게 덧붙여 송신했다.

【공부하고 알바한다란 느낌이었어.】

그러니까 아무 일도 없었다는 거구나.

조금 기다리다 추가 메시지가 왔다.

【아무 일 없었어. 평소랑 같아.】

세상은 오늘도 평온하구나. 아무래도 아야세 양 쪽도 특필할 일은 없었나 보다.

그 다음은【합숙 열심히 해】라고 짧은 문장을 보내서 메시지는 끝이었다.

뭐, 이미 밤도 늦었으니까.

나는「잘 자」의 이모티콘을 보내고 침대에 누웠다.

오늘은 강의가 오후부터였지만, 내일은 오전부터 꽉 차

있었다.

기상 예정은 7시. 식당에서 아침 식사를 할 거고 강의가 시작되는 9시까지 끝내야 하니까, 늦어도 8시에는 일어나야 한다. 이제 자야지.

누워서 눈을 감았다.

아야세 양과 짧은 메시지를 주고받은 것만으로, 내 기력은 이미 상당히 회복됐다— 잠이 잘 오겠어.

내일부터 열심히 해야겠다고 생각하며 잠들었다.

●8월 2일(월요일) 아야세 사키

"꼬박 일주일이지? 그렇구나…… 얼마간 못 만나는구나."

역까지 가는 도중에, 옆을 걷는 아사무라 군에게 무심코 그런 말을 해버린다.

일주일이라니, 길다. 너무 길어.

그렇게 생각하면서도, 그런 태도를 보일 수 없다고 머릿속으로는 이해하고 있었다.

아사무라 군은 수험공부를 하러 가는 거다. 결코 나를 두고서 놀러 가는 게 아냐.

합숙소에 가서 하염없이 공부를 하는 것뿐이다.

—놀랍게도 바람피우는 상대의 6할은 직장의 동료!

아니아니아니. 뭘 생각하는 거야, 아야세 사키. 분명히 학생의 일은 공부, 라고 말하기도 하지만, 그건 어디까지나 예를 든 거고. 비유다. 과장 표현이야.

공부는 공부야.

그리고 동료 같은 것도 없잖아. 우리 반에서, 이 합숙에 참가하는 건 아사무라 군밖에 없어. 같은 반이니까 소문이 들린다. 다시 말해서 바람피울 상대 같은 게 없어.

생각이 지나치다니까. 아사무라 군이 어디 갈 때마다, 뭘 하는 거야, 어쩌고 있어, 언제나 나를 생각하지 않으면 싫어, 같은 사고를 하면 지쳐 버린다. 그런 연애 드라마의 귀찮은 히로인 같은 태도를 취하기는 싫었다.

쓸쓸하지만.

내 물음에 아사무라 군이 상냥하게 LINE 보낸다고 말해 준다.

메시지나 이모티콘만으로는 부족하다, 라고 말하지도 못하고.

그러기는커녕 바쁘면 무리하지 않아도 된다고, 마음속과 반대의 말을 해버렸다.

아사무라 군이 봄부터 수험공부에 열심인 것은 바로 옆에서 봤으니까 알고 있다. 물론 나도 열심히 하고 있긴 하지만.

그러고 보니 나는 아사무라 군의 지망 학교를 물어본 적이 없었다. 어쩐지 서로의 사적인 부분에 관한 것은 파고들지 않도록 하고 있었다. 가족인데.

아니, 가족이기 때문일지도 몰라.

파고든 곳에서 기다리는, 사람의 마음의 진실에 닿는 것이 무서우니까.

애당초 아사무라 군의 성적은 나쁘지 않다. 그런데도 그렇게 열심히 한다면 어딘가 노리고 있는 걸까? 그런 걸 생각하지 않는 건 아니었지만.

나……는, 지금은 츠키노미야가 제1목표였다. 다만 그걸 위해서는 좀 더 시험 평균점수를 올려야 한다. 서투른 현대문학도 더욱 기출문제를 뒤져볼 필요가 있겠어.

"나는 아직 부족하니까……."

무심코 그런 약한 소리를 한다.

그랬더니 아사무라 군이 그것에 응답해서—.

"나도 열심히 해야지."

라고 말했다.

그 말이 나는 마음에 걸렸다.

"왜?"

물어보고 말았다.

아사무라 군이 뜻밖이란 표정으로 고개를 갸웃거리는 걸 보고, 그 표정을 짓고 싶은 건 오히려 나라고 생각해 버린다.

"그러니까…… 왜?"

"어, 저기…… 무슨 뜻일까요?"

"나는 가고 싶은 대학이 있고, 지금 성적이면 어려울 거라고 생각해. 그래서 열심히 하려고 해."

조금 주저하면서 말을 이었다.

"하지만, 아사무라 군은 왜?"

"어, 그야— 아야세 양이 열심히 하니까, 나도 열심히 해야지."

어?

내 안에서 위화감이 부풀어 올랐다.

"그거, 의미 없지 않아? 이상하지 않아? 나는 자신을 위해서 열심히 하는 거지만."

목표가 있으니 노력할 수 있다. 그건 이해한다. 하지만 내가 열심히 하니까 아사무라 군이 열심히 하는 건, 의미를 모르겠어.

왜냐면 그러면 내가 열심히 안 하면 아사무라 군은 열심히 안 한다는 거야? 그리고 아사무라 군이 열심히 안 하면, 나도, 열심히 안 해도 된다는 거야? 그건 이상하잖아.

나는 아사무라 군이 열심히 하든 안 하든 어느 쪽이든 신경 안 쓴다. 츠키노미야에 가고 싶은 건 나야, 그러니까 나는 노력하고 있는 것뿐이다.

그렇게까지 눈살을 찌푸릴 일은 아닐 거야. 그래도 나는 아사무라 군의 발언에서 뭔가 걸리는 걸 느껴 버렸다.

"그야, 나도 자신을 위해서야. 왜냐면, 아야세 양에게 걸맞아야 하니까……."

아사무라 군이 그렇게 말해서, 내 안에서 위화감은 더더욱 커졌다.

"……걸맞아?"

그게 뭐지?

마음속에 꾸물꾸물함이 남는다. 그렇지만, 눈앞에는 이미 역으로 이어지는 스크램블 교차로가 보였다. 이럼 안 되지. 자신의 이런 감당 못하는 감정을 드러내도, 이제부터 집중하여 공부하려는 아사무라 군에게는 폐가 될 뿐이야.
"그럼, 난 장 보고 돌아갈게—."
조금 담백하게 말해 버렸지만, 나는 어떻게든 미소를 만들어 그를 배웅했다.
"—공부, 열심히 해."
"다녀올게."
"잘 다녀와."
발길을 돌려 다시 한 번 스크램블 교차로를 건너, 온 길을 돌아갔다.
일주일이라.
길다. 한숨을 쉬면서도 나는 생각에 잠겼다.
방금 전 아사무라 군이 한 말의, 뭐가 이렇게 내 마음에 걸린 걸까?

마음에 떠오른 작은 의문은 그러나 일상의 번잡함이 떠밀려오자 사라져 버린다.
장을 보고 집으로 돌아가, 자신의 수험공부를 진행하는 사이에 오후가 되어, 알바 시간이 되었다.
그리고 하필 이런 날에, 같이 계산대에 선 알바 동료가—.
"아야세 선배, 안녕하세요? 데이캠프 이후 처음이네요."
"안녕? 코조노 양."
어색해. 아니, 딱히 겁을 먹을 필요는 없을 텐데. 나는 이 코조노 에리나라는 후배를 어떻게 다룰지 갈피를 못 잡고 있었다. 누구에게든 사랑받는 성격이라고 요미우리 씨가 보증을 했는데도.

내가 거리를 두기 때문이겠지, 코조노 양도 필요 이상으로 다가오지 않는다. 계산대 안의 아주 짧은 거리를 서로 멀게 느끼고 있다.

요즘 계속 이런 느낌이었다.

점심을 지나 3시경이었다.

오후 티타임 때라 그런지, 손님이 뚝 끊어졌다.

여름 방학이라면 있을 아이들의 모습도 없어서, 방금 전부터 이미 10분 정도 계산을 안 하고 있다. 너무 한가해서 선반 정리라도 할까 생각하기 시작했을 때, 문득 코조노 양이 말을 걸었다.

"오늘은 아사무라 선배, 없네요."

"아, 응. 쉰대."

"얼마간 근무가 없는 것 같은데요. 어째선지 아세요?"

"학원의 공부 합숙이래. 일주일 정도 없는 것 같아."

말투가, 너무 담백한 걸까?

좀 더 감정을 이성에 따라 꼼꼼하게 묻어둬야 해. 봐, 코조노 양이 또 입을 다물어 버렸다.

어색해.

으음~. 두 살이나 연상인 내가 이런 자세로 있는 건 좋지 않아. 그녀는 무엇 하나 잘못한 게 없는데, 이렇게 조심스런 태도는 폐어하지 않다.

"그런가요. 아쉬워요……."

얼마간 입을 다물었던 코조노 양이 조용히 작은 소리로 말했다.

"그렇게 아사무라 군이 신경 쓰여?"

……이 질문은 뭐지?

하필이면 그런 걸 물어볼 흐름이었어? 무슨 말을 하는 거지 나는―.

"일하는 중에 그렇게 직구로 질문해요?"

지당하신 말씀.

후배한테 지적 받아 버렸다.

"에~이. 아니에요, 선배. 그렇게 풀 죽은 표정을 지으면 제가 괴롭히는 것 같잖아요."

"미안."

"사과하고."

"아니…… 응. 일하는 중이니까."

"손님, 아무도 없지만요."

넓은 가게 안에 파리가 날리고 있다. 멀리 사전 코너 부근에 아마 중학생으로 보이는 여자애가 열심히 선반을 뒤져보고 있는 정도다. 1년 동안 알바를 해왔지만, 이만큼 한가한 일은 드물었다.

"뭐…… 신경은 쓰여요."

코조노 양이 말했다.

나는「뭐가」라고 되물으려다가 그것이 방금 내 질문에 대한 대답이라는 걸 간신히 깨달았다.

신경은, 쓰여요…… 그건.

"솔직히, 캠프 때 너무 의지가 되는 사람이라, 조금 좋다~라고 느끼고는 있어요. 라고 하면 어때요?"

그 말투는 틀림없이 이성으로서 신경은 쓰여요, 라는 의미였다.

천연덕스런 말투에 나는 놀라기보다 먼저 부럽다고 생각해 버렸다. 두 살이나 연하의 이제 막 고교생이 된 여자애한테.

이럴 때, 그는 내 연인이니까 손대지 마, 라고 당당하게 말할 수 있으면 개운해지는 걸까? 코조노 양의 이 당당함이 부럽다.

"선배…… 얼굴, 얼굴!"

"뭐, 뭐가?"

나는 급히 양손으로 내 얼굴을 만졌다.

뭔가 얼굴에 묻기라도 한 걸까?

"표정이 엄청나요. 거울, 보고 오는 게 좋지 않아요?"

응?

으음?

"그치만 멋있었잖아요, 아사무라 선배."

"어?"

"아, 그건 의문형이네요."

"……혹시 코조노 양, 나 놀리고 있어?"

"설마요. 왜냐면 아사무라 선배, 분명히 멋있잖아요. 그런 남자가 남친이면 좋겠다고 생각 안 들어요? 굉장한 남친이랑 같이 꽁냥꽁냥하면서 주변에 자랑해주마! 하는 생각 안 들어요?"

"남자친구가 굉장하면, 굉장한 건 남자 친구지, 자기가 아닌 거 아냐?"

"게임에서 뽑기로 원하던 SSR 캐릭터를 뽑으면, 스크린샷해서 SNS에 올리잖아요. 뭐, 브랜드 백을 구하면 자랑하고 싶어진다, 같은 것도 좋지만요. 하지만, 그러면 남자친구를 물건 취급하는 것 같아서 좀 그럴까요."

"미안, 잘 모르겠어."

내가 그렇게 말하자, 코조노 양이 「흐응~」 하고 말했다. 뭐지? 왜 나한테 그런 반응을 하는 거지? 그렇게 신기한 말을 했나?

하지만 코조노 양은 자신의 반응에 대해 설명할 생각이 없는 것 같아. 게다가 그 타이밍에 방금 전의 사전 선반을 뒤지고 있던 아이가 조심조심 두꺼운 한자 사전을 계산대로 내밀어, 대화는 거기서 사라져 버렸다.

"어서 오세요. 이거, 구매하실 건가요?"

"네."

"봉투는 어떻게 할까요?"

"아, 괜찮아요."

팔에 건 토토백을 보여준다.

오, 준비가 좋은걸, 하며 생긋. 그랬더니, 쑥스러운 기색으로 수줍게 웃은 여자애도 조심조심 미소를 지은 다음 돈을 냈다. 이 시기의 한자 사전이라면 봄에 사는 걸 깜빡한 중학교 1학년일까? 사전 같은 건 필요 없다고 생각했는데, 생각 외로 기말 시험이 힘들어져서, 필요성을 느끼고 급히 사러 온 걸까? 귀엽다.

계산을 마치자, 감사합니다라고 말하며 서점을 나섰다.

으음~. 중학생은 저런 느낌이었지.

"왜 그래요? 뭔가 빤히 보고 있네요."

"인간은 고작 1년이면 성장한다 싶어서."

"에이 선배, 저 아직 알바 시작한지 1개월 좀 지났는데요?"

고개를 갸웃거린 코조노 양을 보고 나는 그렇구나 하고 미소를 지었다. 코조노 양은 고교생이 된지 얼마 안 됐다. 나는 선배니까, 조금 더 여유를 가져야지.

알바로 지쳐서 그날은 일찍 침대에 누웠다.

잠들기 직전에 스마트폰이 착신을 알렸다.

아사무라 군이다.

그러고 보니, 낮에 합숙소에 도착했다고 연락이 있었으니까 답신을 해뒀다.

메시지를 봤더니, 공부 말고는 할 일이 없어서 공부가 잘 된다고 적혀 있었다.

자, 이걸 봐, 사키. 아사무라 군은 수험공부를 위해서 합숙에 간 거야. 딱히 걱정할 일 따위 아무것도 없잖아.

아사무라 군은 더욱이 내 근황까지 신경 써준다.

질문을 듣고, 나는 낮에 코조노 양과 나눈 대화를 무심코 떠올려버린다. 코조노 양은 아사무라 군이 신경 쓰인다고 말했다. 하지만, 그런 걸 아사무라 군에게 말할 수도 없었다.

생각한 끝에 공부랑 알바를 했을 뿐이라고 했다. 다시 말해서, 아무 일도 없었다고.

그렇지만—.

사실은, 내일도 코조노 양과 같은 시간에 알바 근무가 있다.

또 그런 분위기가 되어 버리면 싫다고, 생각하면서, 그런 사소한 것으로 우울해지는 자신이 싫다고도 생각했다.

작은 계기로 생긴 꾸물꾸물함이, 계속 질질 끌리며 사라지지 않는다. 이런 미숙한 자신에서 벗어나고 싶다고도 생각했다. 나는 그녀보다도 두 살이나 연상인데. 앞으로 얼마나 세월을 거듭해야 사소한 것에 동요하지 않는 자신이 될 수 있을까?

『인간은 고작 1년이면 성장하는구나 싶어서』

내가 한 말이지만, 정작 나는 조금도 성장한 느낌이 안 들어.

파문에 떠오른 조각배처럼, 살랑살랑 바람이 불기만 해도 뒤집어진다.

그런 미덥지 못한 시절이 언젠가 끝난다고 생각할 수 없어서, 어떻게 모두 어른이 되는 걸까 신기해서 견딜 수가 없다.

생각하는 사이에 의식이 흐려져 나는 잠에 빠졌다.

●8월 3일(화요일) 아사무라 유우타

조바심이 생긴 건 이틀째 모의 시험 때였다.

일정표에 따르면 이틀에 한 번 꼴로, 배운 범위를 확인하는 것처럼 모의고사가 준비되어 있었다. 오늘의 시험은 수학이었다.

나눠준 시험지를 보고, 나는 이번 하기 합숙 레벨이 얼마나 높은지 통감했다.

언뜻 훑어보기만 해도 문제가 어렵다. 시험 시간을 모두 써도 전부 풀 수 있을지 알 수가 없다.

그러니까, 시간이 부족하다.

이해된다, 라는 것과, 풀 수 있다, 라는 것은 별개인 것이다.

세 번째의 이런 문제를 풀기 시작했을 때다.

『다음 수열의 극한값을 구하시오.』

수식 안에 써있는 n → ∞이라는 기호를 보았다. 이건 다시 말해서 n이라는 임의의 숫자를 배당하고, 그 수를 점점 키워가다 보면 어떤 수치에 가까워지는가라는 것이다. 분명히 배웠다. 최근에 본 참고서에도 있었는데.

어제 강의를 담당한 수학 강사는 파격적이라, 여기가 학원인데도 입을 열자마자 한 말이 『수험 수학은 수학 중에서 가장 간단하기에 시시하다』였다. 그 강사 말로는 『왜냐하면 반드시 답이 있는 문제밖에 안 나온다』라고 한다.

당연한 거라는 학생들의 말에, 세기의 난문이라고 불리는 미해결 문제를 몇 갠가 꼽은 데다가(이른바 『밀레니엄 현상금 문제』라는 거다), 적당히 만들면 얼마든지 풀 수 없는 문제 따위 만들 수 있다고 주장했다. 다시 말해서, 수험 문제라는 건 학생들이 풀 수 있도록 열심히 생각해서 만들어진 것이다. 반드시 풀 수 있다고 보증되어 있다.

『그러니까 너희들은 마음 편히 수험에 도전하면 된다』라고 말했다.

뭐, 긴장 풀라는 것이겠지만.

그래서 지금은 눈앞의 문제.

아무래도 막 배운 것이니 답을 푸는 방법은 기억하고 있었다. 분명히 식을 계속 변형시켜 풀어나가면 되는 거였어. 그렇지만, 그러는 도중에 깨달았다.

주변에서 문제를 푸는 페이스가 명백하게 나보다 빠르다.

나는 한 줄 적고 생각에 잠기지만, 주변 녀석들의 연필이 사각사각 종이를 미끄러지는 소리가 멈추지 않는다. 마치 몇 번이고 풀었으니까 해답까지의 길을 암기하고 있다고 말하는 것 같다.

풀고 있는 본인들의 표정은 안 보이지만, 내 뇌리에는 시원스런 표정을 유지하며 술술 연필을 움직이는 모습이 보이고 있었다.

위험해. 이런 녀석들이 라이벌인가.

깨닫자마자 내 마음속에 조바심이 생겼다.

시험 종료 뒤에는, 해답과 그에 대한 해설이 적힌 용지를 나눠주고 자기 채점을 할 수 있도록 하고 있었다. 그날의 수강을 마치고 내 방으로 돌아가, 모범답안을 보았다.

대부분의 답은 이해할 수 있었다. 그러니까, 시간만 있으면 전부 풀 수 있을 거야.

시간만 있으면.

이해한다, 라는 것과 풀 수 있다, 라는 것은 별개인 것이다.

마지막 세 개의 응용문제는 거의 손대지 못했다. 푸는 법을 떠올릴 때까지 시간이 너무 걸렸다. 명백하게 연습이 부족하다. 이 마지막 세 문제는 완전히 득점을 못했다. 이래서는 점수로도 다른 사람들보다 훨씬 낮아지는 거다.

그날 저녁 식사를 나는 거의 기억 못한다. 먹고 있을 때도, 주변에 비해 늦어지고 있는 걸 어떻게 따라잡을 것인가, 계속 생각하고 있었다.

자리를 떠나 방으로 돌아올 때 후지나미 양과 스쳤다.

"어라, 빠르네요. 벌써 다 먹었나요?"

"아아, 응. 그러니까…… 잘 자."

제대로 대화도 안 하고 나는 엘리베이터로 서둘렀다.

방으로 돌아오자 소등 시간이 되었다. 방의 불을 끈 다음에도, 베드사이드의 조명으로 내일 강의 범위를 반복해서 읽어봤다. 수면 시간이 깎여나가지만, 어차피 일주일밖에 없었다. 여기서 따라잡아야 해.

호텔의 모닝콜뿐 아니라, 스마트폰의 알람도 기상 시간보다 30분 정도 일찍 세팅했다. 5분마다 몇 번인가 울리도록 해뒀다.

기합을 넣고 왔다고 생각했는데. 주변을 둘러본 바로는, 나 정도의 학습량으로는 이길 것 같지가 않다.

아야세 양의 LINE도, 내일 일찍 일어나야 하니까 대화를 일찍 끝냈다.

『공부 열심히 해』라는 말을 들었으니까.

아야세 양은 학원에 안 다니고 자습으로 나랑 비슷하거나, 오히려 그 이상의 성적을 내고 있다. 그만큼 노력하고 있는 그녀의 남친으로서 걸맞은 성적을 내고 싶다면, 나는 더욱 열심히 해야 한다.

응원해주는 아야세 양을 위해서도.

어떻게든, 나는 주변 수험생들에게 지지 않는 성적을 따내야 한다.

합숙의 취침 시간인 22시에는 도저히 침대에 눕지 못하고, 잠이 든 것은 심야 3시를 넘어서였다.

●8월 3일(화요일) 아야세 사키

"무리해서 안 먹어도 돼. 남겨도 되니까."

타이치 새아버지의 말을 듣고, 퍼뜩 정신이 들었다. 내가 쥔 젓가락이 꽤 타버린 정어리 구이를 집고 있었다. 3분의 1은 숯이 되어 버렸고, 눈에 꽂은 대나무 꼬치는 타버려서 형태도 안 남았다.

"그게 말이지. 조금 눈을 뗀 틈에 그렇게 돼 버렸거든."

"괜찮, 아요. 탄 부분 그렇게 안 많으니까."

말하고, 입 안에 쏙 넣었다.

쓰다.

하지만, 참고서 깨물었다.

아직 요리에 익숙하지 않은 새아버지가, 아침의 바쁜 시간에 구워준 생선을 안 먹을 수 있을 리 없었다.

"생각보다 금방 타버리는구나. 예전에 구웠을 때는 좀 더 잘 구웠었는데."

타이치 새아버지의 말을 듣고, 나는 「최근에 정어리 구이 먹었었나?」라고 생각했다.

기억에 없어.

"혹시, 빙어 말인가요?"

"그래, 그거."

“비슷하지만, 정어리는 건어물이니까 애당초 수분이 많지 않아서 굽는 시간도 짧아져요.”

“듣고 보니…… 그렇겠구나.”

“하지만, 맛있으니까요.”

그렇게 말하고, 그릇 옆에 나란히 둔 다음 정어리 구이도 집어 입에 넣었다. 참고로, 이런 건어물을 「메자시」라고 하는데 이름 그대로 눈에 꼬치를 꿰기 때문이다. 눈퉁멸이나 멸치 같은 정어리류 작은 생선을 꼬치로 꿰어 건조시켜 만든다.

오늘 아침은 정어리 구이에 낫토, 톳 절임 약간. 된장국은 프리즈 드라이를 뜨거운 물로 되돌린 것이다. 아무래도 육수부터 내서 만든 것처럼 수고를 들이진 않았지만, 이건 이거대로 맛있다는 걸 최근에 알았다. 요즘의 보존식은 얕볼 수 없어.

“오늘은 일찍 출근하시네요.”

타이치 새아버지는 벌써 식사를 마치고, 자기 식기를 씻고 있었다.

“조금 일찍 나가서 일을 진행해야 하거든. 오늘은 잔업을 못하니까. 아아, 저녁 식사 당번은 사키였지. 나는 회식이 있어서 먹고 올 거야.”

“아, 네.”

드문 일, 이라고 생각했다. 타이치 새아버지는, 주말을 제외하면 회식으로 귀가가 늦어지는 일이 지금까지 거의 없었다.

내 표정을 읽었는지, 타이치 새아버지가 덧붙여서 말했다.

"조금 부하가 상담하고 싶은 일이 있다지 뭐냐. 나도, 부하들을 챙겨줘야 하는 입장과 나이니까. 유우타도 없어서, 저녁 식사는 혼자 먹게 되겠지만."

"괜찮아요. 계속 그랬었으니까."

타이치 새아버지는 내 말에 살짝 눈동자가 흐려졌다. 그리고 먹은 것 뒷정리를 못해서 미안해, 라고 말하고 출근했다.

계속— 저녁 식사는 혼자였다.

친아버지가 집을 나가고, 엄마가 밤에 일을 하고 있었으니까, 학교에서 돌아와도 나는 언제나 혼자 자기 식사를 준비해서 혼자 먹었다. 그것이 당연하고 보통이었다.

"그렇구나. 아사무라 군이 없지."

의식하지 않고 흘린 말에 이제 와서 깨달았다.

더욱 풀이 죽는 일은, 이 다음 알바가 또 코조노 양과 같은 시간 근무라는 것이다.

내가 거북한 후배.

하지만, 아사무라 군과 만나기 전의 나였다면, 애당초 이런 상대가 있는 장소에 가려고 생각하지 않았을 거야. 얼른 그만뒀겠지. 관계를 끊는 게 간단하니까. 그래서, 나한테 친구라고 부를 수 있는 인물은 마아야밖에 없었고.

이대로 거북한 후배를 상대로 스트레스를 품고 일을 계속할 바에는 수험에 전념한다고 하면서 알바를 그만두는 편이 좋다. 어차피, 앞으로 몇 개월 혹은 가을이 되면 아무래도 수험에만 전념하게 되니까.

문득 깨달았다.

그렇다면 기껏 생긴 후배도, 앞으로 몇 개월의 관계가 되는 것이다.

그렇게 헤어지게 된다. 꾸물꾸물한 켕기는 감정을 품은 채로.

그래도 되겠어? 아야세 사키.

코조노 양은 나쁜 짓을 아무것도 안 했는데.

데이캠프 때 그녀는 참 열심히 했다. 알바도 대충하는 걸 본 적이 없어. 그러면, 어쩐지 모르게 거북하다는 의식만으로 그녀를 피하는 건 좋은 일이 아니야.

아사무라 군에게 이끌린 것처럼, 나는 작년 여름 워터파크에 놀러 간 날부터 조금씩 바깥의 사람들과 접촉하게 되었다. 요미우리 씨라는 선배가 생기고, 이번에는 코조노 양이라는 후배가 생겼다. 생각해 보면 그녀는 나한테 생긴 첫 후배였다.

—나도, 부하들을 챙겨줘야 하는 입장과 나이니까.

타이치 새아버지의 말을 품속에서 반복했다.

코조노 양도, 제대로 상대해야 한다. 나중에 후회하기는 싫었다.

찰칵. 젓가락이 그릇에 닿았다. 어느새 밥을 비워버렸다.

생선용의 파란 그릇에는 타버린 정어리 구이가 한 마리만 남아 있었다. 생각에 잠겨서 반찬이 남아버렸어. 어쩔 수 없이 나는 마지막 정어리 구이를 젓가락으로 집었다.

이걸 먹고, 알바하러 간다. 가는 거야.

입에 넣고 깨문 정어리 구이가 썼지만 그대로 씹어 삼켰다.

알바하는 서점은 그럭저럭 혼잡했다.

다시 말해서 점원들끼리 사소한 이야기를 할 기회도 없다는 거다.

결심하고 왔는데 하필이면 이런 날에 좀처럼 코조노 양과 대화할 기회가 생기지 않는다.

저녁이 되어서야 드디어 휴식 시간이 되어, 사무소의 온수기로 차를 타고 있는데, 딱 맞춰서 코조노 양이 들어왔다.

문을 열고 안을 보자마자, 「앗」 하는 형태로 입이 동그래졌다. 나랑 단둘이 되는 어색함을 예상한 거겠지. 그렇지만 고개를 내밀어버렸으니, 그 자리에서 뒤로 돌아를 할 정도로 노골적으로 경원시하는 것도 싫었는지, 그대로 조심조심 방에 들어왔다.

평범하게 평범한 후배인 것이다. 이런 부분은.

“차, 마실래?”

“아. ……네. 감사합니다.”

온수기에 종이컵을 또 하나 준비해서, 나는 코조노 양의 차를 타줬다.

그녀와 하나 떨어진 자리에 앉아 종이컵을 양손으로 감쌌다. 별로 뜨겁지도 않은 것에 후우후우 숨을 불어넣는다. 안 그러면 너무 어색해. 자, 어떻게 얘기를 꺼낼까.

타이밍을 재고 있는데, 코조노 양이 말을 걸었다.

“저기, 잠깐 괜찮을까요?”

“응. 괜찮아. 뭔데?”

나는 몸통까지 그녀 쪽으로 돌렸다. 종이컵은 테이블에 놓았다.

“아야세 선배는, 혹시 말인데요. 아사무라 선배랑 사귀는 건가요?”

올려다보며 물었다.

으, 무심코 숨이 막혔다.

직구인 질문이었다.

어떻게 대답하지. 나랑 아사무라 군의 관계. 부모들끼리 재혼해서 생긴 의붓 남매이면서 연인 사이이기도 하며…… 그런 사적인 것까지 얼마나 이야기하는 게 보통일까?

이렇게 새삼 생각하면 알 수가 없게 된다.

예를 들어, 끝까지 사적인 사정을 감추는 것이 일반적이라면, 결혼반지나 페어룩이나, 그런 게 존재할 리 없다. 다시 말해 세상에서는, 나와 그는 사귀고 있습니다, 라고 세상에 시각적으로 호소하는 정신성을 가진 사람이 있다는 것이다.

그리고 그것과 달리, 나처럼 옷은 자신이 입고 싶은 것을 입는다는 주의인 사람도 있다.

내 무장은 나만의 것이다. 그것에 아사무라 군을 끌어들이려고 생각하지도 않고, 나도 그가 무엇을 입든, 그것에 맞출 생각은 없다.

뭐…… 가끔이라면 맞춰도 되겠지만. 그걸로 아사무라 군에게 대시하는 여자애가 사라진다면— 그의 주위에 여자애가 있기만 해도, 일일이 영문을 알 수 없는 꾸물꾸물한 감정이 찾아오지 않게 된다면, 정신안정을 위해서, 페어 머리띠를 달고 꿈의 나라를 돌아다니는 것 정도는 해도 좋다.

사고가 흐트러졌다. 그러니까, 그게—.

"만약 그런 식으로 보였다면, 어째서 아사무라 군에게 대시를 하는 거야?"

애당초 질문에 질문으로 답하는 것 자체가 그다지 좋은 커뮤니케이션이라고 할 수는 없는 데다가, 그것이 너무나도 실례되는 말이라서, 정말로 완전히 이래서는 내가 비아냥거리는 선배 그 자체였다. 자기혐오를 하면서도, 다시 말해서 내가 신경 쓰는 건 그런 것이라고 스스로도 이해해 버렸다.

"어……. 대시하는 것처럼 보였어요? 그렇게, 보여요?"

나는 고개를 끄덕였다.

"전부터?"

수긍했다. 훨씬 전부터…… 그녀가 알바를 시작했을 무렵부터다.

"아니아니아니. ……정말로?"

"그렇게, 보였는데?"

"설마 그렇게 생각할 줄은……. 어, 잠깐만요. 저, 혹시, 아야세 선배한테 미움 받고 있는 걸까요? 어, 어라? 혹시 아야세 선배, 아사무라 선배 짝사랑하는 건가요?"

"왜 그렇게 되는 거야!?"

나는 깜짝 놀라버렸다. 어떤 사고로 그런 발상이 되지?

"그거야. 안 그러면, 그렇게 무거운 발상을 안 하죠."

무거워!?

"귀찮다, 라고 해도 돼요."

"……왜 그런 말을 듣게 되는지, 물어봐도 돼?"

"아~. ……일일이 그렇게 양해를 구하면서 물어보는 게 귀찮다는 게 되는데요, 뭐, 그게, 그러니까요."

코조노 양은 뭔가 생각한 끝에 고개를 들었다.

"응~. 아야세 선배, 알바 끝난 다음에 시간 있어요?"

"어?"

"잠깐 시간 내주실래요? 이야기가 길어질 것 같으니까."

다시 말해서, 이야기가 복잡해지니까 시간을 달라, 라는 건가?

어쩌지. 다행히 오늘은 타이치 새아버지의 저녁을 안 만들어도 된다. 엄마는 금방 일하러 나갈 거고, 아사무라 군도 없으니까, 다시 말해서 밤에 내가 할 일은 수험공부뿐이다.

물론, 공부는 중요하지만…….

"알았어."

"이~런 귀찮은 일이 싫어서, 저는 분위기를 읽어서 행동한 건데 말이죠~. 하지만 뭐, 어쩔 수 없지."

누구한테 말하는 것도 아니게 그녀는 그렇게 중얼거렸다.

……어쩐지 미묘하게 캐릭터가 바뀐 것 같은데? 기분 탓일까?

알바 끝나고 우리가 간 곳은, 시부야 스카이의 전망대.

야경이 보이는 전망대에 일부러 티켓값을 내고 올라갔다.

시부야 스크램블 스퀘어의 14층에 있는 입구로 들어가서, 최상층까지 올라간 곳에 시부야 스카이의 전망대가 있다.

높이 230미터나 되는 하늘로 이어지는 최상층은 360도에 걸쳐 주위를 보고 걷는 것이 가능하여, 그 조망은 멀리

도쿄 끝까지 볼 수 있다. 북동을 향하면 도심의 마천루가, 북쪽에는 이케부쿠로나 신주쿠 등의 부도심 고층 빌딩군이 보인다. 서쪽은 날이 맑으면 낮에 후지산도 보인다고 했다. 이상, 팸플릿의 선전 문구였다.

찾아온 시각은 낮과 밤의 경계인, 조금 어중간한 시간대였다.

동쪽에는 이미 밤의 장막이 내려와서 도심의 불빛이 반짝이기 시작하고 있었다. 서쪽에는 아직 저녁놀의 빨간 하늘이 남아 있다. 서쪽 끄트머리 쪽은 지평선 부근에 해님의 마지막 빛이 지금 그야말로 마지막 불티를 남기는 참.

"와~ 예쁘네요~."

벽면에 달라붙다시피 하며 뭔가를 내려다보고 있었다.

"저기, 봐요. 스크램블 교차로가 보여요! 사람이 잔뜩!"

힐끔 시선을 던지자, 분명히 우리가 매일 다니는 역 앞의 교차로가 보였다.

오가는 사람이 콩알처럼 작고, 흔히 예로 드는 것처럼 개미처럼은 안 보인다. 더욱 작은 검은 점이었다. 급속하게 빛이 빈약해지는 저녁놀의 경치 속에서는 금방 보이지 않게 될 거야.

절경에 신이 난 코조노 양을 보고, 딱히 화기애애한 분위기를 바란 것은 아니었다고 생각하면서도, 나는 조금만 독기가 빠지는 느낌이었다.

코조노 양은 빙글 전망대를 한 바퀴 돌고, 그동안 나한테 저게 보인다, 이게 보인다며 보고해주었다. 나는 적당히 흘려들으면서도, 두런두런 한 마디 두 마디 코멘트를 해버린다. 이 상황, 대체 뭐지.

마침 한 바퀴를 마치고, 처음의 스크램블 교차로가 보인 위치까지 돌아왔다.

"저, 사실은 이렇게 아야세 씨하고도 사이좋게 지내고 싶었어요."

선배가 아니라, 씨였다.

직장을 떠나면 선배후배가 아니라, 단순한 지인이라는 걸까? 아니면—.

"친구처럼? 하지만, 코조노 양은 친구가 많을 것 같고, 직장에서 친구를 안 만들어도 괜찮아 보이는데."

어쩌면 심술궂은 말투였을지도 모른다.

그렇지만, 코조노 양은 내 어조는 신경이 안 쓰이는지, 가뿐하게 「그건, 틀렸어요」라고 답했다.

틀렸다니, 뭐가?

"친구가 필요한 게 아니라, 사이좋게 지내고 싶었을 뿐이에요."

"응? 어떻게 다른데?"

"스트레스 없이 사귈 수 있는 관계성이란 게 필요했던 거죠. 그렇게, 자신의 입지를 만들어두는 게 여러모로 인

생에 유리한 수라고 생각한 거죠."

"입지……?"

"아~, 모르는구나. 그렇겠죠~."

전망대의 벽에 등을 기대면서 코조노 양이 말했다.

뒤에는 시부야의 북서쪽 하늘이 펼쳐진다. 저녁놀이 천천히 파랗게 물들어간다. 코조노 양의 등 뒤 하늘이 오른쪽에서 서서히 왼쪽으로 손을 뻗어 퍼지는 중이었다.

"아야세 씨는 강하니까~."

"강해……?"

"그야, 선배, 누군가를 절대로 못 이긴다고 생각한 적 없죠?"

"그렇지는—."

않아, 라고 말하려다가 나는 잠깐 멈춰서, 자신의 마음에 냉정하게 물어봤다.

누군가와 힘으로 승부를 한다면, 나도 일단 여성이니까, 특별한 훈련을 쌓은 것도 아니니까 남자한테는 못 이길 거야. 악력은 평균 정도였을 테지만, 완력 승부라면 자신이 없다. 아마 여성을 상대로도 절반 이상의 확률로 질 거야.

그렇지만, 그걸로 상대에게 패배감을 느끼는가 하면 어떻지? 그런 느낌은 안 들 것 같아.

자신의 마음을 들여다보자, 싸우기 전에 포기하는 것을 싫어하는 자신이 있다. 공부를 열심히 하는 것도, 복장에 신경을 쓰는 것도, 지고 싶지 않은 마음에서 오는 것이었다.

"—그럴지도."

그렇게 말하자, 코조노 양은 눈을 동그랗게 뜨고 한숨처럼 숨을 내쉬었다.

"역시……."

"코조노 양은 아냐?"

그렇게 묻자, 코조노 양은 소태 씹은 표정을 — 밥을 입에 넣은 다음 그것이 탔다는 것을 깨달은 것 같은, 이라고 하는 편이 이해가 쉬울까 — 지었다.

"저, 키가, 이렇잖아요."

이렇잖아요, 라고 말하며 자신의 머리 꼭대기를 오른손으로 쓰다듬는 것처럼 움직였다.

"초6 여자애의 평균 신장은 148센티미터고, 남자는 146센티미터란 말이죠. 여자애는 초등학생일 때 키가 커요. 이러다 중1이 되면 남자가 더 커진다니까요. 다시 말해 초등학교 때는, 평균 신장인 여자가 남자의 절반 이상을 기분 좋게 내려다볼 수 있는 거죠."

"으, 응."

기분 좋은가? 그런가? ……그다지 그런 생각을 한 적이 없었다.

"이 시기까지는 저도, 아야세 씨처럼, 저는 무적이라는 식으로 매일을 보내고 있었어요."

“그렇게까진 생각 안 하는데?”

굉장해. 굉장히 호전적이다. 나도 자신의 복장을 「무장」이라고 표현하지만, 주변의 남자를 적으로 취급하지는 않았거든. 그렇지만 내 태클을 코조노 양은 흘려들었다.

“뭐, 중학교에 들어가면 추월당하게 되는데요—.”

코조노 양은 약간 시선을 돌리고, 남색으로 물드는 하늘을 바라보면서 말을 이었다.

“—이건 대개의 여자애가 느끼는 게 아닐까 생각하거든요. 인생 최초의 좌절이란 걸 말이에요. 제2차 성징기가 지나고, 딱히 운동 같은 게 특기가 아닌 남자애보다도 키가 작아지고, 팔씨름으로 이길 수 없게 되고, 두꺼워진 가슴팍을 때려도 이쪽 손이 아파지는 걸 경험하고, 아아, 이제 앞으로의 인생은 체력적으로 인류의 절반에게 못 이기는구나라는 분함에 입술을 깨물게 되는 거예요. 젠장, 이죠.”

“……그거야 뭐, 생물적으로 어쩔 수 없는 것 같은데.”

그래도 단련하면, 남자한테도 이길 수 있는 무투파 여자도 있는 거고.

“이 키로요?”

“하하…….”

“후……. 저는 남자는커녕, 여자애들한테도 완전 추월 당해버린 거예요. 제 신장은 거기서 멈춰버렸으니까요. 어디를 가도 그걸 실감하게 되는 나날이라. 전차를 타면 손잡이에 손이 안 닿고, 시야는 막혀버리고, 만원 전차는 숨이 막히고. 여자애랑 같이 걸어도 보폭이 좁으니까 금방 뒤쳐지고, 상품 매장에서 위쪽 선반에는 스스로 손이 안 닿고.”

“아~. ……그렇구나. 그건…… 힘들겠네.”

“그럼요. 그럼요. 힘들어요. 주위에 있는 사람들이 모두 몬스터로 보인다니까요. 이쪽은 노움이나 코볼트인데, 상대는 오크나 오우거나 까딱하면 트롤이나 자이언트죠. 배틀이 시작되면 패배 확정이에요!”

“미안, 마지막은 잘 모르겠어.”

아마 무슨 전문 용어겠지만.

“어쨌든지 커다란 적이에요. 해치우지 않으면 당하죠.”

“아아, 그래.”

주변이 모두 적 취급이구나.

“아, 지금, 왜 이렇게 싸우려고 하나 생각 안 했어요?”

“그렇지는…….”

“뭐, 좋아요. 정말이니까요. 저는 사실 성격이 나빠요. 자각이 있어요. 얼마 전에, 요미우리 선배가 사랑받는 천재가 뭐라고 했을 때 생각했는데요. 그건 전혀 다르거든요…….”

말하는 사이에 밤의 커튼이 내려와, 코조노 양이 등지고 있는 시부야의 북서쪽 하늘이 온통 검은색으로 바뀌었다.

시야를 가로막는 건물도 없으니까, 마치 어둠을 등지고 있는 것처럼 보인다.

"그냥 거기 있기만 해도 사랑받는다는 건 요만큼도 생각 안 해서요. 사랑받기 위해 죽을 만큼 노력하고 있어요, 저는."

어쩐지 자조적으로 말했다.

"노력……."

"네, 노력이요. 왜냐면 있는 그대로 남들 앞에 나서면, 저는, 분명히 미움 받는걸요. 성격 나쁘니까. 자신 있어요. 저는요, 미움 받는 것은 살해당하는 거라고 생각해요. 주변은 적이고, 싸워서 이길 수 없는 건 명백하니까요."

자신은 타인에게 미움 받을 자신이 있다고 코조노 양은 말하고 있었다. 그래서 주변 사람에게 사랑받기 위한 노력을 하고 있다고.

나에게 그것은, 생각해본 적도 없는 행동원리였다.

코조노 양은 말했다.

취향이 안 맞아도 상대가 책을 좋아하면 책을 좋아하는 것처럼 행동하고, 사실은 시큼한 거 좋아하는데 친구들 앞에서는 달콤한 거 엄청 좋아하는 것처럼 말하고. 유령은 무섭고. 고양이는 좋아하고. 크레페랑 마카롱은 좋아하고, 숙제랑 설교가 싫다. 그렇게 행동하고 있다, 라고.

왜냐면, 다들 그런 코조노 에리나를 좋아하니까.

그렇게 상대의 취향에 맞추어, 상대가 기뻐하는 것만 하면 미움 받지 않으니까 그렇게 하고 있다, 라고.

미움 받는 것은 살해당하는 거니까.

살해당하지 않기 위해 사랑받도록 행동하는 것이다.

소속되어 있는 커뮤니티 안에서 숨이 막히지 않고 쾌적하게 지내기 위해서는, 사랑받아서 나쁠 게 없다. 자신의 본래 취향 따위 요만큼도 드러내지 않는다. 완전히 뒤덮어서, 겉으로 보이는 것은 상대가 기대하고 있는 귀여운 코조노 에리나뿐이다. 그것을 철저하게 한다. 연기로 자신의 태도를 뒤덮는다. 100% 자신을 위해서만, 사랑받는 행동을 한다.

"어때요? 성격 나쁘다고 생각 안 해요?"

나는 생각에 잠겨 버렸다.

방금 전에도 생각한 것처럼 이해하기 어려운 발상이었으니까.

"그러니까 언제나 상대에 맞춰서, 자신의 취향도 그런 것처럼 행동한다……라는 거야?"

"그렇게 말하는 건데요."

"하지만, 그건 불가능하다고 생각하는데."

음. 코조노 양이 그때 처음으로 표정이 흐려졌다.

"불가능하지 않아요."

"하지만, 그러니까 당신이 그 소속된 커뮤니티?에 고양이가 좋은 사람과 고양이가 싫은 사람이 있으면 어떻게 할 거야?"

고양이를 좋아하는 사람과 개를 좋아하는 사람이 있다. 이건 문제없다. 상반되는 게 아니니까. 둘 다 좋아한다고 말하면 된다. 하지만, 고양이를 좋아하는 것과 고양이를 싫어하는 것은 이율배반이니까 공존할 수 없다.

코조노 양은 허를 찔린 표정을 지었다. 하지만, 금방 안색을 되돌리고, 문제없다고 우긴다.

"그런 경우는, 그 커뮤니티에서 입장이 강한 사람한테 맞춰요."

나는 수긍했다.

그것밖에 없을 거라고 생각했으니까.

"그래서 아사무라 군이구나."

"……네. 거기까지 보시는구나…… 아야세 씨는."

입장이 강하다 약하다, 라는 말은 미묘하다. 반드시 지위만 가리키는 게 아니니까.

이 경우는「커뮤니티에 대해 영향력이 있는 사람」이라는 말에 가깝겠지.

아사무라 군은 학생 알바이지 정사원이 아니다. 서점 안에서 가장 지위가 높은 건 점장님이고, 다음이 정사원 선배, 후배가 되고, 알바 선배, 후배…… 그렇게 되는 거겠지. 그것만 생각하면 아사무라 군의 입장은 약하다.

그렇지만, 학생 알바이면서 요미우리 씨처럼 입고 관리까지 맡는 사람도 있다.

점장님은 정사원이 안 되겠냐고 권유하기도 했다.

아마도 요미우리 씨는 점장님의 신뢰가 가장 두터운 점원 중 한 명이고, 실제로 그녀의 입장은 사실 꽤 강하다. 그저 알바라고 해도, 어디든 그런 인물은 한 명쯤 있는 법이다.

그리고 내가 본 느낌으로는, 아사무라 군도 학생 알바들 중에서 요미우리 씨 다음 정도로 점장님의 신뢰를 받고 있다.

알바를 시작하고 이른 단계에서 내가 코조노 양을 경원시했으니까, 코조노 양으로서는 학생 알바 동료의 커뮤니티에서 요미우리 씨나 아사무라 군에게 붙는 수밖에 없어졌다. 정반대의 사상이 충돌하여, 선택을 해야 했다.

다만, 요미우리 씨는 대학 졸업을 앞두고 조금씩 서점에 오는 시간을 줄이고 있다. 그렇게 되면 그녀가 붙어야 하는 사람은 아사무라 군밖에 없다.

"아사무라 선배에게 적극적으로 다가간 것도 그 일환에 지나지 않았어요. 대시— 와는 조금 다르죠. 아야세 씨한테 미움 받아 버린 것 같으니까, 괜히 더 아사무라 선배한테는 절대로 미움 받지 않아야 된다고 생각해서 노력한 거죠."

"그거, 노력이야?"

"네?"

무슨 말을 하는 거냐는 표정을 지었다.

"저기, 질문하는 방식이 안 좋았네……. 노력이라면 뭘 어떻게 하는 거야?"

"……한껏 열심히 하는 거죠."

"열심히 하는 거야?"

코조노 양이 뚱한 표정을 지었다.

"아~, 화났으면 미안. 그게 아니라…… 그러니까."

무슨 말을 하는지는 알겠어. 하지만— 진지하다는 것과 노력하는 건 미묘하게 다르다.

"나는, 어린 시절부터 식사할 때면 부모님이 두 분 다 안 계셔서."

코조노 양의 얼굴은 저 사람이 대체 무슨 말을 하는 거지? 라는 표정과, 뜻밖이라는 표정을 동시에 짓는 기묘한 것이 되어있었다.

"초등학교 때부터 요리를 했거든. 밖에서 먹거나 배달을 하면 비싸니까, 파는 거면 잔뜩 먹기도 어렵고. 그래서 아마, 다른 사람보다 요리를 하는 횟수가 처음부터 많았던 거야."

부엌에 아무도 없을 때 요리를 만들게 된 건 초등학교 때부터였다. 물론 당시엔 화로에서 기름으로 튀김을 만드는 건 금지였지만. 가정과의 수업에서 조리 실습을 마친 다음부터는 평범하게 부엌에 서 있었다.

"그래서 그렇게 잘하는 거였네요."

"요리하는 걸 싫어하지 않았다는 것도 있어. 하지만 그 이상으로 필요했기 때문이야. 하는 수밖에 없으니까 한 것뿐이지. 먹을 수 있는 걸 못 만들면 난처하니까, 먹을 수 있는 범위에서 할 수 있게 된 것뿐이지."

"뜻밖이네요."

"그래서, 저기, 최근에. 때때로, 엄청 내 요리를 칭찬해 주는 사람이 생겨서……. 굉장하다거나. 이렇게 맛있는 거 먹어본 적 없다거나."

아니, 이런 맛있는 된장국이었나? 뭐, 사소한 건 됐어.

"어. 좋은 아내 어필인가요?"

"아, 아냐. 그게 아니라. 칭찬 받을 줄 몰랐으니까 뜻밖이었다는 거지. 그래서 실제로 칭찬을 받고 느낀 건, 그건 내가 진지하긴 하지만, 딱히 노력한 건 아니라는 거였는데."

요리를 만들 때는 물론 언제나 신경 쓰고 있다는 의식은 있다. 진지한 것은 틀림없다. 그저 예를 들자면, 틈만 나면 인터넷이나 잡지에서 레시피를 뒤진다, 같은 것은 너무 일상적으로 하는 것이라 이제 와서 자신이 특별한 일을 하고 있다는 감각이 없다. 그래, 그거다.

나는 수험공부라면 열심히 한다는 자각이 있다. 하지만 요리를 열심히 한다는 감각은 없다. 왜냐면 잘하게 될 생각도, 요리사가 될 생각도 없으니까. 해야 하는 일이라고 느끼니까 하는 것뿐이다. 보다 위를 노리지 않는다.

코조노 양의「상대에 맞춘다」도 같은 게 아닐까 생각했다.

필요해서 어쩔 수 없이 하는 사람은 성격이 나쁘다고 할 수 있는 걸까?

"그렇게 말을 해도, 저는 그걸로 이익을 얻고 있으니까요."

"—라고 생각하니까 켕기는 것뿐이지 않아?"

"으음……."

나도 누군가 내 요리를 너무 과하게 칭찬하면 약간 미안한 기분이 든다. 그거랑 같은 거 아닐까?

"요리를 제대로 만들어 돈을 받는 사람은, 아마 나 정도의 나이부터 잔뜩 노력을 할 거라고 생각하니까, 내가 요리로 노력하고 있다고 말하기가 어렵단 말이지."

"그건 뭐 그럴지도 모르지만요."

"그리고……. 코조노 양이 머리 염색한 건 고등학교 들어갔을 때였지?"

"……네."

"그거 말야. 이상하지 않아? 남이 바라는 머리색이 흑발이면 어떡해?"

으으, 하는 신음소리와 함께 코조노 양이 처음으로 대답이 막혔다.

철저하게 할 거면 그렇게 안 될 거다. 요미우리 시오리 씨가 계속 긴 검은 머리 일본풍 미인으로 있는 것은, 그것이 주변에서 가장 바라는 용모라고 자각하기 때문이다.

그렇다. 요미우리 씨는 그런 것을 내츄럴하게 하는 사람이다.

그 사람이 일본풍 미인 스타일 취향인지 아닌지는 사실 알 수 없다. 미인이라는 것과 꾸미는 것에 흥미가 있는가 없는가는 별개다. 쿠도 준교수처럼 어쩌면 옷에 나뭇잎이 묻어도 신경 안 쓰는 성격일지도 몰라. 책의 세계에 몰두하는 사람은, 뜻밖에 그런 부분이 있는 것 같단 말이지.

그래서 요미우리 씨가 코조노 양의 사랑받기 처세술을 간파했다, 라는 것이 조금 마음에 걸리는데……. 아, 그건 지금 생각할 일이 아닌가.

"자각이 없는 걸지도 몰라. 하지만, 코조노 양도 내심 깨닫고 있는 거 아냐?"

"뭘, 말인가요?"

"상대가 좋아하는 것을 자신도 좋아하게 된 것처럼 행동한다. 그 행동으로 모든 것을 밀어붙인다. 그런 거 무리란 거. 코조노 양이 인너컬러를 넣은 건 남에게 사랑받기 위해서가 아니지?"

그렇게 지적하자 얼마간 코조노 양은 생각에 잠겼다. 그리고, 체념한 것처럼 말했다.

"누군가랑 비슷한 말을 하네요.

아무래도 요미우리 선배도 비슷한 지적을 한 모양이다. 그때의 대답과 같다고 하며 말해준 코조노 양의 동기는, 살짝 스피리추얼하고, 그렇기에 생생했다.

—거울에 비치는 자기가 내가 아닌 것 같아서 색을 넣었다.

알바 면접을 앞두고 있음에도, 괜히 눈에 띄어 버릴 가능성이 있는데도.

"면접에서 떨어져도 다른 걸 찾으면 된다는 느낌일까?"

"……네."

그렇다면, 코조노 양도 필요해서 하고 있는 게 아닐까? 철저하게 한다면 주변에 맞춰 머리색도 정해야 하잖아?"

하지만, 그게 싫었던 거다. 코조노 양은 상대에 맞춘다고 말했지만, 가능한 범위에서 하는 것뿐이다. 그러면 안 하는 부분도 있고, 그렇다면 100% 자신을 위해서만, 사랑받기 처세술을 하고 있는 게 아니다.

예를 들어 장래 연기자가 되려고 연기 공부를 하기 위해서라면, 그런 캐릭터를 만들기 위한 연습이라고 생각하면, 그 역할에 따라 용모를 바꾸는 것 정도는 하지 않을까?

"코조노 양은 알바에서 일을 배우는 것도 열심히 하고, 캠프 때도, 해본 적이 없는 식칼 다루는 걸 배우는데도 열심이었잖아. 그건 사랑받기 위한 행동인 거야?"

"맞아요."

"그런, 걸까? 나는 둘 다 코조노 양의 성실함이 나온 거라고 생각하는데."

코조노 양이 문득 시선을 돌렸다.

"아야세 씨의, 그~런~ 부분이에요! 제가 잘못 생각했던 점이요."

하아, 하고 한숨을 쉬었다.

"그런 부분?"

"그러니까……. 그게 말이죠. 저는, 요전의 데이캠프 때, 아사무라 선배가, 좋다고 생각해 버렸단 말이죠. 꽤 진심으로."

왜 여기서 아사무라 군이 나오는 거지? 라고 생각했지만, 코조노 양의 이야기를 끊고 싶지 않아서, 일단 나는 대화를 계속했다.

"자신에게 좋은 환경을 만들기 위해서, 같은 게 아니라……란 거야?"

"네. 왜냐면, 제가 넘어질 뻔했을 때, 제대로 봐준 데다가, 지탱해주기까지 했잖아요."

"아사무라 군, 상냥하니까."

"그런 멋진 남자가 지켜준다면, 무리해서 주변에 맞출 필요가 없어지지 않을까, 라고 생각해서요."

"멋진 남자가……?"

"그러니까 왜 의문형인가요?"

"미안. 응, 상냥하고 듬직하지."

사실은 사실로 인정한다 치고, 나도 친한 친구를 필사적으로 응원하는 그를 멋지다고 생각했다. 하지만 어째서 남들이 아사무라 군을 그렇게 평가하는지 고개를 갸웃거린다.

어째서일까?

"하지만, 그렇게 말한다면 무리를 하고 있다는 자각은 있었구나."

"그건 지금은 됐다니까요! 중요한 건, 진심으로 아사무라 선배한테 대시를 한다면, 라이벌의 존재가 신경 쓰인다는 거죠."

"아아……."

드디어 휴식 시간 때 한 말의 수수께끼가 풀렸다.

"그러니까, 『아사무라 선배랑 사귀는 건가요?』였구나."

"그런 거죠~. 혹시, 아사무라 선배랑 사귀고 있다면, 아야세 씨는 접근하는 날파리를 때려잡잖아요?"

그러니까 어째서 그렇게 호전적일까?

"다시 말해서요. 아사무라 선배랑 사이좋게 지내려 하면 아야세 씨한테 미움 받을 거잖아요."

그쪽을 우대한다면 반대쪽을 우대할 수가 없다. 나랑 사이좋게 지내면서, 아사무라 군도 획득할 수는 없다.

"솔직히, 최근까지 아야세 씨한테 미움 받고 있다고 생각했고. 그러면 아사무라 선배랑 사귀어도 되려나~ 했죠."

"나한테 미움 받는 거랑, 아사무라 군이 코조노 양을 좋아하게 되는 건 이퀄이 아냐."

"우와~, 정론이다. 그야 그렇지만요. 하지만 봐요. 저는 이미 귀여운 후배 포지션을 획득했다고 생각 안 해요?”

“그렇네.”

“요만큼도 납득을 못했네, 이 선배. 이런 젠장할.”

“뭐, 대시를 하는 것뿐이라면, 그 사람의 자유니까.”

“말이야 얼마든지, 라는 태클은 좀 하지 마세요. 뭐 됐어요. 아무튼, 그래서 다가갈 찬스를 살피고 있단 말이죠. 그렇게 생각했는데요. 이 선배도 참, 묘하게 상냥한 태도잖아요. 데이캠프에서도, 방금 전에도. 어째서 갑자기 칭찬을 하는 걸까요? 그게 오산이었다니까요.”

아아, 그게 오산이었다고 말한 거구나. 하지만 나로서는―.

“솔직하게 장하다고 생각한 걸 칭찬한 것뿐인데.”

나는 드디어 코조노 양이란 인물의 윤곽이 보인 것 같았다.

얘는 틀림없이 마아야와 정반대인 존재다.

마아야가 주변 사람들을 잘 보는 것은, 자신을 위해서가 아니다. 그건 아마 작은 동생들이 잔뜩 있어서, 계속 챙기다 보니까 얻은 배려하는 힘이다.

오히려, 코조노 양은 나랑 가깝다. 사람들의 무리에서 나가려고 한 나랑 달리, 그녀는 사람들 속에서 살아남으려고 한 것뿐이지. 근본적인 성격은 같아도, 혼자서 살아가고자 정한 나와, 혼자서 살아갈 수 없다고 깨달은 그녀의 스탠스 차이가, 지금 두 사람의 차이를 만들고 있었다.

나도 코조노 양도 제1선택지가 자신의 환경 우선인 것이다.

"아까 전 대답 말인데."

아사무라 군이랑 상담해서 정한 일이 아니다. 간격조정을 안 했다. 내가 여기서 멋대로 밝히는 건 안 좋은 걸지도 몰라.

그래도—.

"나랑 아사무라 군은 사귀고 있어. 연인 사이야."

코조노 양이 나를 향해 번쩍 고개를 들었다.

빤히 작은 눈동자로 올려다본다.

"딱히…… 딱히 상관없어요. 저도 언뜻 짐작은 했으니까. 억지로 빼앗으려고 생각한 것도 아니고. 멋대로 짝사랑 하는 거야 자유잖아요? 뭐, 법적으로는 결혼할 때까지는 빼앗아도 룰의 범위 안이라고 생각하지만요."

"그러니까, 대시를 하고 싶다는 거야?"

코조노 양이 벽에서 등을 뗐다.

그대로 내 옆을 지나쳐 가려고 한다.

"이미 알고 있을 거라고 생각하지만, 저는 엄청 에고이스트니까요. 괜한 걸 신경 쓰면서 적절한 거리를 재려고 하는 사람한테는, 아마 안 질 걸요."

그렇게 말하고 출구로 가고자 한다.

"자신만만한 말인데, 『아마』구나."

등을 보이고 있던 코조노 양이 확 돌아서서 날 보았다.

똑바로 눈길을 마주친다.

나는 오늘 처음으로 그녀와 제대로 눈을 마주친 것 같았다.

"저는 아야세 선배의 그런 점이 싫거든요!"

메롱 혀를 내밀면서 말했다.

그다음 그녀는 아무 말 없이 물러났다.

"난처하네."

아무래도 나는 아사무라 군을 여러모로 생각해야 하게 된 모양이었다.

코조노 양이 물러난 출구 너머에는, 완전히 밤이 된 도쿄 도심의 마천루가 뿜어내는 불빛이 밤하늘을 아래쪽에서 비추고 있었다.

그날 밤에도 아사무라 군과 LINE으로 대화했다.

하지만, 짤막하게 마치고 말았다.

상담하고 싶었지만, 내일도 일찍부터 시작이라고 해서…….

생각해 보면, 아사무라 군은 지금 공부에 집중하고 싶은 시기일 거고, 내 개인적인 상담으로 시간을 빼앗으면 미안한 일 같아서 물러나 버렸다.

그것 자체는 옳았다고 생각하지만.

아직 합숙 이틀째— 아사무라 군과 못 만난 지 불과 이틀인데도, 내 마음은 이렇게나 결핍을 느끼고 있다.

만나고 싶다. 목소리를 듣고 싶다. 닿고 싶다.

어째서 지금 여기에 당신이 없는 걸까? 당신이 여기 있으면 좋겠어.

그렇게 말해 버릴 것 같은 내가 있었다.

침대에 들어가 끙끙거리며 잠들지 못하는 사이에도 시간은 흐른다. 디지털 표시의 머리맡 시계가 눈을 뜰 때마다 몇 분씩 나아간다.

아아, 이럼 안 돼. 얼른 안 자면 아침에 못 일어나게 되어 버리는데.

멍하니 코조노 양과 나눈 대화를 떠올렸다.

그녀는「자기는 에고이스트니까 연애에서 사양하지 않는다」라는 의미로 말한 거겠지만, 그걸 따지면 나도 에고를 드러내는 편이다.

캠프에서 장을 보러 갔을 때, 코조노 양한테 자신들의 관계를 어떻게 설명할 것인가에 대해서 둘이 이야기를 했을 때가 기억난다. 『나중에 둘이서 천천히 생각하자』라고 정했다.

그런데도 나는 아사무라 군에게 상담하지 않고 코조노 양에게 말해버렸다.

그때의 심리를 스스로 분석해보면, 정말로 대시를 하면 난처하다는 위기감이 있었던 것 같다. 거기까지 깨닫지는 못했었지만.

그래서 연인 사이라고 밝혀 버린 거다.

나도 상당히 에고이스트다.

다만, 아사무라 군을 상대로 그걸 드러내지 못하는 것뿐이지.

나는 자신과 깊이 연관된 사람 중에서, 게다가 잘라낼 수 없는 사람이 생겼을 때 어떻게 해야 좋을지 모르고 있었다.

요구를 해버려도 되는 걸까? 그 요구를 이루지 못했을 때 어떻게 하면 될까?

삐걱대는 관계가 부서져 버리는 게 무섭다.

하지만…… 아무래도 연애란 것은 그런 부분이 있는 것 같다…… 이렇게 생각했다.

바라고 싶으니까, 당신도 바랐으면 좋겠다— 그런 부분.

쌍방의 합의보다 먼저, 쌍방의 요구가 애당초 발생하지 않으면 성립하지 않는 것이 연애라는 것 같으니까.

이것이 한 여름의 사랑이라면, 단 한 번 시작되고 끝나 버려도 괜찮겠지.

하지만 우리는 남매이며, 그러면서 연인 사이였다. 생활 속에 연애가 있다. 그렇다면, 그저 한 번의 이벤트가 아니라, 모든 것이 이어진다는 것이었다.

말하자면 연애생활을 하고 있다.

어떡하면 좋을까?

고민하는 사이에 눈꺼풀이 점점 올라가지 않게 되고, 이윽고 나는 잠의 바닥으로 떨어져 버렸다.

●8월 6일(금요일) 아사무라 유우타

합숙 5일째 아침.

일찍 눈이 떠졌다.

옆에 둔 스마트폰을 봤다.

05:57.

무려 6시 전이다. 어제도 3시를 넘어서 잠든 기억이 있지만 머리는 상쾌하다.

아침 식사까지 2시간이나 있다. 나날이 빨리 눈이 떠지는 것 같아.

하지만 마침 잘 됐다. 이불을 떨쳐내고, 세수를 하고 나는 얼른 오늘 예습을 시작했다.

어제도 시험이 있었다.

그러나 아직 내 생각만큼 빠르게 풀 수가 없었다.

지금도 귓속에 주변 녀석들이 경쾌하게 연필을 움직이는 소리가 남아 있었다.

그것뿐이 아니다. 강의가 있을 때마다 나는 주변과의 차이를 실감하고 있다. 수업의 한 마디가 끝날 때마다, 그들은 다 같이 강사에게 날카로운 질문을 던진다. 강의 내용을 듣고서 칠판을 베끼는 걸로 끝내는 것이 아니었다.

지당한 일이다. 더욱 이해를 하지 않으면, 더욱 빠르게 풀지 않으면, 도저히 그 녀석들을 이길 것 같지가 않다. 이길 수 없으면 떨어진다. 이치노세는 난관이니까. 그리고 우리 집도 그렇게까지 유복하지는 않다. 하물며 나랑 아야세 양 두 명이 동시에 진학을 희망하니, 재수를 할 수도 없었다.

그렇다고 해도 지망 학교를 하향 조정하면, 아야세 양 옆에 나란히 설 수가 없다. 그녀는 분명 합격하고 말 테니까.

그러니까 노력하는 수밖에 없다.

집중력이 끊어졌을 때 문득 시계를 보자, 9시가 가까웠다.

앞으로 몇 분이면 강의가 시작된다.

급하게 방을 나섰다. 예습을 하다가 강의에 늦었습니다, 라는 건 본말전도다.

엘리베이터는 오늘도 혼잡하지만, 아슬아슬하게 강의실로 뛰어들어갈 수 있었다.

호흡을 가다듬을 틈도 없이 강사가 들어와 5일째 최초의 수업이 시작된다. 합숙도 절반이 지나 오늘부터 후반전이었다.

12시까지 두 타임에 걸쳐 강의가 이어지고, 점심 식사 시간이 된다.

아무래도 아침을 안 먹은 여파가 밀려와서 배가 공복을 호소한다. 식당은 뷔페 형식(세 끼 식사비는 합숙비에 포함된다)이니까 얼마든지 먹을 수 있지만, 이 상황에서 그랬다간 졸음이 쏟아지리라.

빵과 우유만 집어서 배에 넣고, 단어장을 다시 보며 수업의 예습을 마친다. 요즘 식사는 계속 이런 식이었다.

오후 강의에 임했다. 사이사이 쉬는 시간을 낀 90분짜리 강의 4개를 12시부터 20시까지 다 들으면 그제야 저녁 식사 시간이다.

지금까지 가벼운 식사로 때운 탓에 배가 성대하게 소리를 냈다.

"음…… 이쯤 되면 카레라도 먹을까?"

혼잣말을 하고 식당을 헤맸다.

카레와 오렌지 주스를 트레이에 올리고 빈자리를 찾아다녔다.

누가 말을 걸어 고개를 들자 후지나미 양이 손짓하고 있었다. 보아하니 맞은편 자리 하나가 비었다. 나는 감사의 말을 하고 거기 앉아서, 실례, 하고 양해를 구하며 단어장을 넘기면서 저녁을 먹었다.

5분만에 다 먹었다. 「그럼」 하고 자리에서 일어서려는데, 후지나미 양이 놀란 표정을 지었다.

"아무리 그래도, 그것만으로 때울 셈인가요?"

"아니, 충분히 배부른데."

그렇게 대답한 내 얼굴을 어째선지 후지나미 양이 빤히 들여다보듯 올려다보았다.

"저기…… 실례되는 질문이지만, 잠은 제대로 자요?"

"어, 그야 물론."

"눈 주위가 새까매요."

나는 자신의 눈가를 문질렀다. 고작 며칠 수면 시간을 줄인 것만으로 그렇게까지 될 것 같지 않은데, 듣고 보니 다소 신경 쓰인다. 뭐, 괜찮을 거라 생각한다.

얼른 방에 돌아가서 공부를 재개하고 싶었다. 오늘은 어쩐지 상당히 공부 진도가 잘 나가는 것 같다.

"그래? 조심할게. 그럼."

말하고 나는 트레이를 든 채 일어섰다.

"어디 갈 셈인가요?"

"어, 아? 아아, 그렇지. 학생식당이 아니었지."

이 합숙의 식당은 다 먹은 다음 트레이를 그대로 두고 가도 되는 거였다. 잊고 있었군.

트레이를 자리에 두고 돌아가려는 참에, 후지나미 양이 나를 불러 세웠다.

"아사무라 씨, 혹시 영어 사전, 가져온 거 있나요?"

"어? 아아, 가져왔는데, 일단은."

"나중에 빌려주실 수 있어요? 예습할 때 쓰고 싶어서."

"응, 괜찮아. 뭣하면 지금 가져올게."

"나중이라도 괜찮아요. 그쪽이 번거로워지니까요. 사전을 빌리는 용건이라면 이쪽에서 찾아가는 것도 문제없겠죠."

호텔의 방은 남녀 플로어가 나뉘어 있다. 그러나, 용건을 말하면 뭔가 빌리는 것 정도는 인정되는 모양이다.

나는 방 번호를 말해주고, 사전을 준비해둬야겠다고 머리 한 구석에 메모를 했다.

"그럼, 잘 쉬어."

"……네. 또 봐요."

어쩐지 후지나미 양답지 않은 흐릿한 대답이군. 생각하면서 나는 자리에서 일어섰다. 그러고 보니 같은 합숙소에 있는데 후지나미 양하고 때때로 마주치는 정도라 대화를 한 것도 오랜만인 것 같아.

애당초 남과 대화를 한 것 자체가 며칠 만이다.

아야세 양과 대화도 짧은 메시지만 나누고 통화는 안 했다.

"목소리 듣고 싶다."

조용히 흘러내린 내 말에 나는 퍼뜩 정신이 들었다. 아니, 그런 여유 같은 게 있을 리 없다. 지금은 1분이라도 많이 공부에 집중해야 해.

아직 20시를 조금 넘은 참이니까, 앞으로 2시간은 공부할 수 있다.

방으로 돌아가서 수학 문제집을 펼쳤다.

스마트폰의 알림 소리에 집중이 끊어졌다.

한순간 표시된 배너를 보니, 아무래도 아야세 양 같았다.

평소에는 취침 직전에 보낸다. 오늘은 아직 그런 시간이 아닌데, 무슨 일 있었던 걸까? 신경 쓰여 스마트폰을 집으려는데 문을 노크하는 작은 소리가 들렸다.

……누구지?

의문스러워하면서 확인하자, 후지나미 양이 서 있었다.

급히 문을 열었다. 그렇지, 사전을 빌려달라고 했었다. 그러니까…….

"미안, 지금, 사전 가져올게."

"아뇨, 그보다도, 잠깐 들어가도 될까요?"

"아, 응. 상관없는데."

"고마워요. 너무 복도에 오래 서 있어도 수상해 보이니까요. 다행이네요."

말하면서 그녀는 좁은 방 안으로 들어왔다.

"영어 사전 말이지. 잠깐 기다려—."

"아아, 그건 그렇게 서두르지 않아도 괜찮아요. 어차피 변명이니까요."

네?

"변명이라니—."

"신경이 쓰여서 조금 대화를 하고 싶어요. 뭐, 평소에는 남의 사정에 가능한 연관되지 않으려고 하지만요. 전혀 모르는 사이도 아니니까요."

말하면서 후지나미 양이 다가와, 내 얼굴을 들여다보았다.

"아아…… 이건, 심각하네요."

"아, 어?"

"얼굴이 심각해요. 대체 며칠 동안 안 잤나요?"

"아니, 잤는데."

"오늘은?"

"2시간은 잤어."

"어제는?"

"……2시간, 아니, 3시간은 잤어."

"기가 막히네요. 그건 안 잤다고 하는 거예요."

후지나미 양이 성대하게 한숨을 쉬고, 자기 이마에 손을 대더니 고개를 저었다.

왜 그렇게까지 기막혀하는지 모르겠다. 왜냐면 정말로 안 졸린단 말이지. 강의 시간에 잠들 수도 없고.

"아니 그래도, 졸리진 않아서."

"다시 말해서, 안 자는 게 아니라, 못 자는 거군요."

"상태가 좋아. 이렇게 공부에 집중할 수 있던 건 드물 정도야."

"흐음. 그러면, 모의시험 성적이 제법 올라갔겠죠. 결과가 나오진 않았지만, 자기 채점 정도는 했죠?"

"그건……."

나는 침묵할 수밖에 없었다.

합숙 기간 중에 모의 시험은 두 번째였지만, 어제 시험은 자기채점을 해본 결과 최악의 성적이었다. 분명히 배웠던 공식을 완전히 까먹었고, 시간 배분도 실수해 버려서 후반은 절반도 못 풀었다.

"하아……. 뭐, 이런 말을 듣는 건 본의가 아니겠지만—."

"아, 아니. 그게……. 일단 앉으면 어때?"

아직 뭔가 말하고픈 후지나미 양에게, 나는 자신이 방금 전까지 앉아 있던 의자를 내밀었다.

그러나 후지나미 양은「그렇게 오래 있을 생각은 없으니 이대로 괜찮아요」라고 말하더니, 앉지 않고 내 앞에 서 있었다.

"그래서, 왜 당신은 그렇게까지 조바심을 내는 건가요?"

"어……."

내가 조바심을 내?

"지망 학교는 이치노세였죠. 분명히 난관이라고 생각하지만, 지금의 당신 상태로는 애당초 배운 걸 만족스레 익힐 수도 없지 않나요? 좀 더 릴랙스를 해야 효율이 오를 것 같은데요."

"하지만, 이 정도 안 하면 주변을 따라갈 수가 없어. 아니, 앞서갈 수가 없으니까."

"주변…… 이 합숙에 온 사람들 말인가요?"

나는 수긍했다.

"이 공부합숙에 올만한 고교생은 상위 중에서도 상위라

고 생각하는데요. 그야 좀처럼 이길 수 없어도 어쩔 수 없어요. 비교하는 의미, 있을까요?"

"그거야 있지. 왜냐면 수험은 경쟁이니까 비교하는 게 당연해. 그리고 그 레벨의 상대한테 못 이기면 이치노세는 못 들어가."

이 합숙에 온 녀석들 모두가 이치노세를 지망하는 라이벌이라고는 나도 생각 안 한다. 그러나, 이 레벨의 상대가 라이벌인 것은 틀림없다.

"그렇군요. 그러면 다르게 물어보죠. 당신이 이치노세에 들어가고 싶은 이유는 뭔가요?"

"어, 그건 물론—."

"희망하는 학부는? 장래에 취직하고 싶은 직업과의 관련은? 뭔가, 이치노세가 아니면 안 되는 이유가 있나요?"

"그……건 딱히…… 없긴, 하지만."

"그러니까, 기가 막힌다는 거예요. 그런 게 없다면, 딱히 이치노세가 아니면 안 되는 이유가 있는 건가요?"

노려보는 시선으로 내려다본다.

입을 다문 채 마주보고, 내 쪽이 먼저 시선을 돌렸다.

"분명히…… 이치노세가 아니면 안 되는 이유는 없어. 하지만, 나는 그게…… 장래를 함께하고 싶은 사람이 있거든."

내가 말하자, 후지나미 양이 고개를 끄덕였다.

"아아, 전에 말한 사람이네요. 그렇군요, 그 정도로 진지하게 생각하는 상대였다니. 요즘 세상에 드문 일이네요."

"그런가?"

"그렇다고 생각해요. 그렇게 멀리까지 생각하고 있는 고교생은 그다지 없어요."

"멀리……."

"네. 멀리요. 만혼화가 시끄러운 작금, 10대 젊은이가 결혼을 의식하는 때는, 영원에 가까울 만큼 나중 일이 아닌가요?"

묘하게 시적으로 말하네.

"게다가, 진학 희망이죠. 여자친구 쪽은?"

"진학인데."

"그러면, 뭐, 속도위반이라도 아닌 한 아마도 졸업 뒤가 되겠죠. 그러면 4년이나 5년 뒤. 아아, 동거 생활을 하는 것뿐이라면, 지금 당장이라도 가능할지 모르겠지만요."

같이 산다, 뿐이라면 벌써 하고 있지만…… 아니, 그런 게 아냐.

"그런 생활 스타일의 이야기가 아니라."

"농담이에요. 알고 있어요. 결혼하고 싶다는 거죠."

"결—."

—혼, 이라는 말은 나에게는 아직 너무나도 구체성이 없었다. 입에 담기만 해도 심장이 쿵쾅거린다.

"뭐, 입적할지 아닐지 신경 안 쓰는 사람도 있지만, 아사무라 씨는 그런 부분에 보수적이라고 생각하니까요. 같이 살 거라면 결혼하고 싶은 상대라는 거겠죠."

"뭐, 그렇……겠지."

그렇게 구체적인 부분까지 생각해본 적은 없었지만.

다만, 나는 지탱하고 싶다고 생각하는 상대가 있다.

지금은 서로에게 신뢰관계가 있다고 생각하지만, 감정은 영원하지 않다.

시간이 흐르면 어떻게 될지 모른다. 신쵸도 불과 반년 정도 만에 벌써 아야세 양을 연애적인 의미에서 좋아하지는 않게 됐으니까.

그녀에게 계속 신뢰를 얻기 위해서는, 더욱 위를 목표로 해야 한다.

상대에게 걸맞은 자신으로 있기 위해서, 지탱할 수 있는 자신으로 있기 위해서도, 보다 좋은 대학에 가서, 보다 좋은 취직처를 고르게 되고 싶다.

나는 자신의 솔직한 마음을 말했다.

후지나미 양은 내 말을 묵묵히 들었다.

"안 그러면, 나는 그녀에게 걸맞지 않다고 생각해 버려."

"……걸맞아요?"

고개를 갸웃거리는 후지나미 양의 모습에 데자뷔를 느끼고 나는 눈을 깜박였다.

"걸맞지 않으면, 안 되는 건가요? 아아, 잠깐만요. 전에도 이런 기분이 들었던 기억이…….”
후지나미 양은 천장을 잠시 올려다보고 고개를 되돌렸다.
“생각났어요. 합숙 첫날에도 비슷한 말을 아사무라 씨가 했었죠. 그때도 그래요. 어째서 이치노세를 목표로 하는지 이유를 물어봤을 때였어요. 제 동기의 절반밖에 안 되니까 『창피하다』. 분명히, 아사무라 씨는 그렇게 말했었죠.”
“분명히…… 했었, 는데.”
“어째서, 저랑 비교할 필요가 있었죠?”
“아니, 그야…….”
빤히 나를 바라보던 후지나미 양은 뭔가 깨달은 것처럼 고개를 끄덕였다.
“흠. 자존감이 낮아져 있군요.”
후지나미 양의 말은, 내가 생각도 못한 말이었다.
“자존감은, 자신의 존재를 긍정하는 감각, 을 말하는 거였지.”
“대략적으로 말하면 그렇죠.”
“그게 낮다고 해도 말이지…….”
무슨 말인지 잘 모르겠다, 그것이 진심이었다.
고개를 갸웃거리자, 그녀는 설명을 시작했다.
“자신이 어쩔 도리가 없는 쓰레기고, 상대에게 아무것도 줄 수 없다고 해도 사랑받을 수 있다고 믿을 수 있는가 아닌가라는 거죠. 『쓰레기』는 『빈털터리』나 『겁쟁이』 같은 네

거티브 워드면 뭐든지 괜찮지만, 요컨대, 있는 그대로의 자신의 모습을 인정한다, 라고 해도 돼요."

"있는 그대로의 자신……."

"자기자신을 플랫하게 보고 있는가 하는 거죠. 애당초 그것이 첫걸음이니까요. 일단 그걸 할 수 있는가, 그리고 그걸 긍정할 수 있는가."

윽. 나는 말문이 막혀 버렸다.

편견 없이 플랫하게 본다. 그것은 언제나 내가 마음먹고 있는 것이었다. 적어도 남을 보는 눈에 편견이 섞이지 않도록 노력해왔다고 생각했다.

그렇지만, 자신에 대해서는 어떨까?

"저는 아사무라 씨의 자기인식에 어떤 편향성이 있다고, 생각해요. 애당초 자기평가가 낮은 타입이라고는 생각했지만요."

"자기평가가 낮다……. 그건 친구한테도 때때로 들은 적이 있긴, 한데."

"그렇겠죠. 뭐, 겸허해 보이니까, 그건 그거대로 사회적으로는 이득인 성격이라고 생각하지만요. 다만, 저와 만났을 무렵은 자신을 대단치 않다고 말하면서도, 그렇게까지 주변과 비교해서 이렇다 저렇다 생각하진 않았어요."

"그랬……었나."

"왜냐면, 학원에 다니면서도, 제가 제안한대로 밤의 시부야 거리를 어슬렁거리는 사람이었으니까요. 주변이 전부 자신보다 앞서는 것처럼 보여서 조바심을 낸다— 라고 생각하진 않았거든요? 다시 말해서, 타인과 비교하면서 조바심을 내진 않았어요."

후지나미 양의 지적에 나는 이를 악물고 신음해 버렸다.

분명히 나는 정기시험에서 마루에게도 나라사카 양에게도 지고 있지만, 그렇다고 해서 딱히 조바심을 내며 공부 시간을 늘리거나 하진 않았다.

돌이켜보면, 나는 애당초 타인과 자신을 비교해서 풀이 죽었던 기억이 없다. 처음부터 그랬던 것은 아니지만, 고등학교에 들어올 무렵에는, 타인은 타인, 자신은 자신이라는 성격이 되어 있었다.

그보다는, 그런 성격이 되는 수밖에 없었다. 안 그러면, 초등학교 수험도 중학교 수험도 실패했으니까, 땅바닥에 떨어진 자기평가에 빠져버렸을 거다.

세상을 플랫하게 보는 것을 좌우명으로 한 것도, 다양한 소설을 읽고 거기서 배운 것이 크다. 약점이 장점으로 바뀌고, 불리한 수세를 뒤집는 엔터테인먼트라면 산더미처럼 있다.

그런 내가— 사상을 플랫하게 보는 힘을 잃었다는 건가?

"작년에, 제가 밤의 시부야 거리를 보여줬을 때. 구제불능이라도 살아가도 되는 세계를 보여줬다고 생각했는데요."

"그건 당연하다고 생각해. 애당초, 남의 평가 따위 평가축이 바뀌면 바뀌는 거고, 살아갈 가치가 있으니까 살아가도 되는 게 아니라, 살아 있는 것이 가치니까 살아 있는 인간은 모두 살아가도…… 되는 거야."

말하고 나는 자신의 말에 스스로 충격을 받았다.

그러면, 왜 나는 자신의 평가가 낮은 것에 이제 와서 조바심이 났지?

"아사무라 씨는 타인을 볼 때는 플랫하게를 마음먹으려는 거겠죠. 하지만, 자기인식에는 왜곡이 있어요. 자존감이 너무 낮아요. 원인은 모르겠지만요."

"그건—."

어렴풋이 짚이기는 했다. 내 자기평가가 낮은 것은, 내 과거의 성적이, 그저 친어머니의 화를 돋우기만 하는 것이었기 때문이다. 나는 친어머니의 애정을 받을 자격을 잃을 만큼의 성적밖에 못 냈으니까. 애정을 잃을 만큼의 낮은 가치가 자신이다, 라고 나는 느꼈다.

"그것이 지금 당신의 자기평가를 내려서, 그대로 자존감을 낮추는 요인이 된 것 아닌가요?"

찍소리도 못하겠다.

"하지만……."

그렇다고 해서 현재 상황에 만족하면 아야세 양을 도저히 못 따라잡는다.

"아직도 『하지만』 같은 말을 하나요."

한숨을 쉰 후지나미 양이 예상 밖의 행동을 했다.

불쑥 내 쪽으로 한 걸음 다가오더니, 그대로 손을 뻗어 내 가슴팍을 확 밀었다.

받치는 것 없이 침대에 앉아 있던 나는 어쩔 도리 없이 뒤로 쓰러졌다.

팔이 허공에서 허우적거렸다. 양쪽 손목을 잡혀서, 수갑이라도 찬 것처럼 고정된다. 그대로 팔을 굽혀서, 내 가슴팍에 내 손목을 들이밀었다.

마침 기도라도 하는 것 같은 모습이 되어 버렸지만, 상황은 굳이 따지자면—.

"경찰 드라마라면 『용의자 신병을 확보!』라고 외쳐야겠죠."

말하면서 씨익 웃음을 지었다.

서 있는 후지나미 양이 약간 허리를 굽히자, 단정한 얼굴이 눈앞까지 다가왔다. 얼굴 너머에 천장의 화재경보기가 보였다. 숨결이 닿는 거리에서 후지나미 양이 말했다.

"이렇게 하면 당신은 공부를 하고 싶어도 못하게 되죠."

"아니, 농담이지?"

"뭐, 들어보세요. 내가 이렇게 해도 의미가 없다는 건 알고 있으니까요. 다만 조금 상상을 해보라는 거죠."

말하면서 한데 모은 손목을 움켜쥔다.

아파아파아파. 후지나미 양은 나보다 키가 좀 크기만 한

게 아니라, 그럭저럭 완력도 악력도 있는 모양이다. 아까 말한 것처럼 단단히 확보된 모양이다.

"상상이라니……."

"이렇게 불쾌하게도 공부를 방해하는 것이, 당신의 소중한 사람이라면, 어떻게 생각할지를요."

눈앞의 후지나미 양이 아야세 양이라면?

"아야세 양은 이런 건 안 할 것 같은데."

"아아, 그런 이름이었군요……. 그 무슨 아야세 씨가—."

"아니, 그건 성이거든."

"네?"

얼빠진 표정이 되어, 무심코(아마도) 후지나미 양이 쥐고 있던 손을 놓았다.

나는 손목을 쓰다듬으며 몸을 일으켰다.

"이름은 사키라고 해. 뭐, 지금은 그게 문제가 아니라고 생각하지만……."

"……결혼하고 싶다고 하는 상대를 성으로 부르고 있어요?"

"그런, 데?"

"……네? 거짓말이죠?"

"아니."

"……상대 분은, 화 안내요?"

"그쪽도 나를 성으로 부르는데."

집 안에서는, 유우타 오빠랑 사키, 지만, 애당초 학생은 집 안에서 같이 있는 시간이 더 짧으니까, 토탈하면 지금도 「아야세 양」, 「아사무라 군」이 아마 더 많다.

마음속으로는 아직도 나는 「아야세 양」이고.

후지나미 양은 거기서 오늘 몇 번째면서도 가장 커다랗게 한숨을 쉬었다.

"남의 연애사정에는 결코 참견하지 말라고 해서 이런 말을 하고 싶지는 않지만요. 당신들은 대체 뭘 하고 있는 건가요? 그거, 결혼까지 생각하고 있는 남녀의 태도로는 도저히 안 보여요. 설마 키스도 아직이라고 하진 않겠죠?"

"아무래도 그 정도는……."

"그 이상은?"

"……말해야 되나?"

"아뇨. 됐어요. 그 대답으로 짐작이 되니까요. 그보다도 방금 전의 대답입니다."

한 걸음 물러선 후지나미 양이 말했다.

"공부를 방해하는 것이 그녀였다면, 이란 말이지."

나는 진지하게 생각해 봤다.

애당초 그런 일을 안 할 거라는 건 있다. 그러나 만약 갑자기 내 방으로 들어온 아야세 양이 내 공부를 억지로 방해하려고 한다면……. 딱히 팔을 구속하지 않아도 된다. 그건 비유다. 연필을 빼앗거나, 펼쳐둔 교과서를 내던지는 것도 좋은 거지.

"뭔가 이유가 있을 거라고 생각해서 이야기를 들어보겠지."

"뭐, 나를 상대로도 화내지 않고 『농담이지』라고 말해버리는 당신이니까 그렇겠죠. 아직 너무 온화했을까요. 그러면 억지로 뺨을 때리거나, 그런 건 어때요?"

"마찬가지야. 뭔가 이유가 있을 거라고 생각해서 이야기를 듣겠지."

"하지만, 그것이 지나가는 사람이라면 화를 내겠죠?"

"그건 그렇겠지."

길을 걷고 있는데 뺨을 때리면 화내기 전에 놀랄 거라고 생각하지만.

"여친을 상대로는 화를 안 낸다. 다시 말해서, 당신은 그걸로 그녀를 싫어하게 되지 않아요. 그러면, 당신이 그녀의 마음에 안 드는 행위를 해버렸다고 해도, 어째서 그녀는 당신을 싫어하게 되는 거죠? 왜 당신은, 그걸로 그녀에게 미움 받는다고 생각하는 건가요?"

"어……."

솔직히, 허를 찔렸다.

그런 발상은 한 적이 없다.

"예를 들어, 당신이 쓰러질 때까지 공부해서 정말로 쓰러져 버려서 시험을 못 치고, 혹은 시험 당일에 컨디션 불량으로 낙제점을 받아 버렸다고 치죠. 그걸 사정도 안 물어보고 화를 내는 여자친구인가요?"

"그건……."

한순간, 말문이 막혔다.

아니다, 라고 말하고 싶다.

그러나 대답은 알 수 없었다.

나는 초등학교 수험도 중학교 수험도 열심히 했었다. 적어도 당시의 내가 할 수 있는 한은 다 했었다. 수험에 붙으면 어머니가 기뻐해줄 거야. 기뻐하게 하고 싶다는 마음도 있었다.

그러나— 현실은 내 힘이 부족했다. 노력이 부족했다고 하면 반론을 못한다. 수험 날이 다가옴에 따라, 나는 식욕이 떨어지고, 밤에도 별로 잠 못 들고, 상당히 휘청거리면서도 시험을 받으러 간 기억이 있다. 아버지는 몸이 망가지면 본전도 못 건진다면서 쉬라고 했지만, 무서워서 쉴 수가 없었다.

시험은 떨어지고.

나는 어머니의 애정을 잃었다.

중학교 수험을 실패했을 때는, 또나는 눈으로 보면서, 커다란, 아주 커다란 한숨을 내 앞에서 쉬고는 고개를 저어 지금은 얼굴을 보고 싶지 않으니까 저리 가라고 방으로 돌려보냈다.

그다음에 얼마 지나 정식으로 이혼이 성립되고, 어머니는 떠나 버렸다.

남의 애정을 얻기 위해서는, 상대의 기대에 부응할 만한 성과를 보여야 한다. 그것을 나는 강하게 의식하게 됐다. 기대를 받는 것이 싫어서— 그리고 나는, 남에게 그다지 다가가지 않게 됐다.

“대답 못하는 건가요. 그러면, 연인이 아닌 누군가…… 여러 사람으로 바꿔서 생각해 봐요. 친구나 부모님.”

“친구…….”

마루였다면. 그 녀석은 어째선지 나를 꽤 높게 봐주니까, 「무슨 일이야?」라며 걱정해줄지도 모르지. 아버지는…… 옛날과 마찬가지로 열심히 했으면 어쩔 수 없으니 신경 쓰지 마라, 라고 할 거야.

적어도 마루와 아버지는, 내가 평소와 다른 행동을 하면 이유 정도는 물어볼 것 같다.

“거기서 화내지 않고, 그 시점의 당신을 긍정해주는 사람을 떠올릴 수 있다면, 그 정도까지는 자존감을 키울 수 있다는 겁니다. 아무도 떠올리지 못한다면 상당히 자기부정이 강해요. 어때요? 누구 있나요?”

“뭐…… 적긴 하지만.”

“아아, 좋네요. 있으면 다행이죠. 참고로 저는 제로였어요.”

나는 말을 잃고 말았다.

그러나 듣고 보니 후지나미 양은 친족에게 부정당한 아이였다.

“아무도 나에게 살아도 된다고 말해주지 않았어요. 지금 키워준 부모님이 거둬줬을 무렵에는 그야말로 황폐함의 극한이었죠. 눈매가 나쁘고, 비뚤어진 아이였어요. 피부는 거칠고, 말은 지저분하고. 반 애들이랑 나란히 사진에 찍히는 게 싫었어요. 그 상태의 자신을 누군가가 사랑해준다고 생각할 수 있을 리 없죠.”

그래서, 한숨을 쉬고 후지나미 양은 말을 이었다.

“그런 나를 거두어준 아줌마는 뭐라고 말하며 달래줬냐면 말이죠. 이게 또 강렬했어요. 딱 잘라서 한 마디, 누군가가 사랑해줄 거라 기대하지 마라— 라고 했었죠.”

거두어준 직후의 일이라고 한다.

시부야 뒷골목의 여걸이라는 거두어준 여성은 이렇게 말했다.

『이 거리는 박정하니까, 누군가가 사랑해줄 거라고 기대하면 안 된다.』

아직 중학생이던 그녀에게 어린애라도 물렁한 말 따위 하지 않고 세상의 진실을 고하는 것 같은 어조로 말했다.

『다른 사람에게 자신의 마음이 뒤흔들려서는, 여기서 살아갈 수 없어. 타인이 주는 애정이란 것을 의지해도 소용없으니까. 그런 것은 처음부터 기대하지 마라. 꼭 사랑이 필요하면, 스스로 자신을 사랑해주면 그걸로 충분해.』

그리고 후지나미 양은 타인에게 기대하는 것을 그만뒀다고 한다.

"타인이 어떻게 보는지를 신경 써서 자신의 행동을 정한다는 것은, 자기 인생의 주도권을 타인에게 맡기는 거라고 생각하지 않나요? 중학교까지는 저도 열심히 상대의 기대에 부응하려고 했는데요. 유감스럽게도 그 결과가 집을 나오는 것으로 이어졌어요."

마찬가지다, 라고 생각했다.

정도의 차이는 있다. 그러나 타인의 기대에 부응하려고 해서 그것에 부응하지 못해 그녀도 나도 고통스러웠다.

"자신의 행동은 자신을 위해. 그렇게 생각하는 편이 편해졌어요. 누가 뭐래도 자신을 위해서니까요. 결과를 타인이 어떻게 생각하는지 신경 쓰지 않을 수 있어요. 이렇게 딱히 나이 차이도 없는 당신에게 설교 같은 것을 해도, 미움 받지 않을까라는 불안을 품지 않을 수 있죠."

상대를 위해.

누군가를 위해.

타인을 위해.

가족을 위해.

연인을 위해.

"—그런 생각, 그만두는 편이 좋아요. 적어도 당신은, 그렇게 생각한 탓에 지금, 늪에 빠져 있어요. 당신이 그저 자신을 위해서 살아간 결과를 부정하고, 미워하는 상대라면, 딱히 그런 상대와 사귈 가치가 없지 않나요?"

"사귀는 것에 가치가 있으니까 사귀는 게 아냐."

툭 흘러나온 말에 후지나미 양이 음, 하고 입을 다물었다.

무슨 말인지 이해는 된다.

그러나—.

"그건…… 하고 싶은 말은 알겠는데. 기대에 부응하려고 노력하는 건, 그렇게 나쁜 일이 아냐."

나는 그녀처럼 내려놓을 수 없다.

아마, 나는 기억하고 있으니까.

스이세이 고교 입학시험에 합격했을 때 기뻐해준 아버지의 얼굴을.

팔라완 비치에서 기다려준 아야세 양 곁으로 달려갔을 때 그녀의 얼굴을.

기대를 받고, 그것을 달성했을 때 기뻐해준 표정이 지금도 선명하게 품에 남아 있다.

"자기 인생이잖아요."

"자기 인생이니까. 자신만을 위해서 살아가기만 하면 시시하잖아."

서로 입을 다물고 다음 말을 찾았다.

띠링. 그때 얼빠진 소리를 내며 휴대전화가 울렸다.

메시지 착신을 알리는 소리였다.

힐끔 시선을 보내자, 배너에 아야세란 문자가 보였다. 그러고 보니 후지나미 양이 오기 직전에도 알림이 있었어. 답신이 없어서 걱정하는 걸까?

"봐도 돼요."

나는 묵묵히 스마트폰을 집었다.

"동영상 URL……?"

동영상 사이트로 유도하는 것 같은데, 대체 뭘 보여주고 싶은 걸까? 메시지를 보자, 【이거, 추천】이라고만 했다.

"연인이 보낸 거라면, 부디, 신경 쓰지 마세요. 이야기든 답신이든. 나는 이만—."

"아아, 아니, 아마 대단한 게 아냐—."

탭한 곳의 영상에서 음악이 흘러나왔다.

빗소리 같은 느릿한 음악이다. 조금 갈라진 듯한 소리—.

"로우파이 힙합인가요."

"공부할 때 좋다고 가르쳐준 적이 있는데…… 하지만, 이건."

느릿하게, 멜로디 라인도 완만하며 음의 수도 적다. 적절한 예는 모르겠지만, 클래식을 듣는 것 같은 인상을 받는 곡이다.

어떤 의도가 있는지 첫 메시지를 봤다.

"【푹 잘 수 있는 주문을 발견했어요. 열심히 하고 있을 거라 생각하지만, 너무 열심히 해서 무리는 하지 마.】……

인가.”

어쩐지 그리움이 느껴지는 곡이 스마트폰에서 흘러나와 방 안을 떠돌았다. 귀에 들어온 소리는, 고막을 흔들면서 몸 안쪽으로 스며드는 것처럼 사라졌다.

눈을 감자, 아야세 양의 미소 짓는 얼굴이 떠올랐다.

눈을 떴다.

후지나미 양의 얼굴을 드디어 냉정해져서 본 것 같았다. 그녀가 마루나 아야세 양이나 아버지가 「무리하지 마」라고 걱정하며 말해줄 때와 같은 표정을 짓고 있는 것을, 나는 늦게나마 드디어 깨달았다.

“대단히 참고가 되는 의견 고마워. 나도 머리가 식었어.”

“그런가요. 딱히 당신을 위해서 한 건 아니지만요. 나는 자신이 하고 싶은 말을 하러 온 것뿐이니까요.”

아는 사람 얼굴이 심각해 보이니까 한 마디 해주러 온 것뿐, 이라는 건 후지나미 양의 스탠스로 틀리지 않았을 거야.

다만 어쩌면, 과거에 비슷한 아픔을 느꼈기 때문이거나, 과거의 자신을 떠올렸기 때문이거나, 그런 것도 있을지 모른다.

“그럼, 어서 주세요.”

후지나미 양이 손을 앞으로 내밀었다.

“어?”

"사전이요. 영어. 알리바이는 필요하니까요."

"변명에 지나지 않는 거 아니었어?"

"거짓말에는 리얼리티가 필요해요. 이런 실태를 허술하게 하면 리얼리티가 부족해서 아무도 믿어주지 않게 됩니다. 심야에 남자의 방으로 유혹하러 갔다는 괜한 의심을 사기는 싫어요."

수긍하면서 영어 사전을 건네자, 후지나미 양이 「내일 돌려줄게요」라고 하며 방을 나섰다.

사라져 가는 등에 나는 고맙다고 작게 중얼거렸다.

방에 홀로 남은 나는 침대 위에 앉은 채 아야세 양이 가르쳐준 영상을 루프 모드로 계속 재생했다.

후지나미 양의 지적은 아픈 곳을 찔렀다.

나의, 아야세 양의 기대에 부응하려는 마음이 나쁘다고 생각지는 않는다. 그렇지만 그 기대에 부응하지 않으면 미움 받는다, 라는 것은 내 생각이 지나치다.

아야세 양은 친어머니와 다르다— 그럴 거다. 사람은 제각각. 그리고 그보다도, 더욱 중요한 것은—.

타인의 기대에 부응하고 싶다는 것보다, 애당초 나 자신이 무엇을 목표로 수험을 하는지에 대해 도무지 생각이 부족했다는 것이다.

자신을 위한 인생이라는 후지나미 양의 말을 돌이켜 보았다.

그것만으로는 쓸쓸하다고 나는 생각했다.

그렇지만— 우선 자기자신을 위해서 노력한다. 그것이 무엇보다도 먼저가 되어야 할 것이다.

“역시, 조바심이 났구나…….”

천장을 올려다보며 중얼거리고.

스마트폰에서 흘러나오는 자장가 같은 음악을 듣는 사이에, 나는 그대로 어느새 잠들어 버렸다.

꿈도 안 꾸는 잠 너머에서 만날 수 없는 그녀의 얼굴이 미소 짓고 있었다.

●8월 6일(금요일) 아야세 사키

오후 3시를 조금 넘은 무렵.

"다녀왔어어."

현관문을 여는 소리와 함께 엄마의 목소리가 들렸다.

오늘은 드물게 비번이었다고 하는데. 한잠 자고서 일어나, 시부야 역 앞으로 장을 보러 갔었다. 그래서 지금 막 돌아왔다는 거지.

"어서 와."

내 방의 문을 열고 고개를 내밀어, 말을 걸었다.

"공부하고 있었니?"

"그랬, 는데."

그것 말고 수험생이 할 일이 있을 리 없을 텐데, 자뭇 뜻밖인 것 같은 표정을 짓는 건 어떤 건가 싶어.

"지쳤지. 차 마시자."

"뭐, 마침 휴식하려고 생각했으니까."

"맛있는 스콘이 있어."

"그러면, 밀크티네."

나는 재빨리 부엌으로 달려가 전기 포트에 전원을 넣고, 티타임 준비를 시작했다.

스콘에 밀크티라는 것이 정석인지 아닌지는 조사를 안

해 보면 모른다.

그런 법이다. 라고 어디선가 들은 것 같기도 하지만, 그건 그렇다 치고 엄마가 옛날부터 좋아했다.

데운 스콘에 비장의 클로티드 크림과 달콤한 잼 그리고 밀크티.

그것을 참 좋아한다.

어렸을 때부터 그걸 같이 먹어서, 엄마가 사오면, 차를 준비하는 건 내 일이 되었다.

그동안 엄마는 늘 잼과 크림을 꺼내두었다. 말은 그렇지만, 클로티드 크림은 보통 냉동 보존을 못하니까, 냉장고에 없으면 그때마다 뭔가로 대용하게 되는데.

오늘은 놀랍게도 클로티드 크림까지 함께 사왔다. 그렇다면 어지간히 맛있는 스콘을 발견했구나.

홍차를 타서, 부엌의 긴 테이블에 마주 앉았다.

스콘은 온기를 품을 정도로 오븐 토스터에서 데운다. 전자레인지에 넣어도 되긴 하지만, 표면이 바삭한 느낌이 나랑 엄마의 취향이었다.

다 데우고, 그릇에 담아 테이블 중앙에.

“잘 먹겠습니다.”

“그래. 맛있게 먹어.”

둘이 같이 그릇에서 집어 먹기 시작했다.

반죽의 부드러운 한가운데를 가르고, 버터나이프를 써서

크림을 발랐다. 조각을 흘리지 않도록 잡는 손과 반대쪽 손을 아래쪽에 그릇처럼 대고 살짝 깨문다.

바삭한 식감. 젖기 시작한 스콘 조각이 입 안에서 사르르 무너져 크림과 섞인다. 달콤함과 함께 구운 반죽이 가진 밀가루의 향이 코의 안쪽을 통과했다.

훌쩍 마음속이 가벼워진다.

"이거, 맛있어."

"그치, 그치?"

생글생글 웃으며 엄마가 말했다. 기분이 좋네.

여름의 오후 한 때. 에어컨이 차가운 공기를 토해내는 소리가 조용히 울려 퍼지는 식탁에서 나랑 엄마가 하염없이 스콘을 깨물고 홍차를 홀짝거렸다.

"그러고 보니—."

갑자기 엄마가 입을 열었다.

응? 나는 고개를 들었다.

"사키랑 이렇게 둘이서만 차를 마시는 건 오랜만이네."

아아. 분명히.

엄마가 재혼하고, 아사무라 가문에 이사를 해온 다음부터는, 이렇게 둘이서만 차를 마신 기억이 거의 없다.

"가끔은 이런 것도 진정되네."

부드러운 미소를 짓는 엄마의 얼굴을 보고, 나는 또 꾸물꾸물해졌다.

자신의 불안정함에 비해, 요즘 엄마는 참 차분해.

"또 그런다."

엄마의 말에 나는 고개를 갸웃거렸다.

"뭐가?"

"커다란 한숨. 요즘에, 계속 그래."

"어, 그래?"

"그럼. 자각이 없구나. 뭔가 고민이라도 있어?"

"그러니까……."

어쩌지. 망설인 것이 사실이다.

"이렇게 보여도, 고민이 많은 나이야. 일단은."

"그래~? 예를 들면?"

어디까지나 가벼운 어조였지만, 질문을 듣고, 나는 말문이 막혔다.

말할 수 있을까? 그럴 리 없다.

당신의 딸이 재혼 상대의 아들인 의붓 오빠를 사랑한 끝에 연인 사이가 되어, 밖에서는 손을 잡거나 허그를 하거나 종국에는 키스까지 하는 사이고, 현재진행형으로 후배가 연적으로 등장해서 호출되어 대결을 한 참이라 고민하고 있어요— 라는 건.

무리야.

어디서부터 말하면 좋을지, 뭘 이야기하면 좋을지도 모르겠다.

"엄마, 고민 상담 특기인데?"

시부야의 바에서 10년 이상 인기 바텐더로 일하고 있으니까, 엄마의 주장도 그렇게 거짓말은 아니겠지만……. 하지 마안.

"그러니까……. 이건 어디까지나 일반적인 이야기인데."

"그래그래."

"잘 들어? 일반론이거든?"

"그래그래."

"연애 관계인 두 사람은, 서로의 에고를 밀어붙이면 안 되는 거지?"

가장 최근 일이라면, 아사무라 군이랑 둘이서 불꽃놀이 데이트를 하고 싶다. 데이트를 하고, 좀 더 두 사람 사이를 확실하게 해두고 싶다. 그와의 사이에 괜한 훼방꾼이 들어올 여지를 만들고 싶지 않아.

그렇지만, 수험공부를 열심히 하는 그에게 그 말을 하는 건, 그에게 너무 억지를 부리는 게 아닐까? 라는 불안이 있다. 그런 고민이 등 뒤에 있거나 없거나 한데, 그건 그렇다 치고.

어디까지나 일반론으로, 어떻게 되는지를 식자에게 묻고 싶다.

이렇게, 견제해서 질문을 해봤는데, 엄마는 자연스럽게 예상 밖의 말을 했다.

"그건 에고의 정의에 따라 다르네."

네?

갑자기 무슨 말을 하는 거지.

"최근에 철학인지 윤리학인지의 대학에 근무하는 단골이 생겼거든. 그래서 지금, 그런 방면을 공부하고 있어. 이야기에 맞춰야 하니까."

그렇구나. 그러니까 엄마는, 바텐더 모드인 거야.

"에고는…… 억지를 부리는 거잖아."

"커다랗게 세 가지 정도 있어. 『자아』를 가리키는 경우, 프로이트 씨의 심리학 용어로 『에고』, 그리고 사키가 말한 것처럼 『자기본위의 사고방식』을 가리키는 경우."

"자아……라면, 그러니까, 보건체육 수업에서 했던 『자아의 확립과정』 같은 그 자아?"

"그래. 그거야."

말하고 엄마는 홍차를 홀짝였다.

천천히 숨을 내쉬고서 말을 이었다.

"아마도 사키는 마지막 의미로 사용한 거라고 생각하는데, 일반적으로 연인 사이든 부모자식이든 형제자매든 직장 동료든—.

직장의 동료라고 했을 때, 코조노 양의 얼굴이 살짝 떠올라서 뜨끔했다.

"—인간관계 일반론을 따지면 자기본위의 사고방식을 좋

게 보지 않는 건 분명해."

"그렇지."

"라고 생각하잖아?"

"어?"

"그러면 반대로 생각해볼까? 어떤 때라면, 에고가 문제가 안 되는 걸까?"

손가락을 척 하나만 세워서 엄마가 말했다.

음~. 얼른 대답을 알고 싶을 때, 이렇게 「생각해 보렴」이라고 말하는 건 엄마의 교육 방침이었다. 수수하게 스트레스가 쌓여. 그렇게 많진 않지만, 이런 「지도 모드」에 들어갔을 때 엄마한테는 거슬러도 소용이 없어.

나는 사고를 돌려봤다.

에고가 문제가 안 되는 경우가 있는 걸까?

머리를 감싸고 있는데, 엄마가 슬쩍 도움을 주었다. 생각하라고 하는 것치고는 옛날부터 무른 부분이 있는 것도 엄마였다.

"예를 들어서, 아침 식사는 절대로 밥이 아니면 용납 못한다, 라는 서방님이 있어. 이런 것도 에고잖아? 아내가 좋아하고 싫어하고를 무시하면서 자기 취향만 밀어붙이는 거니까."

"그렇, 네."

그런 말을 들은 단계에서 나라면 발끈해버리겠지만. 그

런 에고가 문제되지 않는 경우가 있는 걸까?

잠시 생각했는데, 대답이 훌쩍 떠올랐다.

데운 스콘에 비장의 클로티드 크림과 달콤한 잼 그리고 밀크티.

그것이 엄마의 취향.

나는 그걸 반대한 적이 없다. 아아, 알았다.

"아내도 아침식사는 절대로 밥이 아니면 싫은 경우네."

"정답. 다시 말해서『온갖 에고는 그 집단의 구성원이 같은 에고를 가지고 있을 경우에는 문제가 안 된다』라는 거야."

"오늘은 스튜를 먹고 싶다고 모두가 생각하면, 식사 메뉴에서 다툼이 일어나지 않는다는 거야?"

"그래 그거야. 아, 독점하고 싶다, 처럼 에고의 방향성이 마찬가지라도 전원이 공유할 수 없는 경우는 또 이야기가 달라지니까. 지금 그건 조금 아깝다고 해두자."

그렇구나, 에고란 자기본위의 생각으로만 정의되질 않으니까, 그걸로 상대가 싫어하는가까지는 정해지지 않는 거야.

그런 경우가 많은 것뿐이지.

"그건…… 그렇지만. 그런 일은—."

"그래. 현실에서는 있을 수 없어. 각양각색. 천차만별. 사람들을 제각각 다르니까. 온갖 경우에서 모두의 에고가 일치하는 건 현실적으로는 불가능합니다."

하지만, 엄마는 말했다.

"온갖 일에서는 무리라도, 전부 무리는 아니잖아. 특히 집단의 구성원이 소수일 경우는. 그러니까, 방금 사키가 말한 『연애관계에 있는 두 사람의 에고를 밀어붙이면 안 되는가』에 대한 대답은 엄밀하게는 이렇게 되지. 『경우에 따라 다르다』."

"어어……?"

"손을 쥐고 싶다. 키스를 하고 싶다. 뭐든지 좋지만. 그런 연애 이벤트의 경우, 둘 중 하나가 그걸 밀어붙이려고 하면, 설령 연인 사이라도 성희롱이 될 수 있다, 라는 게 현대의 상식이지."

"합의가 필요하단 거잖아."

"그런 거지. 그러니까, 연애에서 에고이스틱한 것을 싫어하는 거야. 같은 욕망이 어쩌다가 동시에 발생하지 않는 한."

"어떤 우연이 있으면 그런 일이 생기는지 상상이 안 되는데."

스위치가 켜진 것처럼 같은 에고를 품다니.

"그래. 둘 다 자아를 가진 인간이니까 욕구가 동시에 완벽히 일치하는 일은 현실에서는 있을 수 없어."

그 말에 나는 퍼뜩 깨달았다.

바로 최근에— 코조노 양과 대결한 밤에 생각한 일이다.

자신이 바란다고 생각했을 때, 상대도 바라지 않으면 아무것도 시작할 수 없다.

바라고 싶으니까, 당신도 바라길 바란다— 같은 거다.

쌍방의 요구가 좋은 타이밍에 동시에 발생하지 않으면 성립되지 않는 것이 연애 이벤트…….

"그러니까 필요한 건 합의의 형성, 다시 말해서 간격조정이야. 그걸 안 하면, 아무리 시간이 지나도 키스 한 번 못하지."

그렇구나…….

"그리고. 방금 사키의 대답 말인데, 또 하나 예외가 있어."

"어?"

"상대에게 자아가 없는 경우. 뭘 좋아하고 뭘 싫어하는지가 완전히 존재하지 않는다. 온갖 남편의 요구에 대해서 무슨 말을 해도 따르는 아내의 경우는 충돌이 일어나지 않으니까, 문제가 발생하지 않아."

엄마의 말이 너무나도 너무한 내용이라서 말을 잃었다.

"그건. 애당초 충돌이 안 일어나는 게 문제 아냐……?"

"좋은 걸 깨달았구나. 그거야."

으으음.

"참고로 이건 남녀를 바꿔도 마찬가지. 너의 어떤 요구에든 응해주고 싶어, 라고 남자 친구가 말하면, 편하긴 해도, 여자 쪽에서 보면 남자에게 자아가 없는 것처럼 보여서 난처하겠지."

"난처할 거야. 본인 자신의 좋고 싫고를 알 수 없다는 거니까."

"그런 거야. 뭐, 그런 예외의 경우는 지금은 생각 안 해도 되겠지. 왜냐면, 애당초 사키는 그런 성격이 아니니까. 아마 사키의 상대가 되는 사람도 그럴 거라고 생각하니까."

그렇, 구나…….

헉. 이게 아냐.

"일반론이라니까."

"그래 알아. 일반론입니다. 물론."

"……이야기를, 되돌리면. 에고라고 해도, 상대가 그걸 받아줄 준비를 하고 있으면, 문제가 안 된다는 거야?"

"그렇게 되지. 하지만, 상대가 그걸 받아들일 준비가 됐는지 아닌지, 상대의 마음을 읽을 수 있는 게 아니니까, 실제로는 트러블이 일어나는 거지."

아아, 그렇구나.

인간은 제각각 고유의 자아를 가지고 있으니까, 인간끼리 속셈이 동시에 완벽하게 일치하는 일은 있을 수 없다—였던가?

"그러면, 역시 에고를 밀어붙이면 안 되는 것 같은데……."

"처음부터 그렇게 말했잖아."

"윽."

어쩐지 치사해.

엄마는 생긋 웃으며 말했다.

"사키는 그런 에고를 밀어붙이면 곤란해? 아니면 사키가 밀어붙이고 싶다고 생각해?"

"그게…… 굳이 따지자면— 그게 아니라, 일반론!"

"그래그래."

정말!

"애당초 나도, 처음부터 서로 밀어붙이면 안 된다고 말했고. 나는 **그 사람**의 그런 부분을 좋아하지 못했는걸."

말하자마자 엄마의 표정이 어두워지고, 나는 퍼뜩 깨닫고 목소리 톤이 낮아졌다.

나랑 엄마 사이에서 「그 사람」이라고 말하면, 그건 「친부」를 말하는 것이었다.

"엄마를 생각해주지 않고 자기자신의 일방적인 상처만 주장하고, 분노를 풀어내는 건 있을 수 없다고 생각해. 나였다면, 절대로 좋아하지 않아."

말을 하면 엄마가 슬퍼하는 건 알고 있어도, 한 번 열린 입은 멈추지 않는다. 엄마가 과거에 사랑한 사람에 대한 말로서는 지나치다고 생각한다. 그렇지만, 초등학생 때의 나에겐 그 정도로 싫은 일이었다.

"그 사람도 참 미움 받았네에."

엄마가 아이코~ 라며 한숨을 쉬었다.

"하지만, 내가 이혼한 건, 그 사람이 제멋대로인 부분이 있어서 애정이 사라졌으니까, 라는 건 아니란 말이지. 왜냐면, 그런 건 사귈 때부터 알았던 거니까."

그런 식으로 제멋대로고, 에고이스틱한 부분이 있다는 것은, 결혼하기 전부터 알고 있었다. 그렇지만 좋아하게 되는지 아닌지는, 그런 마이너스한 부분이 있는지 없는지는 별로 상관없다. 글러먹은 부분이 있으면 사랑하지 못한다는 그런 게 아니라고 엄마는 말했다. 물론 훌륭하니까 사랑하는 것도 아니라고.

"글러먹었으니까 좋아한다는 것하고는 다르거든? 허용할 수 있는 범위인가라는 거야."

애당초 인간은 같이 있으면 크든 작든 서로 싫은 부분, 마이너스한 부분이 보이는 법이다. 그걸 서로 용서할 수 있는가 아닌가가 관계가 오래 가는가의 경계이며, 글러먹은 부분이 제로라는 일은 있을 수 없고, 딱히 글러먹은 부분이 있는 것 정도로 애정은 변하지 않는다고 한다.

"이득을 보고 싶어서 좋아하게 되는 게 아니라. 좋아하게 된다는 행위가 애당초 이득이라고 나는 생각해. 그러니까 누군가를 좋아하게 되기만 해도, 나는 상당히 이득으로 느껴 버리니까, 사소한 걸로는 불만을 느끼지 않는 거야."

"엄마는 그런 연애관이었구나……."

그렇게 말하자, 어째선지 엄마가 기뻐 보이는 표정을 지었다.

"우후후."

"왜 웃는 거야?"

"그야. 딸이랑 이런 이야기 하는 거 꿈이었는걸. 사키도 사랑 얘기를 할 수 있는 나이가 됐구나."

"내 이야기가 아니거든."

"그래그래."

어쩐지 자기 편하게 흘려 넘긴 것 같아.

"하지만, 나는 그 사람의 에고가 싫었어. 엄마는, 용케 사귀었다고 생각해."

"내 경우는 인간은 누구든지 제멋대로라고 생각하니까. 그 사람도, 나도 말야. 그러면, 상대의 제멋대로인 부분을 받아들일 수 있는가의 얘기가 되잖아."

"신경은 안 쓰였어?"

"나한테 아무래도 좋은 부분은 얼마든지 양보해도 상관없는걸. 하지만, 그 사람도 온갖 곳에서 제멋대로였던 건 아냐. 왜냐면, 내가 바텐더 일을 시작했을 때 반대 안 했어."

나는 퍼뜩 깨달았다.

그 말을 들을 때까지 그걸 깨닫지 못했다.

엄마가 홍차를 추가로 타주는 걸 기다려서 이야기를 재개했다.

그동안에 나는 과거의 일을 떠올렸다.

그 사람— 친아버지가 사업에 실패한 건 내가 초등학교

저학년 무렵이고, 가계가 어려워졌을 때 엄마는 자기도 일을 하겠다고 말했다.

그리고 엄마가 찾은 일이 시부야의 바 근무.

밤낮이 뒤바뀌는 일이고, 취객을 상대하는 장사니까, 자신의 아내가 일한다고 말을 꺼내면 어쩌면 싫어하는 남편이 있을 것이다. 친아버지도 쌍수를 들고 찬성을 한 건 아니다. 그건 기억하고 있다. 그러나 소태 씹은 표정을 지으면서도, 어머니가 일하는 걸 반대하지 않은 것도 사실이었다.

반대하고 말렸다면, 그 뒤의 온갖 일들이 지금처럼 되지는 않았을 것이다.

엄마가 말할 때까지 확실히 나는 그걸 깨닫지 못했다.

"타이치 씨도 그렇지만, 나는 좋아하는 걸 좋아해. 싫어하는 건 싫다고 말해주는 사람이 사귀기 쉬운 성격이야. 물론, 내가 허용할 수 없는 걸로 밀어내면, 아무리 그래도 못 사귈 거라고 생각하지만."

하지만, 그 사람은 그 정도가 아니었다. 엄마는 그렇게 말했다. 그리고 지금도 싫어진 것이 아니라고까지 말했다. 장난스럽게 한쪽 눈을 감으면서 「아, 이건 타이치 씨한테는 비밀이야」라고 덧붙이셨지만.

그럼, 어째서 헤어진 걸까?

"으음~. 정이 떨어졌다기보다는, 더 이상 같이 있으면 그 사람이 괴로워 보였으니까, 였을까? 나는 시작한 일이 즐거워지기 시작한 참이라 그만두기 싫었고. 그런 의미에서는 양보할 수 없는 게 생겨 버렸다는 것도 있어."

들은 말의 의미를 곱씹어서, 나는 그런 거구나 하고 이해했다.

"결혼하고 나서 처음 부딪히게 되기도 하구나……."

"인간은 시간의 흐름과 함께 바뀌니까. 간격조정을 못하는 부분이 생기면, 헤어지는 수밖에 없을지 몰라. 그리고 사키를 자주 울리게 된 것도 있네. 그건 넘어가줄 수가 없었어."

"나를?"

"그 사람, 어린애를 이해 못한 거야. 자기가 약한 입장에 서본 적이 없으니까."

어렸을 때부터 좌절한 경험이 없는 사람이었다고 한다. 유명한 사립의 초등학교 수험에 붙어서, 중학교도 붙고, 당연하게 고교에서 일류라고 불리는 대학으로 진학했다. 취직을 한 다음에도, 순식간에 독립하여, 기업까지 만들었다. 너무나도 순조로운 인생이었다.

그래서 약하다는 것에 익숙하지 못했다.

"약한 것에 익숙하지 못하다……."

신기한 말투라고 생각했다.

"자신이 강했던 경험밖에 없으니까, 자신에게도 약한 부분이 있다는 걸 모르고 살아와 버린 거지. 아마, 인생에서 처음으로 겪은 좌절이었다고 생각해. 자신의 약한 부분을 자신이 인정할 수가 없었던 거지."

지는 입장에 서본 적이 없으니까, 그럴 때 어떻게 행동하면 될지도 몰랐던 거다. 좌절이 없는 사람이 없다는 것을 이해 못했다. 약자를 이해 못하니까, 어린애한테도 가차 없었다.

"사키는, 내가 아니라 아직 어린애니까 조금 더 잘 보살펴줘야 한다고 해도, 이해를 못했던 것 같아."

"나는, 그 사람한테 혼난 기억밖에 없어."

"아무리 그래도 그건 나도 참을 수가 없었지."

그랬었구나…….

"그래서, 처음 질문으로 돌아가면—."

사고가 방황하고 있던 나는 그 말에 다시 엄마를 보았다.

"—에고에 따라 다르지만, 연애에서 에고라면 겉으로 드러내는 것 자체는 문제가 안 돼. 오히려 연인 상대로는 꼭 드러내야 해. 왜냐면, 안 그러면 본인이 뭘 바라고 있는지 전해지지 않으니까. 인간에겐 텔레파시 능력이 없잖아."

"그건 이해하지만…… 창피하지 않아?"

연애에서 에고라면, 저기…… 그다지 남들 앞에서 말 못하는 거잖아?

"그래도 한 번은 상담이 필요하잖아? 두 번째 이후로는 암호라도 정하면 되지만."

"암호라니."

"어깨를 세 번 두드리면 키스해줘, 라거나. 정해두면 되는 거야."

아니아니아니. 그건 뭐야?

"엄마도 참…… 스파이 만화를 너무 읽은 거 아냐?"

헉, 설마…… 그런 규칙을 타이치 새아버지랑 정한 건 아니겠지?

"글세, 어떨까~? 있을 지도 모르지~."

흐흥. 미소를 지으면서 좌우로 흔들리는 엄마를 보고, 나는「어린애냐!」라고 무심코 외쳐 버렸다.

"뭐, 그건 그렇다 치고."

"이상한 말을 한 건 엄마잖아."

기가 막힌다.

"그러니까, 에고가 문제가 되는 건 밀어붙여 강요했을 때야. 그것도, 본인이 바라지 않는 에고를 본인의 의사를 무시하고 밀어붙이면, 그건 물론 안 되지."

딱 잘라 엄마가 말했다.

이렇게까지 엄마가 논리정연하게 말하는 걸 들은 건 처음일지도 몰라.

어쩌면, 그건 내가 그런 의논에 버틸 정도로 성장했다고 봐준 걸지도 모른다고 생각했다.

다만—.

"그런데도, 왜 이 사람은 생 햄 원목을 사는 걸까."

"분명히 맛있다고 추천했었단 말야. 분명히 맛있으면 안 사면 손해라고 생각하지 않아?"

"엄마는 가족의 동의 없이 고가의 물건을 사면 안 되거든?"

"으응~? ……고가라면 얼마 정도?"

손가락 끝을 턱에 대고서 고개를 갸웃거리는 엄마.

"뭐, 생 햄 원목이면 아슬아슬하지?"

"그러면, 이건 괜찮네."

생긋 웃으며 스콘이 들어 있던 상자를 가리켰다. 설마—.

"이것도 추천 받아서?"

"그럼그럼. 이 스콘은 확실히, 이 클로티드 크림이 잘 맞는다고 알려줬거든."

"게다가 세트 판매!?"

"정말로 맛있었네에. 그치, 그치? 맛있었지?"

"그건 뭐…… 응."

뭐, 스콘과 클로티드 크림 정도라면, 괜찮겠지.

"아아, 그렇지. 그리고, 지금까지의 이야기에 남녀는 상관없거든? 요즘은, 애당초 연인 사이라고 해도 남자랑 여자라고 할 수는 없지만."

이해하지만 일반론이니까 거기까지 자세하게 의논 안 해도 되거든?

"사키의 상대가 남자애라고 장담 못하니까."

푸흡.

스콘을 뿜을 것 같았다.

"콜록, 콜록. 우에. 목에 스콘이 달라붙었어……."

"어머나어머나. 정곡이었니?"

"아니거든."

"혹시 사키가, 사랑을 하는 걸까~ 생각했는데."

아~니~야!

아니, 그건 아닌 건 아니지만, 지금까지의 이야기는 어디까지나 연애 일반론이야!

빤히 바라봐서, 나는 무심코 눈을 깔고 홍차를 마셨다. 어쩌지, 아무리 그래도 너무 일반론을 강조했나.

힐끔 엄마를 올려다보았다.

우와, 그 표정 뭐야. 본 적 있어. 사랑 얘기를 듣고 싶어 하는 마아야랑 사토 양의 눈이야.

"그게……."

"그래그래. 엄마한테 뭐든지 얘기해도 돼."

도와줘, 아사무라 군. 여기에 사냥꾼의 눈동자로 딸의 사랑 얘기를 끌어내려는 연애 숙련자가 있어요!

애당초, 사실대로 말하면 엄마도 난처할 거야.

난처, 하겠지……?

하지만— 이대로도 괜찮을까, 라고도 생각했다.

어디서 언젠가는 말해야 하는 거잖아. 하지만, 아사무라

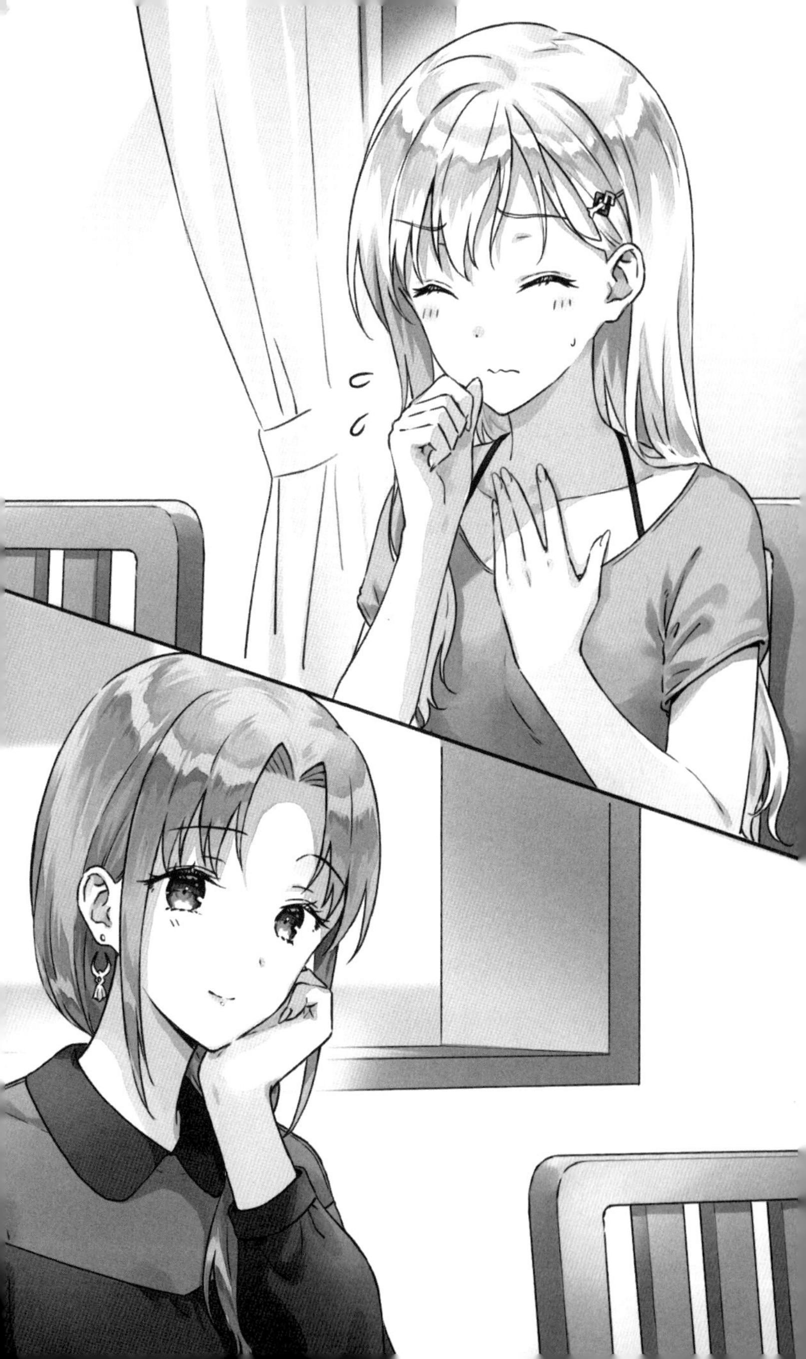

군의 양해를 얻지도 않고 멋대로 밝힐 수도 없고. 말해 버리면 어색해지는 것도 피하고 싶다. 아아, 하지만 이대로 아사무라 군이랑 잘 되지 않고 끝나버릴 가능성도 있고. 그러면 말 안 하고 있는 게, 평범하게 의붓 남매로 돌아갈 수 있겠지…….

—무슨 생각을 하는 거야, 아야세 사키.

시작된 게 아무것도 없는데, 벌써 끝났을 때를 생각하다니.

"뭐, 나도 사랑 정도는 하지. 응."

"어머나~. 그건 현재진행형이니?"

"그건…… 상상에 맡길게요. 그럴지도 모르고 아닐지도 몰라."

두근두근두근두근.

살짝 티를 내버렸다.

아사무라 군과의 관계를 의심 받을 것 같아서, 부모님 앞에서 연애 이야기를 요만큼도 안 꺼냈는데.

심장이 아플 정도로 소란스럽게 울리기 시작했다.

그렇지만 엄마는 내 말을 듣고도, 생글생글 미소를 지은 채 딱히 아무 말도 없이…… 빤히 바라보기만 한다.

"나, 나는, 공부하러 돌아갈게."

빈 그릇을 식탁에서 정리하며 말하고, 그대로 내 방에 돌아갔다.

달칵. 문을 닫고, 나는 내 침대에 드러누웠다.

파열될 것 같았던 심장은 다소 진정됐지만, 두근두근하는 게 아직도 멈추지 않는다.

"우와아…… 말해버렸어."

미안, 아사무라 군. 티를 내버렸어.

멋대로 말하면 안 된다고 생각하면서도, 두근두근하는 심장을 느끼고, 나는 조금 신기한 고양감도 느껴 버렸다. 그렇구나. 이게 내 글러먹은 부분…… 어두운 부분 중 하나일지도 몰라.

나는 아사무라 군처럼 그렇게까지 이성적인 인간이 아닐지 몰라.

비밀 연애의 이런 두근거림— 싫지 않구나…….

베개에 얼굴을 묻고 있는데, 빨라진 고동이 귓속까지 울리는 것 같았다.

눈을 감으면서 아사무라 군의 얼굴을 그려보고, 방금 전 엄마의 말을 돌이켜 보았다.

『연애에서 에고는 겉으로 드러내지 않는 것 자체는 문제가 안 돼.』

문제가 안 된다. 정말일까?

『오히려 연인 사이라면 오히려 드러내야지. 왜냐면 안 그러면 본인이 뭘 바라는지 전해지질 않는걸.』

말해버려도 되는 걸까?

아사무라 군과 불꽃놀이를 보러 가고 싶다.

그렇지만 말을 꺼내고 싶어도, 지난 며칠 아사무라 군이랑 통화는커녕 메시지를 주고받은 것도 적어서 갑자기 그런 말을 털어놓을 수가 없다.

메시지의 문맥만 봐도, 그가 아주 필사적이라는 건 알 수 있다.

합숙도 절반이 지나서, 지쳤을지도 모른다. 제대로 쉬고는 있을까?

나는, 문득 떠올리고 스마트폰을 조작하여 동영상 사이트를 열었다. 즐겨찾기의 곡을 이력에서 재생했다.

빗소리 같은 조용한 음악이 재생됐다.

로우파이 힙합은 공부에 집중하고 싶을 때 언제나 재생하고 있지만, 그 곡은 오히려 힐링 뮤직으로서 애용하고 있다. 잠에 들 때 재생해두면 어느새 잠들어 버린다.

지쳤을 아사무라 군에게, 이거, 가르쳐 주자.

나는 스마트폰의 화면으로 시간을 확인했다.

어느새 벌써 저녁이라고 해도 될 시간이었다. 하지만 아사무라 군의 합숙 시간 할당으로는 아직 강의가 있을 거야.

"나도 조금 더 공부를 해야지……."

책상에 돌아가 재개했다.

밤에, 아사무라 군이 저녁 식사를 마쳤을 시간을 재서, 짧은 메시지를 덧붙여 곡의 어드레스를 보냈다.

그날은, 아무 답신이 없었는데…….

이튿날 아침에 일어나자, 착신이 있었다.

【고마워. 아주 잘 잤어. 도움이 됐어.】

아침이 되어서 보낸 모양이다.

다행이야. 도움이 됐나 봐.

그리고 두 번째 메시지를 읽고 무심코 숨을 삼켜 버렸다.

【오늘 밤에, 조금 얘기할까?】

기쁘다.

밤이 기다려진다.

그리고 그날 밤, 아사무라 군과 LINE 통화로 대화를 했을 때, 나는 힘을 내서 불꽃놀이 안 갈래? 라고 말을 꺼냈다.

한순간, 놀란 것처럼 숨을 삼키는 소리가 들렸다.

두근두근 또 심장이 뛰었다.

그는 공부에 집중하고 싶다고 생각할 거야. 민폐일지도 몰라. 그러나, 우리가 더욱 앞으로 나아갈 거라면, 배려의 간격조정뿐 아니라, 이런 에고의 간격조정도 할 수 있게 되어야 해.

거절하면 거절한대로, 또 다음 기회를 기다리면 된다. 말하지 않고 스트레스를 품으며 꿀꿀한 기분이 되는 건 이제 관두자.

하지만 부디, 맞물렸으면 좋겠다.

대답이 돌아올 때까지 약간의 시간이 영원처럼 느껴져 버린다.

그러나, 내 생각보다도 훨씬 빨리 아사무라 군이 말했다.

『불꽃놀이, 가고 싶어. 나도 아야세 양이랑 둘이서만 놀고 싶으니까.』

하아아. 무심코 숨을 내쉬어 버렸다.

저도 모르게, 계속 호흡을 멈추고 있었다.

그리고, 그의 말이 「불꽃놀이 같이 가줄게」가 아니라 「가고 싶어」라는 것을 깨달았다. 그것은 수동적인 말이 아니라, 그의 의지였다.

"나도! 나도 아사무라 군이랑 둘이서만 놀러 가고 싶어, 그러니까……."

『응. 가자. 자세한 장소 같은 건 나중에 알려줘. 어쨌든 간다는 방향으로 스케줄을 생각할게.』

무리는 하지 마. 말하면서도 볼이 느슨해지는 건 막을 수가 없었다.

그 다음, 조금만 서로의 근황 이야기를 하고 통화를 끊었다.

오랜만에 그의 목소리를 잔뜩 들어서 기뻤다.

—그렇지. 마아야한테 못 간다고 연락을 해야지.

LINE을 보냈다.

【미안해. 불꽃놀이, 나랑 아사무라 군은 불참이야.】

같은 불꽃놀이에 간다면, 어쩌면 현지에서 만나버릴지도 모른다고 깨달은 것은 메시지를 보낸 다음이다. 나중에 아사무라 군이랑 상담을 해야 되겠네, 이거.

그렇지. 엄마한테 유카타 준비해달라고 해야지.

●에필로그 아사무라 유우타

짐이 든 트렁크를 발치에 두고 선 채, 흔들리는 전차에서 창밖을 보았다.

구름 한 점 없는 좋은 날씨다.

합숙 최종일의 강의는 오전에만 있고, 폐회식을 마친 다음 현지에서 해산했다. 그대로 전차를 타고 시부야에 돌아간다.

좋은 합숙이었어…….

가슴 속에서 충실감을 곱씹었다.

그날 밤— 아야세 양이 보내준 음악을 들으면서 잠들어버린 밤을 경계로, 어깨에 들어가 있던 힘이 삭 빠져나간 것 같았다.

합숙의 후반은 엄청나게 집중할 수 있었다.

후지나미 양에게 들은 자존감 얘기는 눈이 확 뜨인 기분이었다.

본래 낮은 자기평가와 어우러져, 나는 완전히 자신을 잃고 있었다. 그리고 아야세 양의 애정을 잃지 않기 위해서는 필사적으로 좋은 성적을 내야 한다고 생각한 거다.

그러길 바란다, 라고 아야세 양이 한 번도 말한 적이 없는데.

그것을 뒷받침하는 것처럼, 그녀가 보내온 메시지의 첫 한 마디는 내 건강을 배려하는 말이었다. 그런데 나는 자신의 몸 상태마저 깨닫지 못하고 무리를 하고 있었으니, 참으로 창피한 일이야.

무엇보다도—.

"인생은 자신을 위해서, 인가……."

그렇게 주장하는 후지나미 양도, 은인이나 그녀와 비슷한 처지인 사람들을 위해 대학을 고르려고 한 거다.

다만 그 길을 고르는 것에 대해, 누군가를 위해서라는 변명을 쓰지 않는 것뿐이지.

무엇을 위해 공부를 하는가.

나도 그런 변명에 타인을 쓰는 건 그만두자고 생각했다.

그래서는 (생각하기도 싫은 일이지만) 아야세 양을 잃으면, 나는 수험공부를 그만둬버려도 되는 것이 된다. 그건 아무리 생각해도 이상하잖아.

좋은 일도 나쁜 일도 인생에는 일어난다.

그리고 일이 끝난 다음에도 인생은 이어진다.

언젠가 늙어 쓰러져 삭아버린다고 해도, 그때까지 내 인생은 일단은 제일로 나를 위해서라고 생각하는 편이 좋은 거다. 그걸 잃고 타인을 위해서라고 말해 버리면, 자신의 실패를 변명으로 쓰거나 타인에게 떠넘겨 버리는 것 같잖아.

나는 드디어 깨달았다.

그건 친어머니가 했던 일이다.

그 사람은 내가 수험에 실패했던 것을, 마치 자신의 하자인 것처럼 받아들였다. 수험을 하고 있던 건 나고, 실패한 것은 나인데.

그날 밤. 느긋하게 자고 일어나자, 뭔가 씌웠던 것이 떨어져 나간 것처럼 산뜻한 기분이 되어 있었다.

이튿날은 강사의 목소리에만 집중해서 강의를 들을 수 있었고, 모의 시험에서도 주변 수험생들의 태도가 신경 쓰이지 않게 됐다.

그날 밤에 아야세 양이 불꽃놀이를 보러 가자고 했을 때, 나는 망설이지 않고「가고 싶어」라고 말했다.

그날 밤까지의 내 행동이 이상한 걸 깨닫지 못하고, 아야세 양을 위해서라고 변명을 했다면, 반대로 거절했을 지도 모른다.

불꽃놀이는 오늘 밤. 돌아가서 금방 준비해야 안 늦는다. 쉴 시간도 없지만, 전차의 창 너머에 기울어가는 햇살을 받으면서 피로와는 다른 고양감을 느끼고 있었다.

나는 나를 위해 아야세 양과 둘이서만 여름의 추억을 만들고 싶다.

코마에 타마가와 불꽃놀이.

매년 8월 상순에 있는 그 행사는, 코마에 쪽에서 볼 수 있는 곳과 카와사키 쪽에서 볼 수 있는 곳이 있다. 나랑 아야세 양은 코마에 쪽에 가기로 했다.

시부야에서 가려면, 신주쿠 역에서 나와 오다 급행선으로 갈아타면 코마에까지 40분 정도면 갈 수 있다.

집으로 돌아가자, 아야세 양이 유카타를 입고 기다리고 있었다.

그렇군. 여름 축제라고 하면 유카타— 라고, 뒤늦게 깨달았다. 유카타라면 나도 가지고 있기는 가지고 있지만, 외출을 잘 안 하는 나는 거의 입은 적이 없다. 애당초 어디 넣어놨더라. 생각하고 있는데, 아야세 양이 아버지한테 물어봐서 미리 준비해 주었다.

급히 갈아입게 됐다.

아야세 양하고 일주일 만에 만났는데 제대로 된 재회의 감개에 젖어들 틈도 없다. 그녀의 유카타 무늬마저 보고 있을 여유가 없을 정도로 어수선했다.

타마가와의 하천부지에 도착했을 무렵에는 벌써 인파가 가득했고, 우리는 강가를 걸으면서 불꽃놀이를 올려다볼 수 있는 장소를 찾게 되었다. 좋은 장소는 이미 확보되어 버렸겠지만, 하늘에 가득하게 오르니까 안 보이진 않을 거야.

달칵달칵 울리는 나막신 소리와 함께 우리는 축제장을 걸었다.

노점을 돌아보면서 불꽃놀이 시간을 기다렸다.

6시를 넘자 해가 떨어져 주변이 서서히 어두워졌다. 풍경이 옅은 먹물을 푼 것처럼 색을 잃어간다. 밤의 여왕이 드리운 검은 옷자락이 하늘을 천천히 뒤덮는다.

인파는 점점 늘어나서, 걸음도 늦어지고 나아가지 못하게 된다. 사고파는 목소리가 오가며 소란스럽다. 옆을 걷는 아야세 양에게도 목소리를 높이지 않으면 들리지 않을 정도였다.

"아야세 양, 손. 떨어질 것 같으니까."

내가 뻗은 손을 아야세 양이 붙잡았다.

꼭 쥐는 손을 마주 쥐면서, 나는 그녀의 걸음에 맞추어 천천히 걸었다.

길 양쪽 여기저기에 고정한 스피커에서, 마이크 켜지는 소리가 나고서 안내방송이 들어왔다. 이제 곧 불꽃놀이를 한다는 알림이다.

그리고 금방 최초의 한 발이 갑자기 올라갔다.

두웅. 대포 같은 소리가 난 뒤, 피유우웅 하고 빛의 구슬이 하늘로 올라갔다. 파앙~ 하고 파열해서 밤하늘에 빛의 꽃이 피었다.

오오, 환성이 올랐다.

어디선가 옛날부터 전해지는 「타마야[#1]」 하는 소리를 외

#1 타마야 일본에서 불꽃놀이를 볼 때 외치는 전통적인 구호. 본래는 일본에서 불꽃놀이를 만들던 가게 이름이라고 한다.

치는 남성이 있었다.

아이들의 웃음 소리와, 「예쁘다~!」, 「굉장하다」라는 감탄의 소리가 여기저기서 들렸다.

그것이 신호인 것처럼 차례차례 크고 작은 색색의 빛의 꽃이 밤하늘에 피기 시작했다.

화약 냄새가 피어오르고, 지상의 라이트 빛을 반사하는 연기의 입자가 바람 방향에 맞추어 수면을 흐르는 게 보였다.

쿡쿡 손을 당겼다.

아야세 양이 뭔가 말하고 있다.

주변 소리가 시끄러워서 알아듣기 어렵다. 나는 귀를 그녀 쪽으로 기울였다.

"있잖아. 미안해. 나 멋대로 한 일들이 있어서."

"어?"

"어수선해서 말을 못하고 있었는데……."

내 귓가에 속삭이듯 아야세 양이 말했다.

코조노 양에게 우리들의 관계를 밝힌 것, 아키코 씨한테 티 내는 발언을 한 것을 고백했다. 당신이랑 상담을 못했어. 라고.

말을 마치고 고개를 숙여 버린다.

"미안."

지면을 향해 말을 흘렸다.

이번에는 내가 그녀의 귓가에 입을 가까이 대고 말했다.

"그걸 따지면, 나도 그래."

어? 라는 표정.

"나도, 요미우리 선배한테 우리들 얘기를 해버렸어. 말을 못해서, 미안."

"그랬었구나."

하지만, 사귀는 걸 비밀로 하자, 라는 것 자체가 이제 그만 무리가 되어가는 걸지도 모른다.

아마, 이걸로 마지막이 아니다. 그러니까 제대로 정해둬야지.

"나는 말야. 아야세 양이 말한 건 신경 안 써. 아키코 씨나 아버지한테도, 언젠가 말은 해야 하는 일이고."

그것도 그리 멀지 않은 때에.

"그렇……겠지. 나도 아사무라 군이 밝힌 거 신경 안 써. 하지만, 어쩌면, 또 멋대로 행동해버릴지도 모른다고 생각해서. 그래서…… 싫다고 생각하면, 말해줘."

그건 나도 그렇지.

아아, 지금이라면 실감해서 알 수 있다. 그녀는 제멋대로 행동했다, 자신이 폐를 끼쳤다고 생각하는 것 같지만. 그 제멋대로는 나에게 허용범위였다.

"적어도 지금은 그런 걸로 싫어지진 않아. 아아, 아니네—."

이럴 때 전하는 말은 그런 말이 아닐 거다.

적절한 말. 고작 몇 글자인 말.

일부러 문자로 남기는 것도 못난, 두 사람에게는, 이미, 흔해빠진 말을 입에 담는다.

숙이고 있던 그녀가 퍼뜩 고개를 들었다.

올려다보는 아야세 양의 눈동자 속에 피어 있는 빛의 꽃. 밤하늘에 빛나는 그 꽃을 가로막으며 내 얼굴이 비치고 있었다.

그저 여기 있기만 해도 내 존재를 받아들여주는 눈동자를, 나는, 그저 거기 있기만 하는 그녀를 받아들일 셈으로, 마주보았다.

여름이 끝나기 직전에, 나와 아야세 양은, 찰나의 영원을 곱씹었다.

■ 작가 후기

소설판 「의매생활」 제10권을 구입해주셔서 감사합니다. YouTube판의 원작 & 소설판 작가인 미카와 고스트입니다. 연애생활 소설이라고 이름 붙인, 두 사람의 관계를 정성스레 묘사해온 본 작품도 벌써 두 자리 권수를 돌파했습니다. 1권의 발매로부터 벌써 이렇게 시간이 지난 것인가 놀라울 따름입니다만, 독자 여러분은 어떻게 지내시는지요.

이번 권은 여름방학다운 즐거운 이벤트가 많이 들어갔습니다. 알바 동료와 캠프를 하러 차를 타고 멀리 가거나, 수영복이 있거나, 의매생활 시리즈 안에서도 특히 두근두근하는 장면, 일러스트가 많은 권이 아니었을까요? 등장인물들의, 귀여운 부분, 매력적인 부분을 잔뜩 보여드릴 수 있었다면 다행이겠습니다.

한편으로 유우타의 수험생다운 고민을 묘사하는 장면도 있습니다. 공부에 대해 트라우마에 가까운 과거를 가졌으면서도, 그 문제를 그 나름대로 마주보고, 극복하고, 앞으로 나아갑니다. 그것은 현실에서도 수험이나 진로 결정에 수많은 해답 중 하나입니다. 물론 모든 사람한테 올바르게 적용되는 것은 아니겠습니다만, 만약 앞으로 수험이나 인생의 기로에서 고민하는 분이 있다면, 이렇게 마주보는 방식도 있구나 생각해주시면 좋겠다고 생각합니다. 보다 행복한 인생을 보내기 위해서.

그러고 보니 시리즈 누계 발행부수가 60만부를 돌파했다고 합니다. 1권 간행 당초부터 지탱해주신 팬 여러분이 열심히 밀어주신 덕분인지, 최근에 흥미를 가지기 시작해주시는 분도 많이 계시다고 합니다. 정말로 감사한 이야기입니다.

TV 애니메이션화의 세부 사항에 대해서도 이제 그만 발표될 거라고 생각합니다. 이쪽도 속보를 기대하며 기다려 주세요.

그러면, 감사 인사입니다. 일러스트의 Hiten 씨, YouTube 영상판으로 신세를 지고 있는 성우 나카시마 유키 씨, 아마사키 코우헤이 씨, 스즈키 유아 씨, 하마노 다이키 씨, 스즈키 미노리 씨, 디렉터인 오치아이 유우스케 씨를 비롯하여 스탭 여러분과 관계 각처의 여러분, 담당 편집자 O 씨, 만화가 카나데 유미카 씨, 모든 출판 관계자 여러분. 언제나 감사합니다.

그리고 무엇보다도 여기까지 읽어주신 독자 여러분에게

최대한의 감사를 드리고 싶습니다.

이상, 미카와 고스트였습니다.

■ 역자 후기

불초 역자, 또 한 번 인사 올립니다.

지난번에도 말씀 드린 바가 있습니다만, 이 소설 진짜 이상해요.

그렇습니다. 또다시 작중의 시기와 번역 작업의 시기가 묘하게 겹쳤습니다.

진짜 신기하다니까요. 물론 아무리 그래도 완전히 기간이 다 겹친 건 아닙니다만, 작중의 날짜 중 하나에 역자는 분명히 번역을 하고 있었습니다. 뭔가 신기합니다.

이번엔 최근 외출한 이야기를 좀 해볼까요. 역자는 대개의 일을 집에서 반경 200미터 안으로 해결하기 때문에 그 이상 외출하는 일이 대단히 희귀한 이벤트입니다. 심지어는 그게 핸드폰 AS를 받으러 간 거였죠. 하하하하. 모 접는 핸드폰을 쓰고 있습니다만 접히는 부분의 보호 필름이 떠 버려서요. 1회 무료 부착 서비스 기간이 마침 얼마 안 남은지라 부랴부랴 서비스 센터로 찾아갔습니다.

그리고 트라우마와 마주했죠.

때는 어언……. 몇 년 전이더라. 아무튼 오래 전입니다.

당시에도 같은 브랜드의 폰을 쓰고 있었는데요. 그게 화면이 OLED라서요. 전에는 번인 문제가 좀 심했죠. 그래서 디스플레이를 한 번 무료 교체를 해줬습니다. 역자는 번인이 생긴 걸 보고 룰루랄라 교체를 하러 갔지 뭡니까. 1층은 매장이고 2층이 서비스 센터라서 계단을 오르며 폰을 꺼내던 역자는 어이쿠 손이 미끄러져서 그만 폰을 떨어뜨리고 말았습니다.

그리고 화면이 깨졌죠. 하하하하하하하하하하하하하하하하하. 무료로 화면 교체를 하러 갔던 역자는 깨진 화면을 유상으로 교체하는 수밖에 없었습니다. 크헉!

그래도 이번에는 그런 불상사가 일어나지도 않았고, 필름 부착 서비스는 신속하고 만족스러웠습니다. 후우. 사실 신제품이 나와서 바꾸고 싶단 생각도 있지만, 전부터 관심이 가던 두 번 접는 폰이 올해 안으로 나오니 마니 하는 소리가 있단 말이죠. 그래요. 역자는 그런 가제트에 끌리는 병이 있습니다. 접는 폰을 이미 꽤 만들어 왔으니 두 번 접는 것도 품질이 괜찮지 않을까 싶기도 하고요. 일하는데도 꽤 응용이 될 거고. 뭐, 나와 봐야 알겠죠.

그럼 역자는 이만 물러갑니다. 다음에 또 만나요!

의매생활 10

초판 1쇄 발행 2025년 10월 10일

지은이_ Ghost Mikawa
일러스트_ Hiten
옮긴이_ 박경용

발행인_ 최원영
본부장_ 장혜경
편집장_ 김승신
편집진행_ 권세라 · 최혁수 · 김경민 · 최정민
편집디자인_ 양우연
국제업무_ 박진해 · 조은지 · 남궁명일
관리 · 영업_ 김민원 · 조은결

펴낸곳_ (주)디앤씨미디어
등록_ 2002년 4월 25일 제20-260호
주소_ 서울특별시 구로구 디지털로32길 30 코오롱디지털타워빌란트 1301-1308호
전화_ 02-333-2513(대표)
팩시밀리_ 02-333-2514
이메일_ lnovellove@naver.com
L노벨 공식 카페_ http://cafe.naver.com/lnovel11

GIMAISEIKATSU Vol.10

ISBN 979-11-278-8481-9 04830
ISBN 979-11-278-6510-8 (세트)

값 8,500원